Was hat Theodor Storm (1817–1888) auf eine die kulturellen und weltanschaulich-politischen Grenzen seltsam leicht überspringende Weise über Jahrzehnte hinweg zum populärsten und meistgelesenen deutschen Autor des ausgehenden 19. Jahrhunderts werden lassen? Wie kommt es, daß in den ersten 20 Jahren der Nachkriegszeit in Deutschland über zehn Millionen Bände – viele davon als Schullektüre – ihre Verbreitung fanden?
Gewiß wird die in Storms Erzählungen begegnende ›heile Welt‹, in der Tugenden wie Ehrfurcht, Pflicht, aufopfernde Liebe, Stolz und Redlichkeit in Geltung sind, dazu beigetragen haben und jetzt wieder dazu beitragen. Doch geht es Storm inmitten scheinbarer Idylle in Wahrheit um den Konflikt, um die drohende Zerstörung, um die Gestalten im Abseits, die hinter der moralischen Hygiene der Gesellschaft deren alles andere als ›bürgerliche‹ Absichten zum Vorschein kommen lassen. Ob sich Väter und Söhne entzweien, Ehen unglücklich oder zerstört werden oder das kommunale Miteinanderleben vor der andringenden Zersetzung steht, stets werden die moralischen Institutionen bürgerlichen Lebens in der Situation der Belastungsprobe gezeigt. Nicht naiv-nostalgische Sehnsucht nach einem ursprünglich Gewesenen macht Storms Novellen wieder lesbar, wohl aber der inzwischen schmerzlich geschärfte Sinn für die humane Potenz solcher irreversibel verlorenen Unmittelbarkeit zur Natur, jenes Wissen, daß hier nicht die Natur, sondern der Mensch vor der Bedrohung durch sich selbst steht. Angesichts deren latenter Chaotik an der Grenze zwischen dem noch Möglichen und dem nicht mehr Möglichen schrieb Storm seine Geschichten.

insel taschenbuch 733

Theodor Storm

Pole Poppenspäler

Theodor Storm
Gesammelte Werke

IN SECHS BÄNDEN

BAND 3

HERAUSGEGEBEN VON
GOTTFRIED HONNEFELDER

INSEL VERLAG

Theodor Storm
Pole Poppenspäler

UND ANDERE NOVELLEN

IN ST. JÜRGEN · VIOLA
TRICOLOR · POLE POPPENSPÄLER
WALDWINKEL

INSEL VERLAG

Die Texte dieser Ausgabe folgen der 1975 im
Insel Verlag erschienenen Ausgabe der Werke Storms.
Titelbild: Illustration von C. Offterdinger,
aus: Deutsche Jugend, 4. Band, Leipzig 1874.
Mit freundlicher Genehmigung des
Theodor-Storm-Archivs in Husum

insel taschenbuch 733
Erste Auflage 1983

Vertrieb durch den Suhrkamp Taschenbuch Verlag
Umschlag nach Entwürfen von Willy Fleckhaus
Druck: Nomos Verlagsgesellschaft, Baden-Baden
Printed in Germany

8 9 10 11 – 96

IN ST. JÜRGEN

Es ist nur ein schmuckloses Städtchen, meine Vaterstadt; sie liegt in einer baumlosen Küstenebene, und ihre Häuser sind alt und finster. Dennoch habe ich sie immer für einen angenehmen Ort gehalten, und zwei den Menschen heilige Vögel scheinen diese Meinung zu teilen. Bei hoher Sommerluft schweben fortwährend Störche über der Stadt, die ihre Nester unten auf den Dächern haben; und wenn im April die ersten Lüfte aus dem Süden wehen, so bringen sie gewiß die Schwalben mit, und ein Nachbar sagt's dem andern, daß sie gekommen sind. – So ist es eben jetzt. Unter meinem Fenster im Garten blühen die ersten Veilchen, und drüben auf der Planke sitzt auch schon die Schwalbe und zwitschert ihr altes Lied:

Als ich Abschied nahm, als ich Abschied nahm;

und je länger sie singt, je mehr gedenke ich einer längst Verstorbenen, der ich für manche gute Stunde meiner Jugend zu danken habe.

Meine Gedanken gehen die lange Straße hinauf bis zum äußersten Ende, wo das St.-Jürgens-Stift liegt; denn auch unsere Stadt hat ein solches, wie im Norden die meisten Städte von einiger Bedeutung. Das jetzige Haus ist im sechzehnten Jahrhundert von einem unserer Herzöge erbaut und durch den Wohltätigkeitssinn der Bürger allmählich zu einem gewissen Reichtum gediehen, so daß es nun für alte Menschen, die nach der Not des Lebens noch vor der ewigen Ruhe den Frieden suchen, einen gar behaglichen Aufenthaltsort bildet. – Mit der einen Seite streckt es sich an dem St.-Jürgens-Kirchhof entlang, unter dessen mächtigen Linden schon die ersten Reformatoren gepredigt haben; die andere liegt nach dem innern Hofe und einem angrenzenden schmalen Gärtchen, aus dem in meiner Jugendzeit die Pfründnerinnen sich ihr Sträußchen zum sonntäglichen Gottesdienste pflückten. Unter zwei schweren gotischen Giebeln führt ein dunkler Torweg von der Straße her in diesen Hof, von welchem aus man durch eine Reihe von Türen in das Innere des Hauses, zu der geräumigen Kapelle und zu den Zellen der Stiftsleute gelangt.

Durch jenes Tor bin ich als Knabe oft gegangen; denn seitdem, lange vor meiner Erinnerung, die große St.-Marien-Kirche wegen Baufälligkeit abgebrochen war, wurde der allgemeine Gottesdienst viele Jahre hindurch in der Kapelle des St.-Jürgens-Stiftes gehalten.

Wie oft zur Sommerzeit, ehe ich in die Kapellentür trat, bin ich in der Stille des Sonntagsmorgens zögernd auf dem sonnigen Hofe stehengeblieben, den von dem nebenliegenden Gärtchen her, je nach der Jahreszeit, Goldlack-, Nelken- oder Resedaduft erfüllte. – Aber dies war nicht das einzige, weshalb mir derzeit der Kirchgang so lieblich schien; denn oftmals, besonders wenn ich ein Stündchen früher auf den Beinen war, ging ich weiter in den Hof hinab und lugte nach einem von der Morgensonne beleuchteten Fensterchen im obern Stock, an dessen einer Seite zwei Schwalben sich ihr Nest gebaut hatten. Der eine Fensterflügel stand meistens offen; und wenn meine Schritte auf dem Steinpflaster laut wurden, so bog sich wohl ein Frauenkopf mit grauem glattgescheiteltem Haar unter einem schneeweißen Häubchen daraus hervor und nickte freundlich zu mir herab. »Guten Morgen, Hansen«, rief ich dann; denn nur bei diesem, ihrem Familiennamen, nannten wir Kinder unsere alte Freundin; wir wußten kaum, daß sie auch noch den wohlklingenden Namen »Agnes« führte, der einst, da ihre blauen Augen noch jung und das jetzt graue Haar noch blond gewesen, gar wohl zu ihr gepaßt haben mochte. Sie hatte viele Jahre bei der Großmutter gedient und dann, ich mochte damals in meinem zwölften Jahre sein, als die Tochter eines Bürgers, der der Stadt Lasten getragen, im Stifte Aufnahme gefunden. Seitdem war eigentlich für uns aus dem großmütterlichen Hause die Hauptperson verschwunden; denn Hansen wußte uns allezeit, und ohne daß wir es merkten, in behagliche Tätigkeit zu setzen; meiner Schwester schnitt sie die Muster zu neuen Puppenkleidern, während ich mit dem Bleistift in der Hand nach ihrer Angabe allerlei künstliche Prendelschrift anfertigen oder auch wohl ein jetzt selten gewordenes Bild der alten Kirche nachzeichnen mußte, das in ihrem Besitze war. Nur eines ist mir später in diesem Verkehr aufgefallen; niemals hat sie uns ein Märchen oder eine Sage erzählt, an welchen beiden doch unsere Gegend so reich ist; sie schien es vielmehr als etwas Unnützes oder gar Schädliches zu unterdrücken, wenn ein anderer von solchen Dingen anheben wollte. Und doch war sie nichts weniger als eine kalte oder phantasielose Natur. – Dagegen hatte sie an allem Tierleben ihre Freude; besonders liebte sie die Schwalben und wußte ihren Nesterbau erfolgreich gegen den Kehrbesen der Großmutter zu verteidigen, deren fast holländische Sauberkeit sich nicht wohl mit den kleinen Eindringlingen vertragen konnte. Auch schien sie das Wesen dieser Vögel genauer beobachtet zu haben. So entsinne ich mich, daß ich ihr einst eine Turmschwalbe brachte, die ich wie leblos auf dem Steinpflaster des Hofes gefunden hatte. »Das schöne Tier wird sterben«, sagte ich, indem ich traurig das glänzende braunschwarze Gefieder streichelte; aber Hansen schüttelte den Kopf. »Die?« sagte sie, »das ist die Königin der Luft; ihr fehlt nichts als der freie Himmel! Die Angst vor einem Habicht wird sie zu Boden geworfen haben; da hat sie mit den langen Schwingen sich nicht helfen können.« Dann gingen wir in den Garten; ich mit der Schwalbe, die ruhig in meiner Hand lag, mich mit den großen braunen Augen ansehend. »Nun wirf sie in die Luft!» rief Hansen. Und staunend sah ich, wie, von meiner Hand geworfen, der scheinbar leblose Vogel gedankenschnell seine Schwingen ausbreitete und mit hellem Zwitscherlaut wie ein befiederter Pfeil in dem sonnigen Himmelsraum dahinschoß. »Vom Turm aus«, sagte Hansen, »solltest du sie fliegen sehen; das heißt von dem Turm der alten Kirche, der noch ein Turm zu nennen war.«

Dann, mit einem Seufzer meine Wangen streichelnd, ging sie ins Haus zurück an die gewohnte Arbeit. ›Weshalb seufzt denn Hansen so?‹ dachte ich. – Die Antwort auf diese Frage erhielt ich erst viele Jahre später, aus einem mir damals gänzlich fremden Munde.

Nun war sie in den Ruhestand versetzt, aber ihre Schwalben hatten sie zu finden gewußt, und auch wir Kinder wußten sie zu finden. Wenn ich am Sonntagmorgen vor der Kirchzeit in das saubere Stübchen der alten Jungfrau trat, pflegte sie schon im feiertäglichen Anzuge vor ihrem Gesangbuche zu sitzen. Wollte ich dann neben ihr auf dem kleinen Kanapee Platz nehmen, so sagte sie wohl: »Ei was, da siehst du ja die Schwalben nicht!« Dann räumte sie einen Geranien- oder einen Nelkenstock von der Fensterbank und ließ mich in der tiefen Fensternische auf ihrem Lehnstuhl niedersitzen. »Aber so fechten mit den Armen darfst du nicht«, fügte sie dann lächelnd hinzu; »so junge muntere Gesellen sehen sie nicht alle Tage!« Und dann saß ich ruhig und sah, wie die schlanken Vögel im Sonnenscheine ab und zu flogen, ihr Nest bauten oder ihre Jungen fütterten, während Hansen mir gegenüber von der Herrlichkeit der alten Zeit erzählte; von den Festen im Hause meines Urgroßvaters, von den Aufzügen der alten Schützengilde oder – und das war ihr Lieblingsthema – von der Bilder- und Altarpracht der alten Kirche, in der sie selbst noch zur Enkelin des letzten Türmers Gevatter gestanden hatte; bis dann endlich von der Kapelle her der erste Orgelton zu uns herüberbrauste. Dann stand sie auf, und wir gingen miteinander durch einen schmalen endlosen Korridor, welcher nur durch die verhangenen Türfensterchen der zu beiden Seiten liegenden Zellen ein karges Dämmerlicht empfing. Hier und dort öffnete sich eine dieser Türen, und in dem Schein, der einige Augenblicke die Dunkelheit unterbrach, sah ich alte, seltsam gekleidete Männer und Frauen auf den Gang hinausschlurfen, von denen die meisten wohl schon vor meiner Geburt aus dem Leben der Stadt entschwunden waren. Gern hätte ich dann dies oder jenes gefragt; aber auf dem Wege zur Kirche hatte ich von Hansen keine Antwort zu erwarten; und so gingen wir denn schweigend weiter, am Ende des Ganges Hansen mit der alten Gesellschaft auf einer Hintertreppe nach unten zu den Plätzen der Stiftsleute, ich oben auf das Chor, wo ich träumend dem sich drehenden Glockenspiel der Orgel zusah und, wenn unser Propst die Kanzel bestiegen hatte – ich will es gestehen –, seine gewiß wohlgesetzte Predigt meist nur wie ein eintöniges Wellengeräusch und wie aus weiter Ferne an mein Ohr dringen fühlte; denn unter mir, gegenüber, hing das lebensgroße Porträt eines alten Predigers mit langen schwarzkrausen Haaren und seltsam geschorenem Schnurrbart, das bald meine ganze Aufmerksamkeit in Anspruch zu nehmen pflegte. Mit den melancholischen schwarzen Augen blickte es so recht wie aus der dumpfen Welt des Wunder- und Hexenglaubens in die neue Zeit hinauf und erzählte mir weiter von der Stadt Vergangenheit, wie es in den Chroniken zu lesen stand, bis hinab zu dem bösen Stegreifjunker, dessen letzten Untat einst das Epitaphium des Ermordeten in der alten Kirche berichtet hatte. – Freilich, wenn dann plötzlich die Orgel das »Unsern Ausgang segne Gott« einsetzte, so schlich ich mich meist verstohlen wieder ins Freie; denn es war kein Spaß, dem Examen meiner alten Feundin über die gehörte Predigt standhalten zu müssen.

Von ihrer eigenen Vergangenheit pflegte Hansen nicht zu erzählen; ich war schon ein paar Jahre lang Student gewesen, als ich bei einem Ferienbesuch in der Heimat darüber zum ersten Mal etwas von ihr erfuhr.

Es war im April, an ihrem fünfundsechzigsten Geburtstage. Wie in früheren Jahren, so hatte ich ihr auch heute die beiden hergebrachten Dukaten von der Großmutter und einige kleine Geschenke von uns Geschwistern überbracht und war von ihr mit einem Gläschen Malaga bewirtet worden, den sie für solche Tage in ihrem Wandschränkchen aufbewahrte. Nachdem wir ein Weilchen geplaudert hatten, bat ich sie, mir heute, wie ich schon lange gewünscht, den Festsaal zu zeigen, in dem seit Jahrhunderten die Vorsteher der Stiftung nach der jährlichen Rechnungsablage ihre Schmäuse zu feiern pflegten. Hansen willigte ein, und wir gingen miteinander den dunkeln Korridor entlang; denn der Saal lag jenseits der Kapelle am andern Ende des Hauses. Als ich beim Hinabsteigen der Hintertreppe ausglitt und die letzten Stufen hinabstolperte, wurde unten auf dem Flur eine Tür aufgerissen, und der unheimliche nackte Kopf eines neunzigjährigen Mannes reckte sich daraus hervor. Er murmelte ein paar halbverständliche Scheltworte und stierte uns dann, bis wir durch die Tür der Kapelle traten, mit den verglasten Augen nach.

Ich kannte ihn wohl; die Stiftsleute hießen ihn den »Spökenkieker«; denn sie behaupteten, er könne »was sehen«.

»Die Augen könnten einen fürchten machen«, sagte ich zu Hansen, als wir durch die Kapelle gingen.
Sie meinte: »Er sieht dich gar nicht; er sieht nur noch rückwärts in sein eignes törichtes und sündhaftes Leben.«
»Aber«, erwiderte ich scherzend, »er sieht doch dort in der Ecke die offenen Särge stehen, während die darin liegen, noch lebend unter euch umherwandern.«
»Das sind auch nur Schatten, mein Kind; er tut nichts Arges mehr. Freilich«, setzte sie hinzu, »ins Stift gehörte er nicht und hat auch nur auf eine der Freistellen des Amtmanns hineinschlüpfen können; denn wir andern müssen unsere bürgerliche Reputation nachweisen, ehe wir hier angenommen werden.«
Wir hatten inzwischen den Schlüssel bei der Wirtschafterin abgelangt und stiegen nun die Treppe zu dem Festsaal hinauf. – Es war nur ein mäßig großes, niedriges Gemach, das wir betraten. An der einen Wand sah man eine altertümliche Stutzuhr aus dem Nachlaß einer hier Verstorbenen, an der gegenüberstehenden hing das lebensgroße Bild eines Mannes in einfachem rotem Wams; sonst war das Zimmer ohne Schmuck. »Das ist der gute Herzog, der das Stift gebaut hat«, sagte Hansen; »aber die Menschen genießen seine Gaben und denken nicht mehr an ihn, wie er es doch bei seiner Lebzeit wohl gewünscht hat.«
»Aber du gedenkst ja seiner, Hansen.«
Sie sah mich mit ihren sanften Augen an. »Ja, mein Kind«, sagte sie, »das liegt so in meiner Natur; ich kann nur schwer vergessen.«
Die Wände nach der Straße und nach dem Kirchhofe hatten eine Reihe Fenster mit kleinen in Blei gefaßten Scheiben; und in jeder fast war ein Name, meist aus mir bekannten angesehenen Bürgerfamilien, mit schwarzer Farbe eingebrannt; darunter: Speisemeister dahier Anno –«, und dann folgte die betreffende Jahreszahl.
»Siehst du, das ist dein Urgroßvater«, sagte Hansen, indem sie auf eine dieser Scheiben wies; »den vergesse ich auch nicht; mein Vater hat bei ihm die Handlung gelernt und später oft Rat und Tat bei ihm geholt; leider, in der schwersten Zeit, da hatte er schon seine Augen zugetan.«

Ich las einen andern Namen: »Liborius Michael Hansen, Speisemeister Anno 1799.«
»Das war mein Vater!« sagte Hansen.
»Dein Vater? Wie kam es denn eigentlich – –?«
»Daß ich mein halbes Leben gedient habe, meinst du, während ich doch zu den Honoratiorentöchtern gehörte?«
»Ich meine, was war es eigentlich wodurch das Unglück über deine Familie kam?«
Hansen hatte sich auf einen der alten Lederstühle gesetzt. »Das war nichts Besonderes, mein Kind«, sagte sie; »es war Anno sieben, zur Zeit der Kontinentalsperre; damals florierten die Spitzbuben, und die ehrlichen Leute gingen zugrunde. Und ein ehrlicher Mann war mein Vater! – Er hat den Namen auch mit ins Grab genommen«, fuhr sie nach einem kurzen Schweigen fort. »Ich sehe es noch, wie er mir einst, da wir miteinander durch die Krämerstraße gingen, ein altes, nun längst verschwundenes Haus zeigte. »Merke dir das«, sagte er zu mir, »hier wohnte Anno 1549, da am Sonntage Jubilate die große Feuersbrunst ausbrach, der fromme Kaufmann Meinke Graveley. Da die Flammen heranbrausten, sprang er mit Elle und Waage auf die Gasse und flehte zu Gott, wenn er je mit Wissen und Willen seinen Nächsten um eines Körnleins Wert geschädiget, so möge sein Haus nicht verschont bleiben. Aber die Flamme sprang darüber hin, während alles rings in Asche fiel.
»Siehst du, mein Kind«, setzte mein Vater hinzu, indem er seine Hände in die Höhe hob, »das könnte auch ich tun; und auch über unser Haus würde die Strafe des Herrn hinweggehen.« – Hansen sah mich an. »Der Mensch soll sich nicht rühmen«, sagte sie dann. »Du bist nun alt genug, daß ich dir es wohl erzählen mag; du mußt doch von mir wissen, wenn ich nicht mehr bin. – Mein guter Vater hatte eine Schwäche; er war abergläubig. Diese Schwäche brachte ihn dahin, daß er in den Tagen der äußersten Not etwas beging, das ihm bald das Herz brach; denn er konnte seitdem die Geschichte von dem frommen Kaufmann nicht mehr erzählen.
In dem Hause neben uns wohnte ein Tischlermeister. Als er mit seiner Frau frühzeitig verstarb, wurde mein Vater der Vormund

seines nachgelassenen Sohnes. Harre – diesen friesischen Namen führte der Knabe – las gern in den Büchern und war auch schon in der Tertia unserer Lateinischen Schule; aber die Mittel reichten doch nicht zum Studieren; und so blieb er denn bei dem Handwerk seines Vaters. Als er später Geselle wurde und nach zweijähriger Wanderung wieder eine Zeitlang bei einem Meister gearbeitet hatte, wurde es auch bald bekannt, daß er zu den feineren Arbeiten in seinem Fach ein besonderes Geschick habe. Wir beide waren miteinander aufgewachsen; als er noch in der Lehre war, las er mir oft aus den Büchern vor, die er sich von seinen früheren Schulkameraden geliehen hatte. Du weißt, wir wohnten am Markt in dem Erkerhause dem Rathause gegenüber; da steht noch jetzt ein mächtiger Buchsbaum im Garten. Wie oft haben wir mit unserem Buche unter diesem Baum gesessen, während über uns die Bienen in den kleinen grünen Blüten summten! – Nach seiner Rückkehr war das nicht anders geworden, er kam oft in unser Haus; mit einem Wort, mein lieber Junge, wir beiden hatten uns gern und suchten das auch nicht zu verbergen.
Meine Mutter lebte nicht mehr; was mein Vater dazu dachte und ob er überhaupt etwas darüber gedacht, das hab ich nie erfahren. Auch kam es nicht so weit, daß es ein rechtes Verlöbnis wurde.
Eines Morgens in den ersten Frühlingstagen war ich in unsern Garten gegangen; die Krokus und die roten Leberblumen schickten sich schon an zu blühen, es war alles ringsumher so jung und frisch; aber mir selbst war schwer zu Sinne; die Sorgen meines Vaters drückten auch mich. Obwohl er niemals über seine Angelegenheiten zu mir geredet, so fühlte ich doch, daß es immer schneller abwärts ging. In den letzten Monaten hatte ich den Stadtdiener oft und öfter in die Schreibstube gehen sehen; war er fort, so verschloß mein Vater sich stundenlang; und von manchem Mittagessen stand er auf, ohne die Speisen berührt zu haben. In der letzten Woche hatte er einen ganzen Abend damit zugebracht, sich die Karten zu legen; auf meine wie im Scherz hingeworfene Frage, worüber er denn Auskunft von seinem Orakel erwarte, hatte er mich stumm mit der Hand zurückgewiesen und war dann später mit einem kurzen »Gute Nacht« in seine Kammer gegangen.

Das alles lag mir auf dem Herzen; und meine Augen, die nach innen sahen, wußten nichts von dem klaren Sonnenschein, der draußen die ganze Welt verklärte. Da hörte ich unten von der Marsch herauf die Lerchen singen; und du weißt es ja wohl, mein Kind, in der Jugend ist das Herz noch so leicht, der kleinste Vogel trägt es mit empor. Mir war plötzlich, als sähe ich über allen Dunst der Sorge hinweg in eine sonnige Zukunft; als brauchte ich nur den Fuß hineinzusetzen. Ich weiß noch, wie ich an den Beeten hinkniete und mit welcher Freude ich nun die Knospen und das junge Grün betrachtete, das überall aus dem Schoß der Erde hervortrieb. Ich dachte auch an Harre und zuletzt, glaub ich, nur an ihn. Indem hörte ich die Gartentür aufklinken, und wie ich aufsah, kam er selber mir entgegen.

Ob auch ihn die Lerche froh gemacht hatte – er sah aus wie die Hoffnung selbst. »Guten Morgen, Agnes«, rief er, »weiß du was Neues –?«

»Ist's denn was Gutes, Harre?«

»Versteht sich, was sollt es sonst wohl sein! Ich will Meister werden und das in allernächster Zeit.«

Kannst du wohl denken, daß ich ordentlich erschrak! Denn ich dachte doch gleich: Mein Gott, nun braucht er auch die Frau Meisterin!

Ich mag wohl ganz verdutzt ausgesehen haben; denn Harre fragte mich: »Fehlt dir etwas, Agnes?«

»Mir, Harre? Ich glaube nicht«, sagte ich. »Der Wind wehte so kühl über mich hin.« – Das war nun wohl gelogen; allein der liebe Gott hat es nun einmal so eingerichtet, daß wir in solchem Fall nicht sagen können, was der andere eben hören will.

»Aber mir fehlt nun etwas«, sagte Harre, »das Allerbeste fehlt mir!«

Ich antwortete nichts hierauf, kein Wörtlein. Auch Harren ging eine Weile schweigend neben mir; dann fragte er auf einmal: »Was meinst du, Agnes, ob es wohl schon geschehen ist, daß eine Krämerstochter einen Tischlermeister geheiratet hat?«

Als ich aufsah und er mich mit seinen guten braunen Augen so bittend anblickte, da gab ich ihm die Hand und sagte ebenso: »Das wird wohl nun zum erstenmal geschehen.«

»Agnes«, rief Harre, »was werden die Leute sagen!«
»Ich weiß nicht, Harre. – Aber wenn nun die Krämerstochter arm wäre?«
»Arm, Agnes?« und er faßte mich so recht lustig bei beiden Händen, »ist denn jung und hübsch noch nicht genug?« –
Es war ein glücklicher Tag damals; die Frühlingssonne schien, wir gingen Hand in Hand; und während wir schwiegen, sangen über uns die Lerchen aus tausend hellen Kehlen. So waren wir unmerklich an den Brunnen gekommen, der an der Holunderwand des Gartens dem Hause gegenüber lag. Ich blickte über die Brettereinfassung in die Tiefe hinab. »Wie drunten das Wasser glitzert!« sagte ich.
Das Glück macht mutwillig; Harre wollte mich necken. »Das Wasser?« sagte er. »Das ist das Gold, das aus der Tiefe funkelt.«
Ich wußte nicht, was er damit meinte.
»Weißt du denn nicht, daß ein Schatz in eurem Brunnen liegt?« fuhr er fort. »Guck nur genau zu; es sitzt ein graues Männlein mit dreieckigem Hut auf dem Grunde. Vielleicht ist's auch nur das brennende Licht in seiner Hand, das drunten so seltsam glitzert; denn er ist der Hüter des Schatzes.«
Mir flog die Not meines Vaters durch den Sinn. Harre hob einen Stein auf und warf ihn hinab, und es dauerte eine Weile, ehe ein dumpfer Schall zu uns zurückkam. »Hörst du, Agnes?« sagte er, »das traf auf die Kiste.«
»Harre, red vernünftig!« rief ich, »was treibst du für Narrenspossen!«
»Ich spreche nur nach, was die Leute vorsprechen!« erwiderte er.
Aber meine Neugierde war geweckt, vielleicht auch die Begierde nach den unteridischen Reichtümern, die aller Not ein Ende machen konnten.
»Woher hast du das Gerede?« fragte ich nochmals, »ich habe doch nie davon gehört.«
Harre sah mich lachend an: »Was weiß ich! von Hans oder Kunz, ich glaub, am letzten Ende kommt es von dem Halunken, dem Goldmacher.«
»Von dem Goldmacher?« – Mir kamen allerlei Gedanken. Der Goldmacher war ein herabgekommener Trödler; er konnte seg-

nen und raten, Menschen und Vieh besprechen und alle die andern Geheimnisse, womit derzeit noch bei den Leichtgläubigen ein einträgliches Geschäft zu machen war. Es ist derselbe, den sie jetzt den Spökenkieker nennen, welchen Namen er grade so gut wie seinen damaligen verdient hat. Er war in den letzten Tagen, da ich eben auf der Außendiele zu tun hatte, ein paarmal in meines Vaters Schreibstube gegangen und hatte sich dann, ohne auf sein demütig gesprochenes »Herr Hansen bei der Hand?« meine Antwort abzuwarten, mit scheuem Blick an mir vorbeigeschoben. Einmal war er fast eine Stunde drinnen gewesen; kurz vor seinem Fortgehen hatte ich das mir wohlbekannte Pult meines Vaters aufschließen hören; dann war mir gewesen, als vernehme ich das Klirren von Geldstücken. Das alles kam mir jetzt in den Sinn.

Aber Harre rüttelte mich auf. »Agnes, träumst du?« rief er, »oder willst du Schätze graben?« Ach, er kannte nicht die Not meines Vaters; ihm lag nur die eigene Zukunft in Gedanken, in die auch ich hineingehörte. Er ergriff meine beiden Hände und rief fröhlich: »Wir brauchen keine Schätze, Agnes; mein kleines Erbteil hat dein Vater schon für mich erhoben; das reicht hin, um Haus und Werkstatt einzurichten. Und für das Weitere«, fügte er lächelnd hinzu, »laß diese nicht ganz ungeschickten Hände sorgen!«

Ich vermochte seine hoffnungsreichen Worte nicht zu erwidern; der Schatz und der Goldmacher lagen mir im Sinn; ich weiß nicht, war es eine tollkühne Hoffnung oder der Schatten eines drohenden Unheils, was mir die Brust beklemmte. Vielleicht ahnte es mir, daß kurz darauf der Schatz meines ganzen Lebens in diesen Brunnen fallen würde.

Am andern Tage war ich nach einem benachbarten Dorfe hinausgefahren, wo die uns verwandte Predigerfrau sich wegen Erkrankung eines Kindes meine Hülfe erbeten hatte. Aber ich hatte keine Ruhe dort; mein Vater war in den letzten Tagen so still und doch wieder so unruhig gewesen; ich hatte ihn im Garten auf und ab rennen, dann wieder am Brunnen stehen und in die Tiefe hinabstarren sehen; mir wurde angst, er könne sich ein Leides antun. Am dritten Tage glaubte ich mich zu entsinnen, daß er mich auf eine seltsam hastige Weise zu der Reise hingedrängt hatte; je mehr es gegen die Nacht ging, je beklommener wurde mir. Da gegen zehn Uhr der Mond aufging, so bat ich meinen Vetter, mich noch heute zur Stadt fahren zu lassen. Und so geschah es; nachdem er mir vergebens meine Unruhe auszureden gesucht hatte, wurde angespannt; und als es Mitternacht vom Turme schlug, hielt der Wagen vor unserm Hause. Es schien alles zu schlafen; erst als ich eine Zeitlang geklopft hatte, wurde drinnen die Kette abgehakt, und der Lehrling, der seine Kammer unten auf dem Flur hatte, öffnete die Haustür. Es war alles, wie es immer gewesen. »Ist der Herr zu Haus?« fragte ich.

»Der Herr ist schon um zehn Uhr schlafen gegangen«, war die Antwort.

Ich stieg leichteren Herzens nach meiner Kammer hinauf, deren Fenster nach dem Garten lagen. – Die Nacht draußen war so hell, daß ich, ohne Licht zu machen, noch einmal ans Fenster trat. Der Mond stand über der Holunderwand, deren noch unbelaubte Zweige sich scharf gegen den Nachthimmel abzeichneten; und meine Gedanken gingen mit meinen Augen über diese Erde hinaus zu dem großen liebreichen Gott, dem ich all meine Sorgen anvertraute. – Da, wie ich eben in das Zimmer zurücktreten wollte, sah ich plötzlich aus der Röhre des Brunnens, welcher dort im Schatten lag, eine rote Glut emporlodern; ich sah die am Rande wuchernden Grasbüschel und dann darüberher die Zweige des Gebüsches wie in goldenem Feuer schimmern. Mich überfiel eine abergläubische Furcht; denn ich dachte an die Kerze des grauen Männleins, das drunten auf dem Grunde hokken sollte. Als ich aber schärfer hinblickte, bemerkte ich eine Leiter an der Brunnenwand, von der jedoch nur das oberste Ende von hier aus sichtbar war. Im selben Augenblicke hörte ich einen Schrei aus der Tiefe; dann ein Gepolter; und ein dumpfes Getöse von Menschenstimmen scholl herauf. Mit einem Male erlosch die Helligkeit; und ich hörte deutlich, wie es sprossenweise an der Leiter emporklomm.

Die Gespensterfurcht verließ mich; aber statt dessen beschlich mich eine unklare Angst um meinen Vater. Mit zitternden Knien ging ich nach seiner Schlafkammer, die neben der meinen lag. Als ich behutsam die Gardine von seinem Bette zurückzog, da beschien der Mond die leeren Kissen; sein armer Kopf hatte wohl schon längst nicht mehr die Ruhe darauf gefunden; jetzt waren sie gänzlich unberührt. In Todesangst lief ich die Treppe hinab nach der Hoftür; aber sie war verschlossen und der Schlüssel abgezogen. Ich ging in die Küche und zündete Licht an; dann nach der Schreibstube, die ebenfalls ihre Fenster nach dem Garten hatte. Eine Zeitlang stand ich ratlos am Fenster und starrte hinaus; ich hörte Tritte zwischen den Holunderbüschen, aber ich konnte nichts unterscheiden; denn die dahinterstehende Planke verbreitete trotz des Mondscheins tiefen Schatten. Da hörte ich draußen die Hoftür aufschließen, und bald darauf wurde auch die Stubentür geöffnet. Mein Vater trat herein. – Ich bin so alt geworden, aber ich habe es nicht vergessen; sein langes graues Haar triefte von Wasser oder Schweiß; seine Kleider, die er sonst so peinlich sauber hielt, waren überall mit grünem Schlamm besudelt.

Er fuhr sichtbar zusammen, als er mich erblickte. »Was ist das! Wie kommst du hieher?« sagte er hart.

»Der Vetter ließ mich herfahren, Vater!«

»Um Mitternacht? – Das hätte er können bleibenlassen.«

Ich sah meinen Vater an; er hatte die Augen niedergeschlagen und stand unbeweglich. »Es ließ mir keine Ruhe«, sagte ich, »mir war, ich sei hier nötig, als müsse ich zu dir.«

Der alte Mann ließ sich auf einen Stuhl sinken und bedeckte sein Gesicht mit beiden Händen. »Geh in deine Kammer«, murmelte er; »ich will allein sein.«

Aber ich ging nicht. »Laß mich bei dir bleiben«, sagte ich leise. Mein Vater hörte nicht auf mich; er erhob den Kopf und schien nach draußen hinzuhorchen. Plötzlich sprang er auf. »Still!« rief er, »hörst du's?« und sah mich mit weit offenen Augen an.

Ich war ans Fenster getreten und sah hinaus. Es war alles tot und stille; nur die Holunderzweige schlugen, vom Nachtwinde bewegt, gegeneinander. »Ich höre nichts!« sagte ich.

Mein Vater stand noch immer, als höre er auf etwas, das ihn mit Entsetzen erfüllte. »Ich meinte, es sei keine Sünde«, sprach er vor sich hin; »es ist kein gottloses Wesen dabei, und der Brunnen steht, bis jetzt wenigstens, auf meinem Grund.« Dann wandte er sich zu mir. »Ich weiß, du glaubst nicht daran, mein Kind«, sagte er, »aber es ist dennoch gewiß; die Rute hat dreimal geschlagen, und die Nachrichten, die ich nur zu teuer habe bezahlen müssen, stimmen alle überein; es liegt ein Schatz in unserm Brunnen, der zur Schwedenzeit darin vergraben ist. Warum sollte ich ihn nicht heben! – Wir haben die Quelle abgedämmt und das Wasser ausgeschöpft, und heute nacht haben wir gegraben.«

»Wir?« fragte ich. »Von welchem andern sprichst du?«

»Es ist nur einer in der Stadt, der das versteht.«

»Du meinst doch nicht den Goldmacher? Das ist kein guter Helfer!«

»Es ist nichts Gottloses mit dem Rutenschlagen, mein Kind.«

»Aber die es treiben, sind Betrüger.« – –

Mein Vater hatte sich wieder auf den Stuhl gesetzt und sah wie zweifelnd vor sich hin. Dann schüttelte er den Kopf und sagte: »Der Spaten klang schon darauf; aber da geschah etwas«; – und sich unterbrechend, fuhr er fort: »Vor achtzehn Jahren starb deine Mutter; als sie es inne wurde, daß sie uns verlassen müsse, brach sie in ein bitteres Weinen aus, das kein Ende nehmen wollte, bis sie in ihren Todesschlaf verfiel. Das waren die letzten Laute, die ich aus deiner Mutter Mund vernahm.« Er schwieg einen Augenblick, dann sagte er zögernd, als scheue er sich vor dem Laut seiner eignen Stimme: »Heute nacht, nach achtzehn Jahren, da der Spaten auf die Kiste stieß, habe ich es wieder gehört. Es war nicht bloß in meinem Ohr, wie es all die Jahre hindurch so oft gewesen ist; unter mir, aus dem Grund der Erde kam es herauf. – Man darf nicht sprechen bei solchem Werk; aber mir war, als schnitte das Eisen in deiner toten Mutter Herz. – Ich schrie laut auf, da erlosch die Lampe, und – siehst du«, setzte er dumpf hinzu, »deshalb ist alles wieder verschwunden.«

Ich warf mich vor meinem Vater auf die Knie und legte meine Hände um seinen Nacken. »Ich bin kein Kind mehr«, sagte ich, »laß uns zusammenhalten, Vater; ich weiß, das Unglück ist in unser Haus gekommen.«

Er sagte nichts; aber er lehnte seine feuchte Stirn an meine Schulter; es war das erste Mal, daß er an seinem Kinde eine Stütze suchte. Wie lange wir so gesessen haben, weiß ich nicht. Da fühlte ich, daß meine Wangen von heißen Tränen naß wurden, die aus seinen alten Augen flossen. Ich klammerte mich an ihn. »Weine nicht, Vater«, bat ich, »wir werden auch die Armut ertragen können.«

Er strich mit seiner zitternden Hand über mein Haar und sagte leise, so leise, daß ich es kaum verstehen konnte: »Die Armut wohl, mein Kind, aber nicht die Schuld.«

Und nun, mein Junge, kam eine bittere Stunde; aber eine, die noch jetzt in meinem Alter mir als die trostvollste meines Lebens erscheint. Denn zum ersten Male konnte ich meinem Vater die Liebe seines Kindes geben; und von jenem Augenblicke an blieb sie ihm das Teuerste und bald auch das letzte, was er auf Erden noch sein nannte. Während ich neben ihm saß und heimlich meine Tränen niederschluckte, schüttete mein Vater mir sein Herz aus. Ich wußte nun, daß er vor dem Bankerott stand; aber das war das Schlimmste nicht. In einer schlaflosen Nacht, da er vergebens auf seinem heißen Kissen nach einem Ausweg aus dem Elend gesucht, war ihm die halbvergessene Sage von dem Schatz in unserem Brunnen wieder in den Sinn gekommen. Der Gedanke hatte ihn seitdem verfolgt; tags, wenn er über seinen Büchern saß, des Nachts, wenn endlich ein schwerer Schlummer auf seiner Brust lag. In seinen Träumen hatte er das Gold im dunkeln Wasser brennen sehen; und wenn er morgens aufgestanden, immer wieder hatte es ihn hinaus an den Brunnen getrieben, um wie gebannt in die geheimnisvolle Tiefe hinabzustarren. Da hatte er sich dem argen Gehülfen anvertraut. Aber der war keineswegs sogleich bereit gewesen, sondern hatte vor allem eine bedeutende Summe zu den notwendigen Vorbereitungen des Werkes verlangt. Mein Armer Vater hatte schon keinen Willen mehr; er gab sie hin, und bald eine zweite und dritte. Das Traumgold verschlang das wirkliche, das noch in seinen Händen war; aber dieses Gold war nicht sein eigen; es war das anvertraute Erbe seines Mündels. An Ersatz war nicht zu denken; wir rieten hin und wider; Verwandte, die uns zu helfen vermocht, hatten wir nicht; dein Großvater war nicht mehr; endlich gestanden wir uns, daß von außen keine Hülfe zu hoffen sei. –

Das Licht war ausgebrannt, ich hatte meinen Kopf an meines Vaters Brust gelegt, meine Hand ruhte in der seinen; so blieben wir im Dunkeln sitzen. Was dann weiter im geheimen Zwiesprach dieser Nacht zwischen uns gesprochen wurde, ich weiß es nicht mehr. Aber niemals zuvor, da noch mein Vater unfehlbar vor mir stand, wie fast nur unser Herrgott selber, habe ich solch heilige Zärtlichkeit für ihn gefühlt wie in jener Stunde, da er mir eine Tat vertraut hatte, die wohl nicht bloß vor den Augen der Menschen ein Verbrechen war. – Allgemach erblichen am Himmel draußen die Sterne, ein kleiner Vogel sang aus den Holunderbüschen, und der erste Schein des Morgenrots fiel in das dämmerige Zimmer. Mein Vater stand auf und trat an das Pult, auf dem seine großen Kontobücher lagen. Das lebensgroße Ölbild des Großvaters, mit dem Haarbeutel und dem lederfarbenen Kamisol, schien strenge auf den Sohn herabzusehen. »Ich werde noch einmal rechnen«, sagte mein Vater, »bleibt das Fazit dasselbe«, setzte er zögernd hinzu, indem er wie um Vergebung flehend zu dem Bilde seines Vaters aufblickte, »dann werde ich einen schweren Gang tun; denn ich bedarf der Barmherzigkeit Gottes und der Menschen.«

Auf seinen Wunsch verließ ich jetzt das Zimmer, und bald wurde es laut im Hause; der Tag war angebrochen. Als ich die nötigen Geschäfte besorgt hatte, ging ich in den Garten und durch das Hinterpförtchen auf den Weg hinaus; Harre pflegte hier vorbeizukommen, wenn er morgens nach der Werkstatt ging, in der er bis jetzt noch arbeitete.

Ich brauchte nicht lange zu warten; als die Uhr sechs geschlagen, sah ich ihn kommen. »Harre, einen Augenblick!« sagte ich und winkte ihm, mit mir in den Garten zu treten.

Er sah mich befremdet an; denn meine böse Botschaft war wohl auf meinem Gesicht geschrieben; auch stand ich, als ich ihn in eine Ecke des Gartens gezogen hatte, eine ganze Zeit und hatte seine Hand gefaßt, ohne daß ich ein Wort hervorbringen konnte. Endlich aber sagte ich ihm alles, und dann bat ich ihn: »Mein Vater will zu dir gehen; sei nicht zu hart mit ihm.«

Er war totenblaß geworden, und in seine Augen trat ein Ausdruck, vielleicht nur der Verzweiflung, der mich erschreckte.
»Harre, Harre, was willst du mit dem alten Mann beginnen?« rief ich.
Er drückte die Hand gegen seine Brust. »Nichts, Agnes«, sagte er, indem er mich traurig lächelnd ansah; »aber ich muß nun fort von hier.«
Ich erschrak. – »Weshalb?« fragte ich stammelnd.
»Ich darf deinen Vater nicht wiedersehen.«
»Du wirst ihm ja doch vergeben, Harre!«
»Das wohl, Agnes; ich schulde ihm mehr als das; aber – er soll sein graues Haupt vor mir nicht demütigen. Und dann« – das setzte er wie beiläufig noch hinzu –, »ich glaube auch, es geht jetzt mit dem Meisterwerden nicht.«
Ich sagte nichts hierauf; ich sah nur, wie das Glück, nach dem ich gestern schon die Hand gestreckt, in unsichtbare Ferne schwand; aber es war nichts mehr zu ändern; es war jetzt am besten so, wie es Harre wollte. Nur das sagte ich noch: »Wann wirst du gehen, Harre?« Ich wußte selbst kaum, was ich sprach.
»Sorge nur, daß dein Vater mich heute nicht aufsucht«, erwiderte er; »bis morgen früh bin ich mit allem fertig, was ich noch hier zu tun habe. Kränke dich auch nicht um mich, ich finde leicht ein Unterkommen.«
Nach diesen Worten trennten wir uns; das Herz war wohl zu voll, als daß wir Weiteres hätten sprechen können.« –
Die Erzählerin schwieg eine Weile. Dann sagte sie: »Am andern Morgen sah ich ihn noch einmal, und dann nicht mehr; das ganze lange Leben niemals mehr.«
Sie ließ den Kopf auf ihre Brust sinken; die Hände, die auf ihrem Schoß geruht hatten, wand sie leise umeinander, als müsse sie damit das Weh beschwichtigen, das, wie einst das Herz des jungen blonden Mädchens, so noch jetzt den gebrechlichen Leib der Greisin zittern machte.
Doch sie blieb nicht lange in dieser gebrochenen Stellung; sich gewaltsam aufraffend, erhob sie sich vom Stuhl und trat ans Fenster. »Was will ich klagen!« sagte sie und zeigte mit dem Finger auf die Scheibe, die ihres Vaters Namen trug. »Der Mann

hat mehr gelitten als ich. Laß mich auch das dir noch erzählen. –

Harre war fort; er hatte von meinem Vater in einem herzlichen guten Briefe Abschied genommen; gesehen haben sie sich nicht mehr. Bald darauf waren die letzten gerichtlichen Schritte gegen uns getan, und die Eröffnung des Konkurses sollte in nächster Zeit erfolgen.

Es war damals Sitte in unserer Stadt, daß alle öffentlichen Bekanntmachungen nicht wie jetzt durch den Prediger in der Kirche, sondern aus dem offenen Fenster des Ratssitzungssaales durch den Stadtsekretär verlesen wurden; bevor aber dies geschah, wurde eine halbe Stunde lang mit der kleinen Glocke vom Turm geläutet. Da unser Haus dem Rathause gegenüber lag, so hatte ich dies oft beobachtet, und auch, wie sich unter dem Glokkenschall Kinder und müßige Leute vor den Rathausfenstern und auf der Treppe über dem Ratskeller versammelten. Das nämliche geschah bei der Publizierung eines Konkursurtels; aber die Leute legten dann der Sache eine üble Bedeutung unter, und das Wort »Die Glocke hat über ihn geläutet«, galt für einen Schimpf. – Ich hatte auch in solchen Fällen ohne viel Gedanken hingehört; jetzt zitterte ich vor dem Eindruck, den dieser Vorgang auf das Gemüt meines ohnehin tiefgebeugten Vaters machen würde.

Er hatte mir vertraut, daß er sich deshalb durch einen befreundeten Ratsherrn an den Bürgermeister gewandt habe; und der Ratsherr, ein gutmütiger Schwätzer, hatte ihm die Zusicherung gegeben, daß die Publikation diesmal ohne die Glocke geschehen würde. Ich selbst aber wußte aus sicherer Quelle, daß diese Zusicherung eine grundlose war. Dennoch ließ ich meinen Vater in seinem arglosen Glauben und bemühte mich nur, ihn für diesen Tag zu einer kleinen Reise aufs Land zu unsern Verwandten zu bereden. Aber er wollte, wie er mit schmerzlichem Lächeln sagte, sein sinkendes Schiff nicht vor dem völligen Untergang verlassen. Da, in meiner Angst, fiel mir ein, daß ich in dem hintersten Verschlage unseres sehr tiefen und gewölbten Kellers die Glocke niemals hatte schlagen hören. Darauf baute ich meinen Plan. Es gelang mir auch, meinen Vater zu bereden, mit mir ge-

meinschaftlich ein Verzeichnis über die dort lagernden Waren aufzunehmen, wodurch, wenn später die Gerichtspersonen zur Aufnahme des Inventars kämen, eine Abkürzung dieses traurigen Geschäfts herbeigeführt würde.
Als die verhängnisvolle Stunde kam, waren wir schon längst unter der Erde bei unserer Arbeit. Mein Vater sortierte die Waren, ich beim Schein einer Laterne schrieb auf ein Blatt Papier, was er mir diktierte. Ein paarmal war mir wohl gewesen, als hörte ich von fern das Summen einer Glocke; dann sprach ich ein paar laute Worte, bis das Schieben und Rücken mit den Fässern und Kisten allen von außen eindringenden Schall wieder verschlang. Alles schien gut zu gehen, mein Vater war ganz in seine Arbeit vertieft. Da hörte ich plötzlich droben die Kellertür aufreißen; die alte Magd rief, ich weiß nicht mehr weshalb, nach mir, und zugleich drangen auch die klaren Schallwellen der Glocke zu uns herab. Mein Vater horchte auf und setzte die Kiste, die er in den Händen hatte, auf den Boden. »Die Schandglocke!« stöhnte er und fiel wie kraftlos gegen die Wand. »Es wird mir nichts erspart.« – Aber nur einen Augenblick; dann richtete er sich auf, und ehe ich noch Zeit bekam, ein Wort zu reden, hatte er schon den Raum verlassen, und gleich darauf hörte ich ihn die Kellertreppe hinaufsteigen. Auch ich ging jetzt in das Haus hinauf und fand meinen Vater, nachdem ich ihn vergebens in der Schreibstube gesucht, im Wohnzimmer mit gefalteten Händen am offnen Fenster stehen. In diesem Augenblick hörte das Glokkenläuten auf; im Rathaus drüben, das von der hellen Morgensonne beleuchtet war, wurden die drei Fensterflügel aufgestoßen, und ich sah den Stadtdiener die roten Polster auf die Fensterbänke legen; an dem Eisengeländer der Ratstreppe hing schon ein ganzer Schwarm von halberwachsenen Buben. Mein Vater stand unbeweglich und sah mit gespannten Augen zu. Ich wollte ihn mit sanften Worten fortziehen. Aber er wehrte mir. »Laß nur, mein Kind«, sagte er, »das geht mich an, ich muß das hören.«
So blieb er denn. Der alte Stadtsekretär mit seinem weißgepuderten Kopf erschien drüben in dem Mittelfenster, und während ihm zur Seite zwei Ratsherren auf den roten Kissen lehnten, ver-

las er mit seiner scharfen Stimme aus einem Blatt Papier, das er in beiden Händen vor sich hielt, das Konkursurtel. Bei der klaren Frühlingsluft drang jedes Wort verständlich zu uns herüber. Als mein Vater seinen vollen Namen über den Markt hinaussprechen hörte, sah ich ihn zusammenzucken; aber er hielt dennnoch stand, bis alles vorüber war. Dann zog er seine goldene Uhr, die er von seinem Vater ererbt hatte, aus der Tasche und legte sie auf den Tisch. »Sie gehört zur Konkursmasse«, sagte er, »schließe sie in die Schatulle, damit sie morgen mit versiegelt werde.«

Am andern Tage kamen die Herren zur Versiegelung; aber mein Vater konnte das Bett nicht verlassen; er war in der Nacht vom Schlage getroffen worden. – Als einige Monate später unser Haus verkauft war, wurde er in einem Tragkorb, den wir aus dem Krankenhause geliehen, nach der kleinen Wohnung gebracht, die wir am Ende der Stadt für uns gemietet hatten. Dort hat er noch neun Jahre gelebt; ein gelähmter und gebrochener Mann. In seinen guten Stunden besorgte er kleine Rechnungen und Schreibereien für andere; das meiste habe ich mit meiner Hände Arbeit verdienen müssen. Dann aber ist er in fester Hoffnung auf die Barmherzigkeit Gottes in meinen Armen sanft verschieden. – Nach seinem Tode kam ich zu guten Leuten; es war das Haus deiner Großeltern.«

Meine alte Freundin schwieg. Ich aber dachte an Harre. – »Und hast du denn«, fragte ich, »während der ganzen Zeit auch niemals eine Nachricht von deinem Jugendfreunde erhalten?«

»Niemals, mein Kind«, erwiderte sie.

»Weißt du, Hansen«, sagte ich, »dein Harre gefällt mir nicht, er war kein Mann von Wort!«

Sie legte die Hand auf meinen Arm. »So darfst du nicht sprechen, Kind. Ich habe ihn gekannt; es gibt noch andere Dinge als den Tod, die des Menschen Willen zwingen. – Aber wir wollen nach meinem Zimmer gehen; du hast deinen Hut noch dort, und es mag bald Mittag werden.«

So schlossen wir denn den einsamen Festsaal wieder ab und gingen denselben Weg zurück, den wir gekommen waren. Diesmal öffnete sich die Tür des Spökenkiekers nicht; nur hinter derselben, auf den sandigen Dielen, hörten wir seinen schlurfenden Schritt.

Als wir in Hansens Zimmer waren, wo noch der letzte Strahl der Vormittagssonne in die Fenster schien, zog sie eine Schublade ihrer Schatulle auf und nahm daraus ein Mahagonikästchen, sauber poliert, aber im Geschmack einer vergangenen Zeit. Es mochte einst ein Geschenk des jungen Tischlers an einem Geburtstage ihrer Jugend gewesen sein.

»Das mußt du auch noch sehen«, sagte Hansen, indem sie das Kästchen aufschloß. Es lagen Wertpapiere darin, welche sämtlich auf Harre Jensen, »Sohn des verstorbenen Tischlermeisters Harre Christian Jensen dahier«, lauteten, deren Datum aber nicht über die letzten zehn Jahre hinabreichte.

»Wie kommst du zu diesen Papieren?« fragte ich.

Sie lächelte. »Ich habe nicht umsonst gedient.«

»Aber die Papiere lauten nicht auf deinen Namen!«

»Es ist die Schuld meines Vaters, die ich zurückerstatte. Deshalb, und weil mein Nachlaß, wie aller, die hier versterben, an das Stift fällt, habe ich das Geld sofort auf Harre Jensens Namen schreiben lassen.« – Einen Augenblick noch, ehe sie es wieder einschloß, wog sie das Kästchen auf der Hand. »Der Schatz ist wieder beisammen«, sagte sie, »aber das Glück, mein Kind, das Glück, das einst darin gewesen ist, das ist nicht mehr darin.«

Als sie diese Worte sprach, schoß draußen ein Schwalbenzug mit lautem Geschrei vorüber, und gleich darauf flatterten zwei dieser Vögel bis nahe an die Scheiben und setzten sich dann zwitschernd auf den offnen Fensterflügel. Es waren die ersten Schwalben, die ich in diesem Frühjahr sah.

»Hörst du die kleinen Gratulanten, Hansen?« rief ich, »just zu deinem Geburtstag sind sie heimgekommen!«

Hansen nickte nur. Ihre noch immer schönen blauen Augen blickten traurig auf die kleinen singenden Freunde. Dann legte sie die Hände auf meinen Arm und sagte freundlich: »Geh nun, mein Kind; ich danke allen, daß sie an mich gedacht. Ich möchte nun allein sein.«

Es war mehrere Jahre später, als ich mich von einer Reise nach dem mittleren Deutschland auf dem Heimwege nach meiner Vaterstadt befand. Auf einer Hauptstation der Eisenbahn – denn die Zeit des Dampfes war damals schon hereingebrochen – stieg ein alter Mann mit weißem Haar zu mir in das Coupé, worin ich mich bisher allein befunden hatte. Er ließ sich einen kleinen Reisekoffer nachreichen, den ich ihm unter den Sitz schieben half, und setzte sich dann mit den freundlichen Worten: »Wir haben auch noch nie beisammengesessen«, mir gegenüber. Als er dies sagte, erschien um den Mund und um die braunen Augen ein Ausdruck der Güte, ich möchte sagen der Teilnahme, der unwillkürlich zu traulichem Gespräche einlud. Die Sauberkeit seiner äußern Erscheinung, die sich nicht bloß in dem braunen Tuchrock und dem weißen Halstuch ausprägte, das feinbürgerliche Wesen des Mannes, alles heimelte mich an, und es dauerte nicht lange, so hatten wir uns in gegenseitige Mitteilungen über unsere Familienverhältnisse vertieft. Ich erfuhr, daß er ein Klaviermacher und in einer mittelgroßen Stadt Schwabens ansässig sei. Dabei fiel mir eines auf; mein Reisegefährte sprach den süddeutschen Dialekt, und doch hatte ich auf seinem Koffer den Namen »Jensen« gelesen, der meines Wissens nur dem nördlichsten Deutschland angehörte.

Als ich ihm das bemerkte, lächelte er. »Ich mag schon ziemlich eingeschwäbelt sein«, sagte er, »denn ich wohne nun seit über vierzig Jahren in diesem guten Lande und habe es in dieser Zeit niemals verlassen; meine Heimat aber liegt im Norden, und daher stammt denn auch mein Name.« Und nun nannte er meine eigene Vaterstadt als seinen Geburtsort.

»So sind wir Landsleute so sehr als möglich«, rief ich, »dort bin auch ich geboren und eben im Begriff, dahin zurückzukehren.«

Der alte Herr ergriff meine beiden Hände und sah mich liebevoll an. »Das hat der liebe Gott gut gemacht«, sagte er, »so reisen wir, wenn es Ihnen recht ist, zusammen. Auch mein Ziel ist unsere Vaterstadt; ich hoffe auf ein Wiedersehen dort – wenn Gott es zuläßt.«

Ich nahm mit Freuden diesen Vorschlag an.

Nachdem wir den derzeitigen Endpunkt der Eisenbahn erreicht hatten, lagen noch fünf Meilen Weges vor uns, und bald saßen wir zusammen in den bequemen Kissen eines Federwagens, dessen Bedachung wir bei dem schönen Herbstwetter zurückgeschlagen hatten. Die Gegend wurde allmählich heimatlicher; die Wälder verschwanden, bald auch die lebendigen Zäune zur Seite des Weges, ja sogar die Wälle, auf denen sie standen, und die weite baumlose Ebene tat sich vor uns auf. Mein Gefährte blickte still vor sich hinaus. »Ich bin dieser Unendlichkeit des Raumes so entwöhnt«, sagte er einmal; »mir ist jetzt hier, als sähe ich nach allen Seiten in die Ewigkeit.« Dann schwieg er wieder, und ich störte ihn nicht.

Als wir etwa auf der Mitte des Weges aus einem Dorfe, durch das die Landstraße führte, wieder ins Freie kamen, bemerkte ich, daß er den Kopf vorbeugte und eifrig auszulugen schien. Dann beschattete er die Augen mit seiner Hand und wurde sichtbar unruhig. »Ich sehe doch sonst noch so gut in die Ferne«, sagte er endlich, »aber ich bemühe mich umsonst, unsern Turm von hier in Sicht zu bekommen, und doch hab ich ihn in meiner Jugend von hier aus immer zuerst begrüßt, wenn ich von einer Wanderung heimkehrte.«

»Sie müssen sich irren«, erwiderte ich, »der niedrige Turm kann in solcher Entfernung noch nicht sichtbar sein.«

»Niedrig!« rief der Alte fast unwillig, »der Turm hat seit Jahrhunderten auf viele Meilen in die See hinaus den Schiffern zum Wahrzeichen gedient!«

Da fiel es mir bei. »Sie denken am Ende«, sagte ich zögernd, »noch an den Turm der alten Kirche, die vor reichlich vierzig Jahren abgebrochen wurde.«

Der Alte sah mich mit seinen großen Augen an, als ob ich faselte. »Die Kirche abgebrochen – und vor über vierzig Jahren! Mein Gott, wie lange bin ich fort gewesen; ich habe niemals etwas davon erfahren!«

Er faltete seine Hände und saß eine ganze Weile wie mutlos in sich zusammengesunken. Dann sagte er: »Auf jenem schönen Turm, der also nur in meinen Gedanken noch vorhanden war, habe ich vor nun bald fünfzig Jahren der das Wiederkommen versprochen, um deren willen ich jetzt diese weite Reise mache. Ich will Ihnen, wenn Sie hören mögen, dies Stück meines Lebens mitteilen; vielleicht, daß Sie mir dann über die Hoffnung, die ich hege, eine Auskunft zu geben vermögen.«

Ich versicherte den alten Herrn meiner Teilnahme; und während unser Postillion in der warmen Mittagssonne auf seinem Sitze einnickte und die Räder langsam durch den Sand mahlten, begann er seine Erzählung:

»In meiner Jugend hätte ich gern den Weg einer gelehrten Bildung eingeschlagen; da aber nach dem frühzeitigen Tode meiner Eltern die Mittel dazu nicht vorhanden waren, so blieb ich bei dem Handwerk meines Vaters, das heißt, ich wurde Tischler. Schon während ich als Geselle auf der Wanderschaft war, hatte ich nicht übel Lust, mich draußen anzusiedeln; denn es fehlte mir nicht ganz an Mitteln; aus dem Verkauf des väterlichen Hauses war mir ein rundes Sümmchen übriggeblieben, das für den Anfang schon genügte. Aber ich kehrte doch wieder heim, und das geschah um eines jungen blonden Mädchens willen. – Ich glaube nicht, daß ich jemals wieder so blaue Augen gesehen habe. Eine Freundin sagte einmal im Scherz zu ihr: »Agnes, ich pflück dir die Veilchen aus den Augen!« Die Worte hab ich nimmer vergessen können.« – Der Alte schwieg eine Weile und blickte verklärt vor sich hin, als sähe er noch einmal in diese Veilchenaugen seiner Jugend. Darauf, während ich fast unwillkürlich den Namen meiner alten Freundin in St. Jürgen bei mir selber sprach, begann er wieder: »Sie war die Tochter eines Krämers, meines Vormundes. Wir wuchsen als Nachbarkinder miteinander auf, während das Mädchen von dem früh verwitweten Vater ziemlich streng und einsam erzogen wurde. Daher mag es gekommen sein, daß sie sich immer mehr dem einzigen Jugendgespielen anschloß. Bald nach meiner Rückkehr waren wir unter uns beiden so gut als verlobt, und es war schon ausgemacht, daß ich in unserer Vaterstadt ein Geschäft begründen sollte, als ich durch einen unerwarteten Zufall mein ganzes kleines Vermögen verlor. – Es kam so, daß ich wieder fort mußte.

Am letzten Tage hatte Agnes mir versprochen, abends noch einmal auf den Weg hinter ihrem Garten hinauszukommen und dort ein letztes Wort mit mir zu reden. Als ich mich aber mit dem bestimmten Glockenschlage einfand, war sie nicht dort. Ich stand lauschend an der Planke unter dem überhängenden Lindengezweig, aber ich wartete vergebens. Das Haus ihres Vaters konnte ich damals nicht betreten; nicht daß ein Zwiespalt zwischen uns gewesen wäre, ich glaube im Gegenteil, daß er mir die Hand seiner Tochter ohne großes Bedenken würde gegeben haben; denn er hielt etwas auf mich und war kein hochmütiger Mann. Es hatte einen andern Grund, den ich nicht gern der Vergessenheit entreißen möchte. – Ich weiß es noch gar wohl. Es war ein dunkler, stürmischer Aprilabend; mehrmals täuschte mich die Wetterfahne auf dem Dache, daß ich glaubte, die mir wohlbekannte Hoftür öffnen zu hören, aber es kam kein Schritt den Gartensteig herab. Noch lehnte ich an der Planke und sah die schwarzen Wolken am Himmel vorüberfliegen; endlich ging ich schweren Herzens fort. – –

Am andern Morgen hatte es eben fünf vom Turme geschlagen, als ich nach einer schlaflosen Nacht die Treppe von meiner Kammer hinabstieg und von meinen Hauswirten Abschied nahm. In den engen, schlecht gepflasterten Straßen war noch die Dunkelheit und der Schmutz des Winters. Die Stadt schien noch im Schlaf zu liegen; von allen bekannten Gesichtern wollte mir keins begegnen, und so ging ich einsam und trübselig meinen Weg. Da, als ich eben nach dem Kirchhof einbiegen wollte, brach ein scharfer Sonnenstrahl hervor, und das alte Haus der Ratsapotheke, das unten mit seinem Löwenschnitzbild noch in dem Dunst der Gasse stand, war oben mit der Spitze des Treppengiebels auf einmal wie in Frühlingsschein gebadet. Zugleich, als ich eben aufschaue, schallt über mir hoch in der Luft ein langgezogener Ton; dann noch einmal und noch einmal, als riefe es weit in die Welt hinaus.

Ich war auf den Kirchhof hinausgetreten und blickte an dem Turm hinauf; da sah ich oben auf der Galerie den Türmer stehen und sah, wie er sein langes Horn noch in der Hand hielt. Ich wußte es nun wohl; die ersten Schwalben waren gekommen, und der alte Jakob hatte ihnen den Willkommen geblasen und es laut über die Stadt gerufen, daß der Frühling ins Land gekommen sei. Dafür bekam er seinen Ehrentrunk im Ratsweinkeller und einen blanken Reichstaler vom Herrn Bürgermeister. – Ich kannte den Mann und war oft droben bei ihm gewesen; als Knabe, um von dort aus meine Tauben fliegen zu sehen, später auch wohl mit Agnes; denn der Alte hatte ein Enkeltöchterchen bei sich, zu dem sie Pate gestanden und deren sie sich auf allerlei Art anzunehmen pflegte. Einmal, am Christabend, hatte ich ihr sogar ein vollständiges Weihnachtsbäumchen den hohen Turm hinaufschleppen helfen. – Nun stand die wohlbekannte Eichentür offen; unwillkürlich trat ich hinein, und in der Finsternis, die mich plötzlich umgab, stieg ich langsam die Treppen und, wo diese aufhörten, die schmalen leiterartigen Stiegen hinan. Nichts hörte ich als das Rasseln der großen Turmuhr, die hier in der Einsamkeit ihr Wesen trieb. Ich weiß es noch gar wohl, mir grauete dermalen vor diesem toten Dinge, und ich hätte, als ich daran vorbeikam, in die eisernen Räder greifen mögen, nur um es stillzumachen. Da hörte ich den alten Jakob von oben herabklettern. Er schien mit einem Kinde zu sprechen, das er zur Vorsicht ermahnte. Ich rief ihm einen »Guten Morgen« in die Dunkelheit hinauf und fragte, ob er die kleine Meta bei sich habe.

»Bist du's, Harre?« rief der Alte zurück, »freilich, die muß ja mit zum Herrn Bürgermeister.«

Endlich kamen die beiden zu mir herab, während ich seitwärts in eine Schalluke getreten war. Als Jakob mich so reisefertig neben sich sah, rief er verwundert: »Was soll das bedeuten, Harre? Was steigst denn da mit Knüttel und Wachstuchhut in meinen Turm hinauf? Bist doch nicht wieder fremd geworden bei uns daheim?«

»Es ist nicht anders, Jakob«, erwiderte ich, »'s wird hoffentlich nicht auf lange sein.«

»Hatt's mir ganz anders mit dir ausgedacht!« brummte der Alte. »Nun, wenn's denn einmal sein muß, die Schwalben sind wieder da; es ist jetzt schon die beste Zeit zum Wandern. Und hab auch Dank, daß du noch mal gekommen bist!«

»So lebt wohl, Jakob!« sagte ich. »Und wenn Ihr mich von Eurem Turm herab einmal im hellen Sonnenschein wieder ins Tor hineinwandern seht, so blast auch mir einen Willkommen wie heute Euren Schwalben!«

Der Alte schüttelte mir die Hand, indem er sein Enkelchen auf den Arm nahm. »Soll gelten, Meister Harre!« rief er lächelnd; er pflegte mich im Scherze so zu nennen. Als ich mich aber anschickte, wieder mit ihm hinabzusteigen, fügte er noch hinzu: »Wenn du einen *guten Weg* von der Agnes haben willst, sie ist oben, schon seit früh; sie hat noch ihr Gefallen an den Vögelchen.«

Wohl niemals bin ich so schnell die letzten halsbrechenden Stiegen hinaufgekommen, obgleich mir der Herzschlag fast den Atem versetzte. Als ich aber oben auf die Plattform und in den blendenden Himmelsschein hinaustrat, blieb ich unwillkürlich stehen und tat einen Blick über das Eisengeländer. Da sah ich unter mir in der Tiefe meine Vaterstadt im ersten Schmuck des Frühlings liegen; überall zwischen den Dächern standen die Kirschbäume in Blüte, welche das warme Frühjahr so zeitig hervorgetrieben hatte. Dort der Giebel, dem kleinen Turme des Rathauses gegenüber, gehörte dem Hause meines Vormundes. Ich sah den Garten, den Weg dahinter; mir quoll das Herz, und von Heimweh überwältigt, mag ich unwillkürlich einen Laut ausgestoßen haben; denn ich fühlte plötzlich meine Hand ergriffen, und als ich aufblickte, stand Agnes neben mir. »Harre«, sagte sie, »kommst du noch einmal!« Und dabei flog ein glückliches Lächeln über ihr Gesicht.

»Ich dachte nicht, dich hier zu finden«, erwiderte ich, »nun muß ich fort; weshalb hast mich gestern so vergebens warten lassen?«

Da war alles Glück aus ihrem Antlitz verschwunden. »Ich konnte nicht, Harre; mein Vater wollte mich nicht von sich lassen. Später bin ich in den Garten hinabgelaufen; aber du warst schon fort, du kamst nicht; da bin ich heute früh auf den Turm gestiegen – ich dachte, ich könnte dich doch zum Tor hinauswandern sehen.«

Die Zukunft lag verworren vor mir, aber doch hatte ich einen Plan gefaßt. Schon früher war ich in einer Klavierfabrik beschäftigt gewesen; nun wollte ich wieder diese Arbeit suchen, um dann mit Hülfe des zu erwartenden Verdienstes vielleicht später selbst ein solches Geschäft zu begründen; denn diese Instrumente begannen schon damals eine große Verbreitung zu finden. – Das alles sagte ich jetzt dem Mädchen, und auch, wohin ich mich zunächst zu wenden beabsichtigte.

Sie hatte sich auf das Geländer gelehnt und wie abwesend in den leeren Himmelsraum hinausgeblickt. Jetzt wandte sie langsam den Kopf zurück. »Harre«, sagte sie leise, »geh nicht fort, Harre!«

Als ich sie aber ohne Antwort anblickte, rief sie wieder: »Nein, hör nicht auf mich; ich bin ein Kind, ich weiß nicht, was ich rede.« Der Morgenwind hatte ein paar der blonden Haare gelöst und wehte sie über ihr blasses Gesicht, das jetzt geduldig zu mir aufblickte.

»Wir müssen warten, Agnes«, sagte ich, »das Glück liegt nun in weiter Ferne; ich will versuchen, ob ich es wieder heimbringen kann. Schreiben werd ich nicht; ich komme selber, wenn es Zeit ist.«

Sie sah mich eine Weile mit großen Augen an; dann drückte sie mir die Hand. »Ich warte«, sagte sie mit fester Stimme; »geh denn mit Gott, Harre!«

Ich ging noch nicht. Der Turm, der uns beide trug, ragte so einsam in den blauen Ätherraum; nur die Schwalben, auf deren stahlblauen Schwingen der Sonnenschein wie Funken blitzte, schwebten um uns her und badeten in dem Meer von Luft und Licht. – Ich hielt noch immer ihre Hand; mir war, als könne ich nicht fort von hier, als wären wir beide, sie und ich, schon jetzt hinausgehoben über alle Not der Welt. – Aber die Zeit drängte; unter uns schlug dröhnend die Viertelglocke. Da, als noch die Schallwellen den Turm umfluteten, kam eine Schwalbe geflogen, daß sie uns fast mit ihren Flügeln streifte; furchtlos, nur auf Armeslänge von uns, setzte sie sich auf den Rand des Geländers, und während wir wie gebannt in das kleine glänzende Auge blickten, schmetterte sie plötzlich mit geschwellter Kehle ihre Frühlingslaute in die Luft. Agnes warf sich an meine Brust. »Vergiß das Wiederkommen nicht!« rief sie. Da breitete der Vogel seine Schwingen aus und flog davon. – –

Wie ich durch den dunkeln Turm zur Erde gekommen bin, das weiß ich nicht. Als ich draußen vor dem Stadttor auf der Landstraße war, blieb ich stehen und blickte zurück. Da erkannte ich noch deutlich auf dem von Sonnenglanze umflossenen Turm ihre liebe Gestalt; mir schien, als lehne sie sich weit über den Rand des Geländers hinaus, so daß ich unwillkürlich einen Schreckensruf ausstieß. Aber die Gestalt blieb unbeweglich.
Und endlich wandte ich mich und ging, ohne noch einmal wieder umzusehen, mit raschen Schritten auf der Landstraße fort.«
Der Alte schwieg eine Weile. Dann sagte er: »Sie hat vergebens auf mich gewartet; ich bin niemals wieder heimgekommen. – Ich will Ihnen nun erzählen, wie das geschehen konnte.
Meine erste Arbeit fand ich in Wien, wo damals die besten Klavierfabriken waren; von da kam ich nach anderthalb Jahren ins Württembergische, nach meinem jetzigen Wohnort. Ein Nebengeselle von mir hatte dort einen Bruder, von dem er um die Besorgung eines zuverlässigen Gehülfen gebeten war. – Es war ein noch junges Ehepaar, zu dem ich ins Haus kam. Das Geschäft war klein, aber der Inhaber ein freundlicher und geschickter Mann, bei dem ich bald mehr in diesen Dingen lernte als in der großen Fabrik, wo ich immer nur zu einzelnen Arbeiten gelassen wurde. Da ich mich der Sache nach Kräften annahm und doch auch aus meinen Wiener Erfahrungen manches hinzubrachte, so gewann ich bald das Vertrauen dieser guten Leute. Besondere Freude machte es ihnen, daß ich in meinen Freistunden den ältesten ihrer beiden Knaben in der deutschen Sprache unterrichtete; denn ihnen gefiel meine damals noch norddeutsche Aussprache, und sie wünschten, daß die Kinder auch einmal, wie sie meinten, so reines Deutsch sprechen möchten. Bald wurde auch der jüngere Bruder in den Unterricht hineingezogen, und nun blieb es nicht bei der trockenen Grammatik; ich wußte mir Bücher zu verschaffen, aus denen ich ihnen allerlei Unterhaltendes und Wissenswertes vorzulesen pflegte. So kam es, daß auch die Kinder mit großer Liebe an mir hingen. Als ich nach Jahresfrist zum ersten Mal ohne Beihülfe ein Klavier von besonders schönem Klang zustande gebracht hatte, gab es eine Freude im ganzen Hause, als habe der liebste Angehörige sein Meisterstück gemacht. – Ich aber dachte nun an die Heimkehr.

Da erkrankte mein junger Meister. Aus einer Erkältung entwickelte sich endlich ein ernstliches Brustübel, dessen Keim schon lange in ihm gelegen haben mochte. Die Leitung der Geschäfte kam wie selbstverständlich fast ganz in meine Hände. Ich konnte jetzt nicht fort. Dabei sah ich tiefer in die Verhältnisse der Familie, mit der mich eine immer innigere Freundschaft verband. Eintracht und Fleiß wohnten unter ihrem Dache. Aber es war dennoch ein böses Ding der dritte Hausgenosse, das diese guten Geister nicht zu vertreiben vermocht hatten. In jedem Winkel, wohin nicht gerade die Sonne schien, sah der kranke Mann es sitzen. – Dieses Ding war die Sorge. – »Nimm den Kehrbesen und feg es weg«, sagte ich oft zu meinem Freunde, »ich will dir helfen, Martin!« Dann drückte er mir wohl die Hand, und eine wehmütige Heiterkeit flog für einen Augenblick über sein blasses Gesicht, bald aber sah er wieder die schwarzen Spinngewebe auf allen Dingen.

Leider waren es keine bloßen Hirngespinste. Das Kapital, womit er sein Geschäft begonnen, war von vornherein zu gering gewesen. In den ersten Jahren hatte er durch schlechte Arbeiter Verluste erlitten, die nicht in Rechnung genommen waren, und auch der Absatz der fertigen Ware wollte nicht so rasch erfolgen, wie es solche Umstände erforderten; nun kam ein aussichtsloser Krankheitszustand noch dazu. Auf mir lag endlich nicht nur die ganze Sorge für den Unterhalt der Familie, ich mußte auch noch der Tröster der Gesunden sein. Die Knaben ließen meine Hand nicht los, wenn wir am Bette des Vaters saßen, das er bald nicht mehr verlassen konnte. Bei diesem aber schien das Erlöschen der Körperkraft die Unruhe des Geistes nur zu steigern; grübelnd lag er auf seinem Kissen und baute Pläne für die Zukunft. Mitunter, wenn die Schauer des nahenden Todes ihn anwehten, richtete er sich plötzlich auf und rief: »Ich kann nicht sterben, ich will nicht sterben!« und dann wieder leise mit gefalteten Händen: »Mein Gott, mein Gott, ich will auch, wenn du willst!«

Und endlich kam die Stunde der Erlösung. Wir waren alle an seinem Bette; er dankte mir, er nahm von uns allen Abschied. Dann aber, als sähe er vor sich etwas, vor dem er sie beschützen müsse, riß er seine Frau und die beiden Knaben hastig an sich, blickte sie mit trostlosen Augen an und stöhnte laut. Und als ich ihm zuredete: »Wirf deine Sorgen auf den Herrn, Martin!«, da rief er verzweifelnd: »Harre, Harre, das sind nicht mehr die Sorgen, das ist die Armut selbst! Bald wird sie über meine Leiche wegkriechen; mein Weib, o meine lieben Kinder, sie werden ihr nicht entrinnen!«

Es ist ein eigen Ding um ein Sterbebett; ich weiß nicht, ob Sie es kennen, mein junger Freund. Aber in diesem Augenblick versprach ich meinem sterbenden Meister, bei den Seinen auszuhalten, bis das Gespenst, das seine letzte Stunde störte, sie nicht mehr würde erreichen können. Und als ich das versprochen, ließ auch der Tod nicht mehr auf sich warten. Leise schritt er zur Tür herein. Martin streckte die Hand aus; ich meinte, er wolle sie mir noch reichen, aber es war der unsichtbare Bote des Herrn, der sie ergriff; denn ehe ich sie berührte, hatte das Leben meines jungen Meisters aufgehört.«

Mein Reisegefährte nahm seinen Hut ab und legte ihn vor sich auf den Schoß; sein weißes Haar wehte in der lauen Mittagsluft. So saß er schweigend, als weihe er diese Augenblicke dem Andenken des längst verstorbenen Freundes. – Ich aber mußte der Worte gedenken, die meine alte Hansen einst zu mir gesprochen: »Es gibt noch andere Dinge als den Tod, die des Menschen Willen zwingen.« Es war dennoch der Tod gewesen, der die Lebenden getrennt hatte. Denn es versteht sich, daß ich über die Person dessen, der an meiner Seite saß, nicht mehr in Zweifel sein konnte. Nach einiger Zeit begann der Alte seine Erzählung wieder, indem er langsam sein Haupt bedeckte.

»Ich habe mein gegebenes Wort gehalten«, sagte er, »aber da ich es gab, brach ich ein anderes; denn ich habe nun nicht wieder fort gekonnt. Es zeigte sich bald, daß die Verhältnisse noch zerrütteter waren, als ich bisher gewußt. Einige Monate nach dem Tode des Mannes wurde noch ein drittes Kind, ein Mädchen, geboren; unter diesen Umständen eine neue Sorge zu den alten. Ich tat das Meinige; aber Jahr auf Jahr verging, und das Glück wollte immer noch nicht einkehren. Unerachtet ich nicht nur meine ganze Kraft, sondern auch die Ersparnisse der letzten Jahre hingab, gelang es mir noch immer nicht, den Kampf mit jenem Gespenste der Armut siegreich zu beendigen; ich sah es klar, wenn eine auch nur etwas weniger treue und sorgsame Hand an meine Stelle trat, so waren meine Schutzbefohlenen ihm verfallen.

Oft freilich mitten in der Arbeit überfiel mich das Heimweh und nagte und zehrte an mir; mehr als einmal, wenn der Meißel, ohne daß ich darum gewahr wurde, müßig in meiner Hand lag, bin ich erschreckt vor der Stimme der guten Frau zusammengefahren; denn meine Gedanken waren fort in die Heimat, und eine ganze andere Stimme war in meinen Ohren. In meinen Träumen sah ich den Turm unserer Vaterstadt; anfänglich im hellen Sonnenschein, umkreist von einem Heer von Schwalben; später, wenn der Traum mir wiederkam, sah ich ihn schwarz und drohend in den leeren Himmel ragen, der Herbststurm tobte, und ich hörte die großen Glocken anschlagen; aber immer, auch dann, lehnte Agnes oben auf dem Geländer der Plattform; sie trug noch das blaue Kleid, worin sie dort von mir Abschied genommen hatte; nur war es ganz zerrissen, die leichten Fetzen flatterten in der Luft. »Wann kommen die Schwalben wieder?« hörte ich es rufen. Ich erkannte ihre Stimme, aber sie klang trostlos in dem Wehen des Sturmes. – Wenn ich nach solchen Träumen erwachte, so hörte ich wohl im Zwielicht die Schwalben auf der Dachrinne über meinem Fenster zwitschern. In den ersten Jahren hatte ich den Kopf aufgestützt und mir das Herz vollsingen lassen von Sehnsucht und Heimweh; später konnt ich's nimmer ertragen. Mehr als einmal, wenn das Gezwitscher kein Ende nehmen wollte, habe ich das Fenster aufgerissen und die lieben Vögel fortgejagt.

An einem solchen Morgen erklärte ich einmal, daß ich nun fort müsse, daß es jetzt endlich Zeit sei, auch an mein eignes Leben zu denken. Aber die beiden Knaben brachen in laute Wehklagen aus, und die Mutter setzte, ohne ein Wort zu sagen, ihr Töchterchen auf meinen Schoß, das sogleich die kleinen Arme fest um meinen Hals schlang. – Mein Herz hing an den Kindern, lieber Herr; ich konnte die Kinder nicht verlassen. Ich dachte: ›Bleib denn noch ein Jahr.‹ Der Abgrund zwischen mir und meiner Jugend wurde immer tiefer; zuletzt lag alles wie unerreichbar hinter mir, wie Träume, an die ich nicht mehr denken dürfe. – Ich war schon über die Vierzig hinaus, da schloß ich auf den Wunsch der schon herangewachsenen Kinder das Ehebündnis mit der Frau, deren einzige Stütze ich so lange gewesen war.

Und nun geschah mir etwas Seltsames. Ich war der Frau, wie sie es auch gar wohl verdiente, stets von Herzen gut gewesen; nun aber, seit sie mir unauflöslich angehörte, begann in mir ein Widerwille, ja fast ein Haß gegen sie zu wachsen, den ich oft nur mit Mühe zu verbergen wußte. So sind wir Menschen; ich warf in meinem Herzen auf sie die Schuld von allem, was doch nur die Folge meiner eignen Schwäche war. Da führte Gott zu meinem Heil mich in Versuchung.

Es war eines Sonntags in der Hochsommerzeit. Wir machten eine Landpartie nach dem benachbarten Gebirgsdorfe, wo ein Verwandter der Familie wohnte. Die beiden Söhne mit ihrem Schwesterchen waren uns beiden Alten weit voraus; ihr Plaudern und Lachen war in dem Walde, durch den der Weg führte, schon ganz verschollen. Da machte meine Frau mir den Vorschlag, einen ihr bekannten Richtsteig entlang eines Steinbruches einzuschlagen, um so wo möglich den Jungen auf dem Hauptwege noch zuvorzukommen. »Ich bin als Braut mit Martin hier gegangen«, sagte sie, als wir seitwärts in die Tannen bogen; »etwas weiterhin pflückten wir damals eine dunkelblaue Blume; ich möchte wissen, ob sie noch dort zu finden ist.«

Nach kurzer Zeit hörte an unserer einen Seite der Wald auf, und der Fußweg lief nun dicht an dem Rande des abschüssigen Gesteins hin, während von der andern Seite sich Brombeerranken und anderes Gebüsch dicht herandrängte. – Meine Frau schritt rüstig vor mir auf. Ich folgte langsam und war bald in meine alten Träumereien versunken. Wie die verlorne Seligkeit lag die Heimat vor meinen Sinnen, und grübelnd, aber vergebens suchte ich nach einem Weg dahin. Nur wie durch einen Schleier sah ich, daß es nach dem Bruche zu ganz blau von Genzianen wurde und daß meine Frau sich ein Mal um das andere nach diesen Blumen bückte. Was kümmerte mich das alles! – Da hör ich plötzlich einen Schrei und sehe, wie sie mit den Händen in die Luft greift;

ich sehe auch schon, wie unter ihren Füßen das Geröll sich löst und zwischen den Klippen fortpoltert, und zehn Schritt weiter abwärts steht der Fels lotrecht über dem Abgrund.
Ich stand wie gelähmt. Es brauste mir in den Ohren: »Bleib; laß sie stürzen; du bist frei!« Aber Gott half mir. Nur einen Sekundenschlag, da war ich bei ihr; und mich über den Rand des Felsens werfend, ergriff ich ihre Hand und hatte sie glücklich zu mir heraufgezogen. »Harre, mein guter Harre«, rief sie weinend, »schon wieder hat deine Hand mich vom Abgrund gerettet!«
Wie glühende Tropfen fielen diese Worte in meine Seele. In all den Jahren war kein Wort der Vergangenheit über meine Lippen gekommen; zuerst aus jugendlicher Scheu, das Heiligste hinauszugeben, später wohl in dem unbewußten Bedürfnis, den innern Zwiespalt zu verhehlen. Jetzt plötzlich drängte es mich, alles ohne Rücksicht zu offenbaren. Und am Rande des Abgrundes sitzend, schüttete ich mein Herz aus vor der Frau, die ich kurz zuvor darin begraben gewünscht hatte. Auch das verschwieg ich ihr nicht. Sie brach in heftige Tränen aus; sie weinte über mich, über sich selbst, am lautesten klagte sie über Agnes. »Harre, Harre«, rief sie, aber sie legte ihren Kopf an meine Brust; »das habe ich nicht gewußt, aber es ist nun zu spät, und niemand kann diese Sünde von uns nehmen!«
Es war nun an mir, sie zu beruhigen; und erst mehrere Stunden später trafen wir in dem Dorfe ein, wo unsere Kinder uns schon längst erwartet hatten. Aber seit jener Zeit war meine Frau mit ihrem milden und gerechten Herzen meine beste Freundin und kein Geheimnis mehr zwischen uns. – So gingen die Jahre hin. Allmählich schien sie es vergessen zu haben, daß ich ihre und der Kinder Wohlfahrt mit einem fremden Glück bezahlt hatte, und auch in mir wurde es stiller. Nur wenn im Frühling die Schwalben wiederkamen, oder auch später im Jahr, wenn sie in der Dämmerung noch so allein von allen Vögeln ins Abendrot hineinsangen, dann überfiel's mich mit der alten Pein, und ich hörte noch immer die liebe junge Stimme, noch immer klang es mir in den Ohren: »Vergiß das Wiederkommen nicht!«

So war's auch heuer eines Abends. Ich saß vor unserer Haustür auf der Bank und blickte in den vergehenden Tagesschein, der durch eine Lücke der Straße über den jenseitigen Rebhügeln sichtbar war. Ein Töchterchen unseres jüngsten Sohnes war mir auf den Schoß geklettert und hatte es sich spielmüde in Großvaters Arm bequem gemacht. Bald fielen die kleinen Augen zu, und auch das Abendrot verschwand, aber drüben auf des Nachbars Dach saß noch im Dunkeln eine Schwalbe und zwitscherte leise wie von vergangener Zeit.

Da trat meine Frau aus dem Hause. Sie stand eine Weile schweigend neben mir, und als ich nicht aufblickte, fragte sie mich sanft: »Alter, was ist dir?«, und da ich nicht antwortete und nur der Vogelgesang aus der Dämmerung herübertönte: »Ist's denn wieder einmal die Schwalbe?«

»Du weißt's ja, Mutter«, sagte ich, »du hast ja allezeit mit mir Geduld gehabt.«

Aber ich kannte sie noch nicht ganz; sie hatte mehr als das für mich getan. Sie legte beide Hände auf meine Schultern. »Was meinst?« rief sie, indem sie mich mit ihren alten guten Augen anblickte. »Wir können's jetzt ja leisten, du mußt die Agnes wiedersehen, du hättest ja sonst keine Ruh im Grab bei mir!«

Ich war fast erschreckt durch diesen Vorschlag und wollte Einwendungen machen, sie aber sagte: ›Stell's Gott anheim!‹ – – Das hab ich denn getan; und so ist es gekommen, daß ich noch einmal heimkehre; aber wenn wir durchs Tor fahren, der alte Jakob wird wohl nicht mehr blasen.«

Mein Reisegefährte schwieg. Ich aber hielt nun nicht länger zurück, denn ich war im Innersten bewegt. »Ich kenne Sie«, sagte ich, »ich kenne Sie sehr wohl, Harre Jensen; auch Agnes kenne ich; sie hat viele Jahre im Hause meiner Großmutter gelebt, sie ist mir selbst wie meiner Mutter Mutter. Aus ihrem eignen Munde habe ich alles erfahren, auch das, was Sie verschwiegen haben.«

Der Alte faltete die Hände. »Großer, gnädiger Gott!« sagte er, »so lebt sie noch und kann mir noch vergeben!«

Mir ahnte wenig, daß ich eine Hoffnung angeregt hatte, deren Erfüllung schon im Reiche der Schatten lag. Ich erwiderte nur: »Sie kannte ihren Jugendfreund; sie hat ihn niemals angeklagt.«

– Und nun erzählte ich. Er hörte in atemlosem Schweigen und nahm begierig jedes Wort von meinen Lippen.
Da klatschte der Postillion mit seiner Peitsche. Der stumpfe Turm unserer Vaterstadt war am Horizonte aufgetaucht. Als ich mit dem Finger dahin wies, faßte der Alte meine Hand. »Mein junger Freund«, sagte er, »ich zittre vor der nächsten Stunde.«

Nicht lange, so rasselte unser Wagen über das Steinpflaster der Stadt. Bei dem schönen Herbstwetter waren viele Leute auf den Straßen, und da ich lange fort gewesen, so erhielt ich als allbekanntes Stadtkind fortwährend lebhafte Grüße von den Vorübergehenden. Den fremden Greis an meiner Seite streifte höchstens ein Blick der Verwunderung oder wohl auch der Neugierde. Endlich hielten wir am Gasthofe, und hier dachte ich für heute von meinem Freunde Abschied zu nehmen, denn er wünschte, seinen ersten Gang nach St. Jürgen allein zu machen.
Ein paar Minuten später war ich zu Hause, umringt von Eltern und Geschwistern. »Alles wohl?« war meine erste Frage.
»Du siehst es, hier ist alles gesund«, erwiderte meine Mutter, »sonst aber – eine findest du nicht mehr.«
»Hansen!« rief ich; denn an wen anders hätte ich denken sollen.
Meine Mutter nickte. »Aber was erschreckt dich so, mein Kind? Ihre Jahre waren daher; heut in der Frühe ist sie in meinen Armen sanft entschlafen.«
Ich erzählte, wen ich mitgebracht, in fliegenden Worten, und während alle noch tief erschüttert standen, verließ ich ohne meine Kleider zu wechseln, das Haus; jetzt durfte ich den alten Mann nicht allein lassen. Ich ging zuerst nach dem Gasthofe und, nachdem ich dort erfahren, daß er fort sei, gradeswegs die Straße hinauf nach St. Jürgen.
Als ich dort anlangte, sah ich den Spökenkieker, den der Tod zu verschmähen schien, mitten auf der Straße vor dem Stiftshause stehen. Die Hände auf dem Rücken, wiegte er sich behaglich in den Knien, während er unter dem breiten Schirme seiner Mütze nach dem einen Giebel hinaufstierte. Als ich mit den Augen der Richtung folgte, sah ich dort auf den obersten Treppen, ja sogar

auf der Glocke, die oben in der durchbrochenen Mauer hing, eine große Menge Schwalben eine neben der andern sitzen, während einzelne um sie her schwärmten, sich hoch in die Luft erhoben und dann wieder schreiend und zwitschernd zu ihnen zurückkehrten. Einige von diesen schienen neue Gefährten mitzubringen, die dann neben den andern auf den Mauerzinnen Platz zu finden suchten.

Es hielt mich unwillkürlich fest. Ich sah es wohl, sie rüsteten sich zur Reise; die Sonne der Heimat war ihnen nicht mehr warm genug. – Der alte Mensch neben mir riß die Mütze vom Kopf und schwenkte sie hin und her. »Husch!« lallte er, »fort mit euch, ihr Sakermenters!« – Aber noch eine Weile dauerte das Schauspiel dort oben auf dem Giebel. Da plötzlich, wie emporgeweht, erhoben sich sämtliche Schwalben fast senkrecht in die Luft, und in demselben Augenblick waren sie auch schon spurlos in dem blauen Himmelsraum verschwunden.

Der Spökenkieker stand noch und murmelte unverständliche Worte, während ich durch den dunkeln Torweg in den Hof des Stiftes ging. – Der eine Fensterflügel von Hansens Stube stand wie einstens offen; auch das Schwalbennest war noch da. Zögernd stieg ich die Treppe hinan und öffnete die Stubentür. Da lag meine alte Hansen friedlich und still; das Leintuch, womit man sie bedeckt hatte, war zur Hälfte zurückgeschlagen. Auf der Kante des Bettes saß mein Reisegefährte, aber seine Augen waren über den Leichnam weg auf die nackte Wand gerichtet. Ich sah es wohl, dieser starre Blick ging über eine leere ungeheure Kluft; denn am jenseitigen Ufer stand das unerreichbare Luftbild seiner Jugend, das jetzt mit reißender Schnelle in Dunst zerfloß.

Ich hatte mich, anscheinend ohne von ihm bemerkt zu werden, in den Lehnstuhl an das offene Fenster gesetzt und betrachtete das leere Schwalbennest, aus dem noch die Halme und Federn hervorsahen, die einst der nun flügge gewordenen Brut zum Schutze gedient hatten. Als ich wieder ins Zimmer blickte, war der Kopf des alten Mannes dicht über dem der Leiche. Er schien wie sinnverwirrt dies eingefallene Greisenantlitz zu betrachten, das mit dem drohenden Ernst des Todes vor ihm lag. »Könnte ich nur einmal noch die Augen sehen!« murmelte er. »Aber Gott hat sie zugedeckt.« Dann, als müsse er es sich beweisen, daß sie es dennoch selber sei, nahm er eine Strähne des grauen glänzenden Haares, das zu beiden Seiten vom Haupte auf das Leintuch herabfloß, und ließ es liebkosend durch seine Hände gleiten.

»Wir sind zu spät gekommen, Harre Jensen«, rief ich schmerzlich.

Er blickte auf und nickte. »Um funfzig Jahre«, sagte er, »das Leben ist auch so vergangen.« Dann, während er langsam aufstand, schlug er das Laken zurück und deckte es über das stille Antlitz der Toten.

Ein Windstoß fuhr gegen das Fenster. Mir war, als höre ich von draußen, fern aus der höchsten Luftströmung, darin die Schwalben ziehen, die letzten Worte ihres alten Liedes:

Als ich wiederkam, als ich wiederkam,
War alles leer.

VIOLA TRICOLOR

Es war sehr still in dem großen Hause; aber selbst auf dem Flur spürte man den Duft von frischen Blumensträußen. Aus einer Flügeltür, der breiten, in das Oberhaus hinaufführenden Treppe gegenüber, trat eine alte, sauber gekleidete Dienerin. Mit einer feierlichen Selbstzufriedenheit drückte sie hinter sich die Tür ins Schloß und ließ dann ihre grauen Augen an den Wänden entlangstreifen, als wolle sie auch hier jedes Stäubchen noch einer letzten Musterung unterziehen; aber sie nickte beifällig und warf dann einen Blick auf die alte englische Hausuhr, deren Glockenspiel eben zum zweitenmal seinen Satz abgespielt hatte.
»Schon halb!« murmelte die Alte, »und um acht, so schrieb der Herr Professor, wollten die Herrschaften da sein!«
Hierauf griff sie in ihrer Tasche nach einem großen Schlüsselbund und verschwand dann in den hinteren Räumen des Hauses. – Und wieder wurde es still; nur der Perpendikelschlag der Uhr tönte durch den geräumigen Flur und in das Treppenhaus hinauf; durch das Fenster über der Haustür fiel noch ein Strahl der Abendsonne und blinkte auf den drei vergoldeten Knöpfen, welche das Uhrgehäuse krönten.
Dann kamen von oben herab kleine leichte Schritte, und ein etwa zehnjähriges Mädchen erschien auf dem Treppenabsatz. Auch sie war frisch und festlich angetan; das rot und weiß gestreifte Kleid stand ihr gut zu dem bräunlichen Gesichtchen und den glänzend schwarzen Haarflechten. Sie legte den Arm auf das Geländer und das Köpfchen auf den Arm und ließ sich so langsam hinabgleiten, während ihre dunkeln Augen träumerisch auf die gegenüberliegende Zimmertür gerichtet waren.
Einen Augenblick stand sie horchend auf dem Flur; dann drückte sie leise die Tür des Zimmers auf und schlüpfte durch die schweren Vorhänge hinein. – Es war schon dämmerig hier, denn die beiden Fenster des tiefen Raumes gingen auf eine von hohen Häusern eingeengte Straße; nur seitwärts über dem Sofa leuchtete wie Silber ein venezianischer Spiegel auf der dunkelgrünen Sammettapete. In dieser Einsamkeit schien er nur dazu bestimmt, das Bild eines frischen Rosenstraußes zurückzugeben, der in einer Marmorvase auf dem Sofatische stand. Bald aber erschien in

seinem Rahmen auch das dunkle Kinderköpfchen. Auf den Zehen war die Kleine über den weichen Fußteppich herangeschlichen; und schon griffen die schlanken Finger hastig zwischen die Stengel der Blumen, während ihre Augen nach der Tür zurückflogen. Endlich war es ihr gelungen, eine halberschlossene Moosrose aus dem Strauße zu lösen; aber sie hatte bei ihrer Arbeit der Dornen nicht geachtet, und ein roter Blutstropfen rieselte über ihren Arm. Rasch – denn er wäre fast in das Muster der kostbaren Tischdecke gefallen – sog sie ihn mit ihren Lippen auf; dann, leise, wie sie gekommen, die geraubte Rose in der Hand, schlüpfte sie wieder durch die Türvorhänge auf den Flur hinaus. Nachdem sie auch hier noch einmal gehorcht hatte, flog sie die Treppe wieder hinauf, die sie zuvor herabgekommen war, und droben weiter einen Korridor entlang, bis an die letzte Tür desselben. Einen Blick noch warf sie durch eines der Fenster, vor dem im Abendschein die Schwalben kreuzten; dann drückte sie die Klinke auf.

Es war das Studierzimmer ihres Vaters, das sie sonst in seiner Abwesenheit nicht zu betreten pflegte; nun war sie ganz allein zwischen den hohen Repositorien, die mit ihren unzähligen Büchern so ehrfurchtgebietend umherstanden. Als sie zögernd die Tür hinter sich zugedrückt hatte, wurde unter einem zur Linken von derselben befindlichen Fenster der mächtige Anschlag eines Hundes laut. Ein Lächeln flog über die ernsten Züge des Kindes; sie ging rasch an das Fenster und blickte hinaus. Drunten breitete sich der große Garten des Hauses in weiten Rasen- und Gebüschpartien aus; aber ihr vierbeiniger Freund schien schon andere Wege eingeschlagen zu haben; sosehr sie spähte, nichts war zu entdecken. Und wie Schatten fiel es allmählich wieder über das Gesicht des Kindes; sie war ja zu was anderem hergekommen; was ging sie jetzt der Nero an!

Nach Westen hinaus, der Tür, durch welche sie eingetreten, gegenüber, hatte das Zimmer noch ein zweites Fenster. An der Wand daneben, so daß das Licht dem daran Sitzenden zur Hand fiel, befand sich ein großer Schreibtisch mit dem ganzen Apparat eines gelehrten Altertumsforschers; Bronzen und Terrakotten aus Rom und Griechenland, kleine Modelle antiker Tempel und Häuser und andere dem Schutt der Vergangenheit entstiegene Dinge, füllten fast den ganzen Aufsatz desselben. Darüber aber, wie aus blauen Frühlingslüften heraustretend, hing das lebensgroße Brustbild einer jungen Frau; gleich einer Krone der Jugend lagen die goldblonden Flechten über der klaren Stirn. – »Holdselig«, dies veraltete Wort hatten ihre Freunde für sie wieder hervorgesucht – einst, da sie noch an der Schwelle dieses Hauses mit ihrem Lächeln die Eintretenden begrüßte. – Und so blickte sie noch jetzt im Bilde mit ihren blauen Kinderaugen von der Wand herab; nur um den Mund spielte ein leichter Zug von Wehmut, den man im Leben nicht an ihr gesehen hatte. Der Maler war auch derzeit wohl darum gescholten worden; später, da sie gestorben, schien es allen recht zu sein.

Das kleine schwarzhaarige Mädchen kam mit leisen Schritten näher; mit leidenschaftlicher Innigkeit hingen ihre Augen an dem schönen Bildnis.

»Mutter, meine Mutter!« sprach sie flüsternd; doch so, als wolle mit den Worten sie sich zu ihr drängen.

Das schöne Antlitz schaute, wie zuvor, leblos von der Wand herab; sie aber kletterte, behend wie eine Katze, über den davor stehenden Sessel auf den Schreibtisch und stand jetzt mit trotzig aufgeworfenen Lippen vor dem Bilde, während ihre zitternden Hände die geraubte Rose hinter der unteren Leiste des Goldrahmens zu befestigen suchten. Als ihr das gelungen war, stieg sie rasch wieder zurück und wischte mit ihrem Schnupftuch sorgsam die Spuren ihrer Füßchen von der Tischplatte.

Aber es war, als könne sie jetzt aus dem Zimmer, das sie zuvor so scheu betreten hatte, nicht wieder fortfinden; nachdem sie schon einige Schritte nach der Tür getan hatte, kehrte sie wieder um; das westliche Fenster neben dem Schreibtische schien diese Anziehungskraft auf sie zu üben.

Auch hier lag unten ein Garten, oder richtiger: eine Gartenwildnis. Der Raum war freilich klein; denn wo das wuchernde Gebüsch sie nicht verdeckte, war von allen Seiten die hohe Umfassungsmauer sichtbar. An dieser, dem Fenster gegenüber, befand sich, in augenscheinlichem Verfall, eine offene Rohrhütte; davor, von dem grünen Gespinste einer Klematis fast bedeckt, stand noch ein Gartenstuhl. Der Hütte gegenüber mußte einst eine Partie von hochstämmigen Rosen gewesen sein; aber sie hingen jetzt wie verdorrte Reiser an den entfärbten Blumenstöcken, während unter ihnen mit unzähligen Rosen bedeckte Zentifolien ihre fallenden Blätter auf Gras und Kraut umherstreuten.

Die Kleine hatte die Arme auf die Fensterbank und das Kinn in ihre beiden Hände gestützt und schaute mit sehnsüchtigen Augen hinab.

Drüben in der Rohrhütte flogen zwei Schwalben aus und ein; sie mußten wohl ihr Nest darin gebaut haben. Die andern Vögel waren schon zur Ruhe gegangen; nur ein Rotbrüstchen sang dort noch herzhaft von dem höchsten Zweige des abgeblühten Goldregens und sah das Kind mit seinen schwarzen Augen an. –

– »Nesi, wo steckst du denn?« sagte sanft eine alte Stimme, während eine Hand sich liebkosend auf das Haupt des Kindes legte.

Die alte Dienerin war unbemerkt hereingetreten. Das Kind wandte den Kopf und sah sie mit einem müden Ausdruck an. »Anne«, sagte es, »wenn ich nur einmal wieder in Großmutters Garten dürfte!«

Die Alte antwortete nicht darauf; sie kniff nur die Lippen zusammen und nickte ein paarmal wie zur Besinnung. »Komm, komm!« sagte sie dann. »Wie siehst du aus! Gleich werden sie da sein, dein Vater und deine neue Mutter!« Damit zog sie das Kind in ihre Arme und strich und zupfte ihr Haar und Kleider zurecht. – »Nein, nein, Neschen! Du darfst nicht weinen; es soll eine gute Dame sein, und schön, Nesi; du siehst ja gern die schönen Leute!«

In diesem Augenblick tönte das Rasseln eines Wagens von der Straße herauf. Das Kind zuckte zusammen; die Alte aber faßte es bei der Hand und zog es rasch mit sich aus dem Zimmer. – Sie kamen noch früh genug, um den Wagen vorfahren zu sehen; die beiden Mägde hatten schon die Haustür aufgeschlagen. –

– Das Wort der alten Dienerin schien sich zu bestätigen. Von einem etwa vierzigjährigen Manne, in dessen ernsten Zügen man Nesis Vater leicht erkannte, wurde eine junge schöne Frau aus dem Wagen gehoben. Ihr Haar und ihre Augen waren fast so dunkel wie die des Kindes, dessen Stiefmutter sie geworden war; ja man hätte sie, flüchtig angesehen, für die rechte halten können, wäre sie dazu nicht zu jung gewesen. Sie grüßte freundlich, während ihre Augen wie suchend umherblickten; aber ihr Mann führte sie rasch ins Haus und in das untere Zimmer, wo sie von dem frischen Rosenduft empfangen wurde.

»Hier werden wir zusammen leben«, sagte er, indem er sie in einen weichen Sessel niederdrückte, »verlaß dies Zimmer nicht, ohne hier die erste Ruhe in deinem neuen Heim gefunden zu haben!«

Sie blickte innig zu ihm auf. »Aber du – willst du nicht bei mir bleiben?«

– »Ich hole dir das Beste von den Schätzen unseres Hauses.«

»Ja, ja, Rudolf, deine Agnes! Wo war sie denn vorhin?«

Er hatte das Zimmer schon verlassen. Den Augen des Vaters war es nicht entgangen, daß bei ihrer Ankunft Nesi sich hinter der alten Anne versteckt gehalten hatte; nun, da er sie wie verloren draußen auf dem Hausflur stehen fand, hob er sie auf beiden Armen in die Höhe und trug sie so in das Zimmer.

– »Und hier hast du die Nesi!« sagte er und legte das Kind zu den Füßen der schönen Stiefmutter auf den Teppich; dann, als habe er Weiteres zu besorgen, ging er hinaus; er wollte die beiden allein sich finden lassen.

Nesi richtete sich langsam auf und stand nun schweigend vor der jungen Frau; beide sahen sich unsicher und prüfend in die Augen. Letztere, die wohl ein freundliches Entgegenkommen als selbstverständlich vorausgesetzt haben mochte, faßte endlich die Hände des Mädchens und sagte ernst: »Du weißt doch, daß ich jetzt deine Mutter bin, wollen wir uns nicht liebhaben, Agnes?«

Nesi blickte zur Seite.

»Ich darf aber doch Mama sagen?« fragte sie schüchtern.

– »Gewiß, Agnes; sag, was du willst, Mama oder Mutter, wie es dir gefällt!«

Das Kind sah verlegen zu ihr auf und erwiderte beklommen: »Mama könnte ich gut sagen!«

Die junge Frau warf einen raschen Blick auf sie und heftete ihre dunkeln Augen in die noch dunkleren des Kindes. »Mama; aber nicht Mutter?« fragte sie.

»Meine Mutter ist ja tot«, sagte Nesi leise.
In unwillkürlicher Bewegung stießen die Hände der jungen Frau das Kind zurück; aber sie zog es gleich und heftig wieder an ihre Brust.
»Nesi«, sagte sie, »Mutter und Mama ist ja dasselbe!«
Nesi aber erwiderte nichts; sie hatte die Verstorbene immer nur Mutter genannt.
– Das Gespräch war zu Ende. Der Hausherr war wieder eingetreten, und da er sein Töchterchen in den Armen seiner jungen Frau erblickte, lächelte er zufrieden.
»Aber jetzt komm«, sagte er heiter, indem er der letzteren seine Hand entgegenstreckte, »und nimm als Herrin Besitz von allen Räumen dieses Hauses!«
Und sie gingen miteinander fort; durch die Zimmer des unteren Hauses, durch Küche und Keller, dann die breite Treppe hinauf in einen großen Saal und in die kleineren Stuben und Kammern, die nach beiden Seiten der Treppe auf den Korridor hinausgingen.
Der Abend dunkelte schon; die junge Frau hing immer schwerer an dem Arm ihres Mannes, es war fast, als sei mit jeder Tür, die sich vor ihr geöffnet, eine neue Last auf ihre Schultern gefallen; immer einsilbiger wurden seine froh hervorströmenden Worte erwidert. Endlich, da sie vor der Tür seines Arbeitszimmers standen, schwieg auch er und hob den schönen Kopf zu sich empor, der stumm an seiner Schulter lehnte.
»Was ist dir, Ines?« sagte er, »du freust dich nicht!«
»O doch, ich freue mich!«
»So komm!«
Als er die Tür geöffnet hatte, schien ihnen ein mildes Licht entgegen. Durch das westliche Fenster leuchtete der Schein des Abendgoldes, das drüben jenseits der Büsche des kleinen Gartens stand. – In diesem Lichte blickte das schöne Bild der Toten von der Wand herab; darunter auf dem matten Gold des Rahmens lag wie glühend die frische rote Rose.
Die junge Frau griff unwillkürlich mit der Hand nach ihrem Herzen und starrte sprachlos auf das süße lebensvolle Bild. Aber schon hatten die Arme ihres Mannes sie fest umfangen.

»Sie war einst mein Glück«, sagte er; »sei du es jetzt!«
Sie nickte, aber sie schwieg und rang nach Atem. Ach, diese Tote lebte noch, und für sie beide war doch nicht Raum in einem Hause!
Wie zuvor, da Nesi hier gewesen, tönte jetzt wieder aus dem großen, zu Norden belegenen Garten die mächtige Stimme eines Hundes.
Mit sanfter Hand wurde die junge Frau von ihrem Gatten an das dorthinaus liegende Fenster geführt. »Sieh einmal hier hinab!« sagte er.
Drunten auf dem Steige, der um den großen Rasen führte, saß ein schwarzer Neufundländer; vor ihm stand Nesi und beschrieb mit einer ihrer schwarzen Flechten einen immer engeren Kreis um seine Nase. Dann warf der Hund den Kopf zurück und bellte, und Nesi lachte und begann das Spiel von neuem.
Auch der Vater, der diesem kindischen Treiben zusah, mußte lächeln; aber die junge Frau an seiner Seite lächelte nicht, und wie eine trübe Wolke flog es über ihn hin. ›Wenn es die Mutter wäre!‹ dachte er; laut aber sagte er: »Das ist unser Nero, den mußt du auch noch kennenlernen, Ines; der und Nesi sind gute Kameraden, sogar vor ihren Puppenwagen läßt sich das Ungeheuer spannen.«
Sie blickte zu ihm auf. »Hier ist so viel, Rudolf«, sagte sie wie zerstreut, »wenn ich nur durchfinde!«
– »Ines, du träumst! Wir und das Kind, der Hausstand ist ja so klein wie möglich.«
»Wie möglich?« wiederholte sie tonlos, und ihre Augen folgten dem Kinde, das jetzt mit dem Hunde um den Rasen jagte; dann plötzlich, wie in Angst zu ihrem Mann emporsehend, schlang sie die Arme um seinen Hals und bat: »Halte mich fest, hilf mir! Mir ist so schwer.«

Wochen, Monate waren vergangen. – Die Befürchtungen der jungen Frau schienen sich nicht zu verwirklichen; wie von selber ging die Wirtschaft unter ihrer Hand. Die Dienerschaft fügte sich gern ihrem zugleich freundlichen und vornehmen Wesen, und auch wer von außen hinzutrat, fühlte, daß jetzt wieder eine dem Hausherrn ebenbürtige Frau im Innern walte. Für die schärfer blickenden Augen ihres Mannes freilich war es anders; er erkannte nur zu sehr, daß sie mit den Dingen seines Hauses wie mit Fremden verkehre, woran sie keinen Teil habe, das als gewissenhafte Stellvertreterin sie nur um desto sorgsamer verwalten müsse. Es konnte den erfahrenen Mann nicht beruhigen, wenn sie sich zuweilen mit heftiger Innigkeit in seine Arme drängte, als müsse sie sich versichern, daß sie ihm, er ihr gehöre.

Auch zu Nesi hatte ein näheres Verhältnis sich nicht gebildet. Eine innere Stimme – der Liebe und der Klugheit – gebot der jungen Frau, mit dem Kinde von seiner Mutter zu sprechen, an die es die Erinnerung so lebendig, seit die Stiefmutter ins Haus getreten war, so hartnäckig bewahrte. Aber – das war es ja! Das süße Bild, das droben in ihres Mannes Zimmer hing – selbst ihre inneren Augen vermieden, es zu sehen. Wohl hatte sie mehrmals schon den Mut gefaßt; sie hatte das Kind mit beiden Händen an sich gezogen, dann aber war sie verstummt; ihre Lippen hatten ihr den Dienst versagt, und Nesi, deren dunkle Augen bei solcher herzlichen Bewegung freudig aufgeleuchtet, war traurig wieder fortgegangen. Denn seltsam, sie sehnte sich nach der Liebe dieser schönen Frau; ja, wie Kinder pflegen, sie betete sie im stillen an. Aber ihr fehlte die Anrede, die der Schlüssel jedes herzlichen Gespräches ist; das eine – so war ihr – durfte sie, das andere konnte sie nicht sagen.

Auch dieses letzte Hemmnis fühlte Ines, und da es das am leichtesten zu beseitigende schien, so kehrten ihre Gedanken immer wieder auf diesen Punkt zurück.

So saß sie eines Nachmittags neben ihrem Mann im Wohnzimmer und blickte in den Dampf, der leise singend aus der Teemaschine aufstieg.

Rudolf, der eben seine Zeitung durchgelesen hatte, ergriff ihre Hand. »Du bist so still, Ines; du hast mich heute nicht ein einzig Mal gestört!«

»Ich hätte wohl etwas zu sagen«, erwiderte sie zögernd, indem sie ihre Hand aus der seinen löste.

– »So sag es denn!«

Aber sie schwieg noch eine Weile.
– »Rudolf«, sagte sie endlich, »laß dein Kind mich Mutter nennen!«
– »Und tut sie denn das nicht?«
Sie schüttelte den Kopf und erzählte ihm, was am Tage ihrer Ankunft vorgefallen war.
Er hörte ihr ruhig zu. »Es ist ein Ausweg«, sagte er dann, »den hier die Kinderseele unbewußt gefunden hat. Wollen wir ihn nicht dankbar gelten lassen?«
Die junge Frau antwortete nicht darauf, sie sagte nur: »So wird das Kind mir niemals nahekommen.«
Er wollte wieder ihre Hand fassen, aber sie entzog sie ihm.
»Ines«, sagte er, »verlange nur nichts, was die Natur versagt; von Nesi nicht, daß sie dein Kind, und nicht von dir, daß du ihre Mutter seist!«
Die Tränen brachen ihr aus den Augen. »Aber, ich soll doch ihre Mutter sein«, sagte sie fast heftig.
– »Ihre Mutter? Nein, Ines, das sollst du nicht.«
»Was soll ich denn, Rudolf?«
– Hätte sie die naheliegende Antwort auf diese Frage jetzt verstehen können, sie würde sie sich selbst gegeben haben. Er fühlte das und sah ihr sinnend in die Augen, als müsse er dort die helfenden Worte finden.
»Bekenn es nur!« sagte sie, sein Schweigen mißverstehend, »darauf hast du keine Antwort.«
»O Ines!« rief er. »Wenn erst aus deinem eigenen Blut ein Kind auf deinem Schoße liegt!«
Sie machte eine abwehrende Bewegung; er aber sagte: »Die Zeit wird kommen, und du wirst fühlen, wie das Entzücken, das aus deinem Auge bricht, das erste Lächeln deines Kindes weckt und wie es seine kleine Seele zu dir zieht. – Auch über Nesi haben einst zwei selige Augen so geleuchtet; dann schlang sie den kleinen Arm um einen Nacken, der sich zu ihr niederbeugte, und sagte: ›Mutter!‹ – Zürne nicht mit ihr, daß sie es zu keiner andern auf der Welt mehr sagen kann!«
Ines hatte seine Worte kaum gehört; ihre Gedanken verfolgten nur den einen Punkt. »Wenn du sagen kannst: Sie ist ja nicht

dein Kind, warum sagst du denn nicht auch: Du bist ja nicht mein Weib!«

Und dabei blieb es. Was gingen sie seine Gründe an!

Er zog sie an sich; er suchte sie zu beruhigen; sie küßte ihn und sah ihn durch Tränen lächelnd an; aber geholfen war ihr damit nicht. – –

Als Rudolf sie verlassen hatte, ging sie hinaus in den großen Garten. Bei ihrem Eintritt sah sie Nesi mit einem Schulbuche in der Hand um den breiten Rasen wandern, aber sie wich ihr aus und schlug einen Seitenweg ein, der zwischen Gebüsch an der Gartenmauer entlangführte.

Dem Kinde war beim flüchtigen Aufblick der Ausdruck von Trauer in den schönen Augen der Stiefmutter nicht entgangen, und wie magnetisch nachgezogen, immer lernend und ihre Lektion vor sich her murmelnd, war auch sie allmählich in jenen Steig geraten.

Ines stand eben vor einer in der hohen Mauer befindlichen Pforte, die von einem Schlinggewächs mit lila Blüten fast verhangen war. Mit abwesenden Blicken ruhten ihre Augen darauf, und sie wollte schon ihre stille Wanderung wieder beginnen, als sie das Kind sich entgegenkommen sah.

Nun blieb sie stehen und fragte: »Was ist das für eine Pforte, Nesi?«

– »Zu Großmutters Garten!«

»Zu Großmutters Garten? – Deine Großeltern sind doch schon lange tot!«

»Ja, schon lange, lange.«

»Und wem gehört denn jetzt der Garten?«

– »Uns!« sagte das Kind, als verstehe sich das von selbst.

Ines bog ihren schönen Kopf unter das Gesträuch und begann an der eisernen Klinke der Tür zu rütteln; Nesi stand schweigend dabei, als wolle sie den Erfolg dieser Bemühungen abwarten.

»Aber er ist ja verschlossen!« rief die junge Frau, indem sie abließ und mit dem Schnupftuch den Rost von ihren Fingern wischte. »Ist es der wüste Garten, den man aus Vaters Stubenfenster sieht?«

Das Kind nickte.

– »Horch nur, wie drüben die Vögel singen!«

Inzwischen war die alte Dienerin in den Garten getreten. Als sie die Stimmen der beiden von der Mauer her vernahm, beeilte sie sich, in ihre Nähe zu kommen. »Es ist Besuch drinnen«, meldete sie.

Ines legte freundlich ihre Hand an Nesis Wange. »Vater ist ein schlechter Gärtner«, sagte sie im Fortgehen, »da müssen wir beide noch hinein und Ordnung schaffen.«

– Im Hause kam Rudolf ihr entgegen.

»Du weißt, das Müllersche Quartett spielt heute abend«, sagte er, »die Doktorsleute sind da und wollen uns vor Unterlassungssünden warnen.«

Als sie zu den Gästen in die Stube getreten waren, entspann sich ein langes, lebhaftes Gespräch über Musik; dann kamen häusliche Geschäfte, die noch besorgt werden mußten. Der wüste Garten war für heut vergessen.

Am Abend war das Konzert. – Die großen Toten, Haydn und Mozart, waren an den Hörern vorübergezogen, und eben verklang auch der letzte Akkord von Beethovens c-Moll-Quartett, und statt der feierlichen Stille, in der allein die Töne auf und nieder glänzten, rauschte jetzt das Geplauder der fortdrängenden Zuhörer durch den weiten Raum.

Rudolf stand neben dem Stuhle seiner jungen Frau. »Es ist aus, Ines«, sagte er, sich zu ihr niederbeugend, »oder hörst du noch immer etwas?«

Sie saß noch wie horchend, ihre Augen nach dem Podium gerichtet, auf dem nur noch die leeren Pulte standen. Jetzt reichte sie ihrem Manne die Hand. »Laß uns heimgehen, Rudolf«, sagte sie aufstehend.

An der Tür wurden sie von ihrem Hausarzte und dessen Frau aufgehalten, den einzigen Menschen, mit denen Ines bis jetzt in einen näheren Verkehr getreten war.

»Nun?« sagte der Doktor und nickte ihnen mit dem Ausdruck innerster Befriedigung zu. »Aber kommen Sie mit uns, es ist ja auf dem Wege; nach so etwas muß man noch ein Stündchen zusammensitzen.«

Rudolf wollte schon mit heiterer Zustimmung antworten, als er

sich leise am Ärmel gezupft fühlte und die Augen seiner Frau mit dem Ausdrucke dringenden Bittens auf sich gerichtet sah. Er verstand sie wohl. »Ich verweise die Entscheidung an die höhere Instanz«, sagte er scherzend.
Und Ines wußte unerbittlich den nicht so leicht zu besiegenden Doktor auf einen andern Abend zu vertrösten.
Als sie am Hause ihrer Freunde sich von diesen verabschiedet hatten, atmete sie auf wie befreit.
»Was hast du heute gegen unsere lieben Doktorsleute?« fragte Rudolf.
Sie drückte sich fest in den Arm ihres Mannes. »Nichts«, sagte sie, »aber es war so schön heute abend; ich muß nun ganz mit dir allein sein.«
Sie schritten rascher ihrem Hause zu.
»Sieh nur«, sagte er, »im Wohnzimmer unten ist schon Licht, unsere alte Anne wird den Teetisch schon gerüstet haben. Du hattest recht, daheim ist doch noch besser als bei andern.«
Sie nickte nur und drückte ihm still die Hand. – Dann traten sie in ihr Haus; lebhaft öffnete sie die Stubentür und schlug die Vorhänge zurück.
Auf dem Tische, wo einst die Vase von den Rosen gestanden hatte, brannte jetzt eine große Bronzelampe und beleuchtete einen schwarzhaarigen Kinderkopf, der schlafend auf die mageren Ärmchen hingesunken war; die Ecken eines Bilderbuches ragten nur eben darunter hervor.
Die junge Frau blieb wie erstarrt in der Tür stehen; das Kind war ganz aus ihrem Gedankenkreise verschwunden gewesen. Ein Zug herber Enttäuschung flog um ihre schönen Lippen. »Du, Nesi!« stieß sie hervor, als ihr Mann sie vollends in das Zimmer hineingeführt hatte. »Was machst du denn noch hier?«
Nesi erwachte und sprang auf. »Ich wollte auf euch warten«, sagte sie, indem sie halb lächelnd mit der Hand über ihre blinzelnden Augen fuhr.
»Das ist unrecht von Anne; du hättest längst zu Bette sein sollen.«
Ines wandte sich ab und trat an das Fenster; sie fühlte, wie ihr die Tränen aus den Augen quollen. Ein unentwirrbares Gemisch

von bitteren Gefühlen wühlte in ihrer Brust; Heimweh, Mitleid mit sich selber, Reue über ihre Lieblosigkeit gegen das Kind des geliebten Mannes; sie wußte selber nicht, was alles jetzt sie überkam; aber – und mit der Wollust und der Ungerechtigkeit des Schmerzes sprach sie es sich selber vor – das war es: ihrer Ehe fehlte die Jugend, und sie selber war doch noch so jung!
Als sie sich umwandte, war das Zimmer leer. – Wo war die schöne Stunde, auf die sie sich gefreut? – Sie dachte nicht daran, daß sie sie selbst verscheucht hatte.
– – Das Kind, welches mit fast erschreckten Augen dem ihm unverständlichen Vorgange zugesehen hatte, war von dem Vater still hinausgeführt worden.
›Geduld!‹ sprach er zu sich selber, als er, den Arm um Nesi geschlungen, mit ihr die Treppe hinaufstieg; und auch er, in einem andern Sinne, setzte hinzu: ›Sie ist ja noch so jung.‹
Eine Kette von Gedanken und Plänen tauchte in ihm auf; mechanisch öffnete er das Zimmer, wo Nesi mit der alten Anne schlief und in dem sie von dieser schon erwartet wurde. Er küßte sie und sprach: »Ich werde Mama von dir gute Nacht sagen.« Dann wollte er zu seiner Frau hinabgehen; aber er kehrte wieder um und trat am Ende des Korridors in sein Studierzimmer.
Auf dem Aufsatze des Schreibtisches stand eine kleine Bronzelampe aus Pompeji, die er kürzlich erst erworben und versucheshalber mit Öl gefüllt hatte; er nahm sie herab, zündete sie an und stellte sie wieder an ihren Ort unter das Bildnis der Verstorbenen; ein Glas mit Blumen, das auf der Platte des Tisches gestanden, setzte er daneben. Er tat dies fast gedankenlos; nur, als müsse er auch seinen Händen zu tun geben, während es ihm in Kopf und Herzen arbeitete. Dann trat er dicht daneben an das Fenster und öffnete beide Flügel desselben.
Der Himmel war voll Wolken; das Licht des Mondes konnte nicht herabgelangen. Drunten in dem kleinen Garten lag das wuchernde Gesträuch wie eine dunkle Masse; nur dort, wo zwischen schwarzen pyramidenförmigen Koniferen der Steig zur Rohrhütte führte, schimmerte zwischen ihnen der weiße Kies hindurch.
Und aus der Phantasie des Mannes, der in diese Einsamkeit hin-

absah, trat eine liebliche Gestalt, die nicht mehr den Lebenden angehörte; er sah sie unten auf dem Steige wandeln, und ihm war, als gehe er an ihrer Seite.

»Laß dein Gedächtnis mich zur Liebe stärken«, sprach er; aber die Tote antwortete nicht; sie hielt den schönen, bleichen Kopf zur Erde geneigt; er fühlte mit süßem Schauder ihre Nähe, aber Worte kamen nicht von ihr.

Da bedachte er sich, daß er hier oben ganz allein stehe. Er glaubte an den vollen Ernst des Todes; die Zeit, wo sie gewesen, war vorüber. – Aber unter ihm lag noch wie einst der Garten ihrer Eltern; von seinen Büchern durch das Fenster sehend, hatte er dort zuerst das kaum fünfzehnjährige Mädchen erblickt; und das Kind mit den blonden Flechten hatte dem ernsten Manne die Gedanken fortgenommen, immer mehr, bis sie zuletzt als Frau die Schwelle seines Hauses überschritten und ihm alles und noch mehr zurückgebracht hatte. – Jahre des Glückes und freudigen Schaffens waren mit ihr eingezogen; den kleinen Garten aber, als die Eltern früh verstorben waren und das Haus verkauft wurde, hatten sie behalten und durch eine Pforte in der Grenzmauer mit dem großen Garten ihres Hauses verbunden. Fast verborgen war schon damals diese Pforte unter hängendem Gesträuch, das sie ungehindert wachsen ließen; denn sie gingen durch dieselbe in den traulichsten Ort ihres Sommerlebens, in welchen selbst die Freunde des Hauses nur selten hineingelassen wurden. – – In der Rohrhütte, in welcher er einst von seinem Fenster aus die jugendliche Geliebte über ihren Schularbeiten belauscht hatte, saß jetzt zu den Füßen der blonden Mutter ein Kind mit dunkeln, nachdenklichen Augen; und wenn er nun den Kopf von seiner Arbeit wandte, so tat er einen Blick in das vollste Glück des Menschenlebens. – – Aber heimlich hatte der Tod sein Korn hineingeworfen. Es war in den ersten Tagen eines Junimondes, da trug man das Bett der schwer Erkrankten aus dem daranliegenden Schlafgemach in das Arbeitszimmer ihres Mannes; sie wollte die Luft noch um sich haben, die aus dem Garten ihres Glückes durch das offene Fenster wehte. Der große Schreibtisch war beiseite gestellt; seine Gedanken waren nun alle nur bei ihr. – Draußen war ein unvergleichlicher Frühling aufgegangen; ein Kirschbaum stand mit Blüten überschneit. In unwillkürlichem Drange hob er die leichte Gestalt aus den Kissen und trug sie an das Fenster. »Oh, sieh es noch einmal! Wie schön ist doch die Welt!«

Aber sie wiegte leise ihren Kopf und sagte: »Ich sehe es nicht mehr.« – –

Und bald kam es, da wußte er das Flüstern, welches aus ihrem Munde brach, nicht mehr zu deuten. Immer schwächer glimmte der Funken; nur ein schmerzliches Zucken bewegte noch die Lippen, hart und stöhnend im Kampfe um das Leben ging der Atem. Aber es wurde leiser, immer leiser, zuletzt süß wie Bienengetön. Dann noch einmal war's, als wandle ein blauer Lichtstrahl durch die offenen Augen; und dann war Frieden.

»Gute Nacht, Marie!« – Aber sie hörte es nicht mehr.

– – Noch ein Tag, und die stille, edle Gestalt lag unten in dem großen, dämmerigen Gemach in ihrem Sarge. Die Diener des Hauses traten leise auf; drinnen stand er neben seinem Kinde, das die alte Anne an der Hand hielt

»Nesi«, sagte diese, »du fürchtest dich doch nicht?«

Und das Kind, von der Erhabenheit des Todes angeweht, antwortete: »Nein, Anne, ich bete.«

Dann kam der allerletzte Gang, welcher noch mit ihr zu gehen ihm vergönnt war; nach ihrer beider Sinn ohne Priester und Glockenklang, aber in der heiligen Morgenfrühe, die ersten Lerchen stiegen eben in die Luft.

Das war vorüber; aber er besaß sie noch in seinem Schmerze; wenn auch ungesehen, sie lebte noch mit ihm. Doch unbemerkt entschwand auch dies; er suchte sie oft mit Angst, aber immer seltener wußte er sie zu finden. Nun erst schien ihm sein Haus unheimlich leer und öde; in den Winkeln saß eine Dämmerung, die früher nicht dort gesessen hatte; es war so seltsam anders um ihn her; und sie war nirgends.

– – Der Mond war aus dem Wolkendust hervorgetreten und beleuchtete hell die unten liegende Gartenwildnis. Er stand noch immer an derselben Stelle, den Kopf gegen das Fensterkreuz gelehnt; aber seine Augen sahen nicht mehr, was draußen war.

Da öffnete sich hinter ihm die Tür, und eine Frau von dunkler Schönheit trat herein.

Das leise Rauschen ihres Kleides hatte den Weg zu seinem Ohr gefunden; er wandte den Kopf und sah sie forschend an.
»Ines!« rief er; er stieß das Wort hervor, aber er ging ihr nicht entgegen.
Sie war stehengeblieben. »Was ist dir, Rudolf? Erschrickst du vor mir?«
Er schüttelte den Kopf und versuchte zu lächeln. »Komm«, sagte er, »laß uns hinuntergehen.«
Aber während er ihre Hand faßte, waren ihre Augen auf das von der Lampe beleuchtete Bild und die daneben stehenden Blumen gefallen. – Wie ein plötzliches Verständnis flog es durch ihre Züge. – »Es ist ja bei dir wie in einer Kapelle«, sagte sie, und ihre Worte klangen kalt, fast feindlich.
Er hatte alles begriffen. »Oh, Ines«, rief er, »sind nicht auch dir die Toten heilig!«
»Die Toten! Wem sollten die nicht heilig sein! Aber, Rudolf« – und sie zog ihn wieder an das Fenster; ihre Hände zitterten, und ihre schwarzen Augen flimmerten vor Erregung –, »sag mir, die ich jetzt dein Weib bin, warum hältst du diesen Garten verschlossen und lässest keines Menschen Fuß hinein?«
Sie zeigte mit der Hand in die Tiefe; der weiße Kies zwischen den schwarzen Pyramidensträuchern schimmerte gespenstisch; ein großer Nachtschmetterling flog eben darüber hin.
Er hatte schweigend hinabgeblickt. »Das ist ein Grab, Ines«, sagte er jetzt, »oder, wenn du lieber willst, ein Garten der Vergangenheit.«
Aber sie sah ihn heftig an. »Ich weiß das besser, Rudolf! Das ist der Ort, wo du bei ihr bist; dort auf dem weißen Steige wandelt ihr zusammen; denn sie ist nicht tot; noch eben, jetzt in dieser Stunde warst du bei ihr und hast mich, dein Weib, bei ihr verklagt. Das ist Untreue, Rudolf, mit einem Schatten brichst du mir die Ehe!«
Er legte schweigend den Arm um ihren Leib und führte sie, halb mit Gewalt, vom Fenster fort. Dann nahm er die Lampe von dem Schreibtisch und hielt sie hoch gegen das Bild empor. »Ines, wirf nur einen Blick auf sie!«
Und als die unschuldigen Augen der Toten auf sie herabblick-

ten, brach sie in einen Strom von Tränen aus. »Oh, Rudolf, ich fühle es, ich werde schlecht!«
»Weine nicht so«, sagte er. »Auch ich habe unrecht getan; aber habe auch du Geduld mit mir!« – Er zog ein Schubfach seines Schreibtisches auf und legte einen Schlüssel in ihre Hand. »Öffne du den Garten wieder, Ines! – – Gewiß, es macht mich glücklich, wenn dein Fuß der erste ist, der wieder ihn betritt. Vielleicht, daß im Geiste sie dir dort begegnet und mit ihren milden Augen dich so lange ansieht, bis du schwesterlich den Arm um ihren Nacken legst!«
Sie sah unbeweglich auf den Schlüssel, der noch immer in ihrer offenen Hand lag.
»Nun, Ines, willst du nicht annehmen, was ich dir gegeben habe?«
Sie schüttelte den Kopf.
»Noch nicht, Rudolf, ich kann noch nicht, später – später; dann wollen wir zusammen hineingehen.« Und indem ihre schönen dunkeln Augen bittend zu ihm aufblickten, legte sie still den Schlüssel auf den Tisch.

Ein Samenkorn war in den Boden gefallen, aber die Zeit des Keimens lag noch fern.
Es war im November. – Ines konnte endlich nicht mehr daran zweifeln, daß auch sie Mutter werden solle, Mutter eines eigenen Kindes. Aber zu dem Entzücken, das sie bei dem Bewußtsein überkam, gesellte sich bald ein anderes. Wie ein unheimliches Dunkel lag es auf ihr, aus dem allmählich sich *ein* Gedanke gleich einer bösen Schlange emporwand. Sie suchte ihn zu verscheuchen, sie flüchtete sich vor ihm zu allen guten Geistern ihres Hauses, aber er verfolgte sie, er kam immer wieder und immer mächtiger. War sie nicht nur von außen wie eine Fremde in dies Haus getreten, das schon ohne sie ein fertiges Leben in sich schloß? – Und eine zweite Ehe – gab es denn überhaupt eine solche? Mußte die erste, die einzige, nicht bis zum Tode beider fortdauern? – Nicht nur bis zum Tode! Auch weiter – weiter bis in alle Ewigkeit! Und wenn das? – Die heiße Glut schlug ihr ins Gesicht; sich selbst zerfleischend, griff sie nach den härtesten

Worten. – Ihr Kind – ein Eindringling, ein Bastard würde es im eigenen Vaterhause sein!

Wie vernichtet ging sie umher; ihr junges Glück und Leid trug sie allein; und wenn der, welcher den nächsten Anspruch hatte, es mit ihr zu teilen, sie besorgt und fragend anblickte, so schlossen sich ihre Lippen wie in Todesangst.

– – In dem gemeinschaftlichen Schlafgemache waren die schweren Fenstervorhänge heruntergelassen, nur durch eine schmale Lücke zwischen denselben stahl sich ein Streifen Mondlicht herein. Unter quälenden Gedanken war Ines eingeschlafen, nun kam der Traum; da wußte sie es: sie konnte nicht bleiben, sie mußte fort aus diesem Hause, nur ein kleines Bündelchen wollte sie mitnehmen, dann fort, weit weg – – zu ihrer Mutter, auf Nimmerwiederkehr! Aus dem Garten, hinter den Fichten, welche die Rückwand desselben bildeten, führte ein Pförtchen in das Freie; den Schlüssel hatte sie in ihrer Tasche, sie wollte fort – – gleich. – –

Der Mond rückte weiter, von der Bettstatt auf das Kissen, und jetzt lag ihr schönes Antlitz voll beleuchtet in seinem blassen Schein. – Da richtete sie sich auf. Geräuschlos entstieg sie dem Bett und trat mit nackten Füßen in ihre davor stehenden Schuhe. Nun stand sie mitten im Zimmer in ihrem weißen Schlafgewand; ihr dunkles Haar hing, wie sie es nachts zu ordnen pflegte, in zwei langen Flechten über ihre Brust. Aber ihre sonst so elastische Gestalt schien wie zusammengesunken; es war, als liege noch die Last des Schlafes auf ihr. Tastend, mit vorgestreckten Händen, glitt sie durch das Zimmter, aber sie nahm nichts mit, kein Bündelchen, keinen Schlüssel. Als sie mit den Fingern über die auf einem Stuhl liegenden Kleider ihres Mannes streifte, zögerte sie einen Augenblick, als gewinne eine andere Vorstellung in ihr Raum; gleich darauf aber schritt sie leise und feierlich zur Stubentür hinaus und weiter die Treppe hinab. Dann klang unten im Flur das Schloß der Hoftür, kalte Luft blies sie an, der Nachtwind hob die schweren Flechten auf ihrer Brust.

– – Wie sie durch den finstern Wald gekommen, der hinter ihr lag, das wußte sie nicht; aber jetzt hörte sie es überall aus dem

Dickicht hervorbrechen; die Verfolger waren hinter ihr. Vor ihr erhob sich ein großes Tor; mit aller Macht ihrer kleinen Hände stieß sie den einen Flügel auf; eine öde, unabsehbare Heide dehnte sich vor ihr aus, und plötzlich wimmelte es von großen schwarzen Hunden, die in emsigem Laufe gegen sie daherrannten; sie sah die roten Zungen aus ihren dampfenden Rachen hängen, sie hörte ihr Gebell immer näher – tönender – –

Da öffneten sich ihre halbgeschlossenen Augen, und allmählich begann sie es zu fassen. Sie erkannte, daß sie eben innerhalb des großen Gartens stehe; ihre eine Hand hielt noch die Klinke der eisernen Gittertür. Der Wind spielte mit ihrem leichten Nachtgewande; von den Linden, welche zur Seite des Einganges standen, wirbelte ein Schauer von gelben Blättern auf sie herab. – Doch – was war das? – Drüben aus den Tannen, ganz wie sie es vorhin zu hören glaubte, erscholl auch jetzt das Bellen eines Hundes, sie hörte deutlich etwas durch die dürren Zweige brechen. Eine Todesangst überfiel sie. – Und wieder erscholl das Gebell.

»Nero«, sagte sie; »es ist Nero.«

Aber sie hatte sich mit dem schwarzen Hüter des Hauses nie befreundet, und unwillkürlich lief ihr das wirkliche Tier mit den grimmigen Hunden des Traumes in eins zusammen; und jetzt sah sie ihn von jenseits des Rasens in großen Sprüngen auf sich zukommen. Doch er legte sich vor ihr nieder, und jenes unverkennbare Winseln der Freude ausstoßend, leckte er ihre nackten Füße. Zugleich kamen Schritte vom Hofe her, und einen Augenblick darauf umfingen sie die Arme ihres Mannes; gesichert legte sie den Kopf an seine Brust.

Vom Gebell des Hundes aufgewacht, hatte er mit jähem Schreck ihr Lager an seiner Seite leer gesehen. Ein dunkles Wasser glitzerte plötzlich vor seinem inneren Auge; es lag nur tausend Schritte hinter ihrem Garten an einem Feldweg unter dichten Erlenbüschen. Wie vor einigen Tagen sah er sich mit Ines an dem grünen Uferrande stehen; er sah sie bis in das Schilf hinabgehen und einen Stein, den sie vorhin am Wege aufgesammelt, in die Tiefe werfen. »Komm zurück, Ines!« hatte er gerufen, »es ist nicht sicher dort.« Aber sie war noch immer stehengeblieben, mit den schwermütigen Augen in die Kreise starrend, welche langsam auf dem schwarzen Wasserspiegel ausliefen. »Das ist wohl unergründlich?« hatte sie gefragt, da er sie endlich in seinen Armen forgerissen.

Das alles war in wilder Flucht durch seinen Kopf gegangen, als er die Treppe nach dem Hofe hinabgestürmt. – Auch damals waren sie durch den Garten von ihrem Hause fortgegangen, und jetzt traf er sie hier, fast unbekleidet, das schöne Haar vom Nachttau feucht, der noch immer von den Bäumen tropfte.

Er hüllte sie in den Plaid, welchen er sich selbst vorm Hinuntergehen übergeworfen hatte. »Ines«, sagte er – das Herz schlug ihm so gewaltig, daß er das Wort fast rauh hervorstieß –, »was ist das? Wie bist du hieher gekommen?«

Sie schauerte in sich zusammen.

»Ich weiß nicht, Rudolf – – ich wollte fort – mir träumte; oh Rudolf, es muß etwas Furchtbares gewesen sein!«

»Dir träumte? Wirklich, dir träumte!« wiederholte er und atmete auf, wie von einer schweren Last befreit.

Sie nickte nur und ließ sich wie ein Kind ins Haus und in das Schlafgemach zurückführen.

Als er sie hier sanft aus seinen Armen ließ, sagte sie: »Du bist so stumm, du zürnst gewiß?«

»Wie sollt ich zürnen, Ines! Ich hatte Angst um dich. Hast du schon früher so geträumt?«

Sie schüttelte erst den Kopf, bald aber besann sie sich. »Doch – – einmal; nur war nichts Schreckliches dabei.«

Er trat ans Fenster und zog die Vorhänge zurück, so daß das Mondlicht voll ins Zimmer strömte.

»Ich muß dein Antlitz sehen«, sagte er, indem er sie auf die Kante ihres Bettes niederzog und sich dann selbst an ihre Seite setzte. »Willst du mir nun erzählen, was dir damals Liebliches geträumt hat? Du brauchst nicht laut zu sprechen; in diesem zarten Lichte trifft auch der leiseste Ton das Ohr.«

Sie hatte den Kopf an seine Brust gelegt und sah zu ihm empor.

»Wenn du es wissen willst«, sagte sie nachsinnend. »Es war, glaub ich, an meinem dreizehnten Geburtstag; ich hatte mich ganz in das Kind, in den kleinen Christus, verliebt, ich mochte meine Puppen nicht mehr ansehen.«

»In den kleinen Christus, Ines?«
»Ja, Rudolf«, und sie legte sich wie zur Ruhe noch fester in seinen Arm; »meine Mutter hatte mir ein Bild geschenkt, eine Madonna mit dem Kinde; es hing hübsch eingerahmt über meinem Arbeitstischchen in der Wohnstube.«
»Ich kenne es«, sagte er, »es hängt ja noch dort; deine Mutter wollte es behalten zur Erinnerung an die kleine Ines.«
– »O meine liebe Mutter!«
Er zog sie fester an sich; dann sagte er: »Darf ich weiter hören, Ines?«
– »Doch! Aber ich schäme mich, Rudolf.« Und dann leise und zögernd fortfahrend: »Ich hatte an jenem Tage nur Augen für das Christkind; auch nachmittags, als meine Gespielinnen da waren; ich schlich mich heimlich hin und küßte das Glas vor seinem kleinen Munde – – es war mir ganz, als wenn's lebendig wäre – – hätte ich es nur auch wie die Mutter auf dem Bild in meine Arme nehmen können!« – Sie schwieg; ihre Stimme war bei den letzten Worten zu einem flüsternden Hauch herabgesunken.
»Und dann, Ines?« fragte er. »Aber du erzählst mir so beklommen!«
– »Nein, nein, Rudolf! Aber – – in der Nacht, die darauf folgte, muß ich auch im Traume aufgestanden sein; denn am andern Morgen fanden sie mich in meinem Bette, das Bild in beiden Armen, mit meinem Kopf auf dem zerdrückten Glase eingeschlafen.«
Eine Weile war es totenstill im Zimmer.
– – »Und jetzt?« fragte er ahnungsvoll und sah ihr tief und herzlich in die Augen. »Was hat dich heute denn von meiner Seite in die Nacht hinausgetrieben?«
»Jetzt, Rudolf?« – – Er fühlte, wie ein Zittern über alle ihre Glieder lief. Plötzlich schlang sie die Arme um seinen Hals, und mit erstickter Stimme flüsterte sie angstvolle und verworrene Worte, deren Sinn er nicht verstehen konnte.
»Ines, Ines!« sagte er und nahm ihr schönes kummervolles Antlitz in seine beiden Hände.
– »O Rudolf! Laß mich sterben; aber verstoße nicht unser Kind!«

Er war vor ihr aufs Knie gesunken und küßte ihr die Hände. Nur die Botschaft hatte er gehört und nicht die dunkeln Worte, in denen sie ihm verkündigt wurde; von seiner Seele flogen alle Schatten fort, und hoffnungsreich zu ihr emporschauend, sprach er leise:
»Nun muß sich alles, alles wenden!«

Die Zeit ging weiter, aber die dunkeln Gewalten waren noch nicht besiegt. Nur mit Widerstreben fügte Ines die noch aus Nesis Wiegenzeit vorhandenen Dinge der kleinen Ausrüstung ein, und manche Träne fiel in die kleinen Mützen und Jäckchen, an welchen sie jetzt stumm und eifrig nähte.
– – Auch Nesi war es nicht entgangen, daß etwas Ungewöhnliches sich vorbereite. Im Oberhause, nach dem großen Garten hinaus, stand plötzlich eine Stube fest verschlossen, in der sonst ihre Spielsachen aufbewahrt gewesen waren; sie hatte durchs Schlüsselloch hineingeguckt; eine Dämmerung, eine feierliche Stille schien darin zu walten. Und als sie ihre Puppenküche, die man auf den Korridor hinausgesetzt hatte, mit Hülfe der alten Anne auf den Hausboden trug, suchte sie dort vergebens nach der Wiege mit dem grünen Taffetschirme, welche, solange sie denken konnte, hier unter dem schrägen Dachfenster gestanden hatte. Neugierig spähte sie in alle Winkel.
»Was gehst du herum wie ein Kontrolleur?« sagte die Alte.
– »Ja, Anne, wo ist aber meine Wiege geblieben?«
Die Alte blickte sie mit schlauem Lächeln an. »Was meinst«, sagte sie, »wenn dir der Storch noch so ein Brüderchen brächte?«
Nesi sah betroffen auf; aber sie fühlte sich durch diese Anrede in ihrer elfjährigen Würde gekränkt. »Der Storch?« sagte sie verächtlich.
»Nun freilich, Nesi.«
– »Du mußt nicht so was zu mir sprechen, Anne. Das glauben die kleinen Kinder; aber ich weiß wohl, daß es dummes Zeug ist.«
»So? – Wenn du es besser weißt, Mamsell Naseweis, woher kommen denn die Kinderchen, wenn nicht der Storch sie bringt, der es doch schon die Tausende von Jahren her besorgt hat?«
– »Sie kommen vom lieben Gott«, sagte Nesi pathetisch. »Sie sind auf einmal da.«

»Bewahr uns in Gnaden!« rief die Alte. »Was doch die Guckindiewelte heutzutage klug sind! Aber du hast recht, Nesi; wenn du's gewiß weißt, daß der liebe Gott den Storch vom Amte gesetzt hat – ich glaub's selber, er wird es schon allein besorgen können. – Nun aber – wenn's denn so auf einmal da wär, das Brüderchen – oder wolltest du lieber ein Schwesterlein? –, würd's dich freuen, Neschen?«

Nesi stand vor der Alten, die sich auf einen Reisekoffer niedergelassen hatte; ein Lächeln verklärte ihr ernstes Gesichtchen, dann aber schien sie nachzusinnen.

»Nun, Neschen«, forschte wieder die Alte. »Würd's dich freuen, Neschen?«

»Ja, Anne«, sagte sie endlich, »ich möchte wohl eine kleine Schwester haben, und Vater würde sich gewiß auch freuen; aber – –«

»Nun, Neschen, was hast du noch zu abern?«

»Aber«, wiederholte Nesi und hielt dann wieder einen Augenblick wie grübelnd inne, – »das Kind würde ja dann doch keine Mutter haben!«

»Was?« rief die Alte ganz erschrocken und strebte mühsam von ihrem Koffer auf, »das Kind keine Mutter! Du bist mir zu gelehrt, Nesi; komm, laß uns hinabgehen! – Hörst du? Da schlägt's zwei! Nun mach, daß du in die Schule kommst!«

Schon brausten die ersten Frühlingsstürme um das Haus; die Stunde nahte. –

– ›Wenn ich's nicht überlebte‹, dachte Ines, ›ob er auch meiner dann gedenken würde?‹

Mit scheuen Augen ging sie an der Tür des Zimmers vorüber, welches schweigend sie und ihr künftiges Geschick erwartete; leise trat sie auf, als sei darinnen etwas, was sie zu wecken fürchte.

Und endlich war dem Hause ein Kind, ein zweites Töchterchen, geboren. Von außen pochten die lichtgrünen Zweige an die Fenster; aber drinnen in dem Zimmer lag die junge Mutter bleich und entstellt; das warme Sonnenbraun der Wangen war verschwunden; aber in ihren Augen brannte ein Feuer, das den Leib verzehrte. Rudolf saß an dem Bett und hielt ihre schmale Hand in der seinen.

Jetzt wandte sie mühsam den Kopf nach der Wiege, die unter der Hut der alten Anne an der andern Seite des Zimmers stand. »Rudolf«, sagte sie matt, »ich habe noch eine Bitte!«
– »Noch eine, Ines? Ich werde noch viel von dir zu bitten haben.«
Sie sah ihn traurig an; nur eine Sekunde lang; dann flog ihr Auge hastig wieder nach der Wiege. »Du weißt«, sagte sie, immer schwerer atmend, »es gibt kein Bild von mir! Du wolltest immer, es solle nur von einem guten Meister gemalt werden – – wir können nicht mehr warten auf die Meisterhand. – Du könntest einen Photographen kommen lassen, Rudolf; es ist ein wenig umständlich; aber – mein Kind, es wird mich nicht mehr kennenlernen; es muß doch wissen, wie die Mutter ausgesehen.«
»Warte noch ein wenig!« sagte er und suchte einen mutigen Ton in seine Stimme zu legen. »Es würde dich jetzt zu sehr erregen; warte, bis deine Wangen wieder voller werden!«
Sie strich mit beiden Händen über ihr schwarzes Haar, das lang und glänzend auf dem Deckbette lag, indem sie einen fast wilden Blick im Zimmer umherwarf.
»Einen Spiegel!« sagte sie, indem sie sich völlig in den Kissen aufrichtete. »Bringt mir einen Spiegel!«
Er wollte wehren; aber schon hatte die Alte einen Handspiegel herbeigeholt und auf das Bett gelegt. Die Kranke ergriff ihn hastig; aber als sie hineinblickte, malte sich ein heftiges Erschrekken in ihren Zügen; sie nahm ein Tuch und wischte an dem Glase; doch es wurde nicht anders; nur immer fremder starrte das kranke Leidensantlitz ihr entgegen.
»Wer ist das?« schrie sie plötzlich. »Das bin ich nicht! – Oh, mein Gott! Kein Bild, kein Schatten für mein Kind!«
Sie ließ den Spiegel fallen und schlug die mageren Hände vors Gesicht.
Da drang ein Weinen an ihr Ohr. Es war nicht ihr Kind, das ahnungslos in seiner Wiege lag und schlief; Nesi hatte sich unbemerkt hereingeschlichen; sie stand mitten im Zimmer und sah mit düsteren Augen auf die Stiefmutter, während sie schluchzend in ihre Lippe biß.
Ines hatte sie bemerkt. »Du weinst, Nesi?« fragte sie.

Aber das Kind antwortete nicht.
»Warum weinst du, Nesi?« wiederholte sie heftig.
Die Züge des Kindes wurden noch finsterer. »Um meine Mutter!« brach es fast trotzig aus dem kleinen Munde.
Die Kranke stutzte einen Augenblick; dann aber streckte sie die Arme aus dem Bett, und als das Kind, wie unwillkürlich, sich genähert hatte, riß sie es heftig an ihre Brust. »O Nesi, vergiß deine Mutter nicht!«
Da schlangen zwei kleine Arme sich um ihren Hals, und nur ihr verständlich, hauchte es: »Meine liebe, süße Mama!«
– »Bin ich deine liebe Mama, Nesi?«
Nesi antwortete nicht; sie nickte nur heftig in die Kissen.
»Dann, Nesi«, und in traulich seligem Flüstern sprach es die Kranke, »vergiß auch mich nicht! Oh, ich will nicht gern vergessen werden!«
– – Rudolf hatte regungslos diesen Vorgängen zugesehen, die er nicht zu stören wagte; halb in tödlicher Angst, halb in stillem Jubel; aber die Angst behielt die Oberhand. Ines war in ihre Kissen zurückgesunken; sie sprach nicht mehr; sie schlief – plötzlich.
Nesi, die sich leise von dem Bett entfernt hatte, kniete vor der Wiege ihres Schwesterchens; voll Bewunderung betrachtete sie das winzige Händchen, das sich aus den Kissen aufreckte, und wenn das rote Gesichtlein sich verzog und der kleine unbeholfene Menschenlaut hervorbrach, dann leuchteten ihre Augen vor Entzücken. Rudolf, der still herangetreten war, legte liebkosend die Hand auf ihren Kopf; sie wandte sich um und küßte die andere Hand des Vaters; dann schaute sie wieder auf ihr Schwesterchen. –
Die Stunden rückten weiter. Draußen leuchtete der Mittagsschein, und die Vorhänge an den Fenstern wurden fester zugezogen. Längst schon saß er wieder an dem Bette der geliebten Frau, in dumpfer Erwartung; Gedanken und Bilder kamen und gingen; er schaute sie nicht an, er ließ sie kommen und gehen. Schon einmal früher war es so wie jetzt gewesen; ein unheimliches Gefühl befiel ihn; ihm war, als lebe er zum zweiten Mal. Er sah wieder den schwarzen Totenbaum aufsteigen und mit den düsteren Zweigen sein ganzes Haus bedecken. Angstvoll sah er

nach der Kranken; aber sie schlummerte sanft; in ruhigen Atemzügen hob sich ihre Brust. Unter dem Fenster, in den blühenden Syringen sang ein kleiner Vogel immerzu; er hörte ihn nicht; er war bemüht, die trügerischen Hoffnungen fortzuscheuchen, die ihn jetzt umspinnen wollten.

Am Nachmittage kam der Arzt; er neigte sich über die Schlafende und nahm ihre Hand, die ein warmer feuchter Hauch bedeckte. Rudolf blickte gespannt in das Antlitz seines Freundes, dessen Züge den Ausdruck der Überraschung annahmen.

»Schone mich nicht!« sagte er. »Laß mich alles wissen!«

Aber der Doktor drückte ihm die Hand.

– »Gerettet!« – Das einzige Wort hatte er behalten. Er hörte auf einmal den Gesang des Vogels; das ganze Leben kam zurückgeflutet. »Gerettet!« – Und er hatte auch sie schon verloren gegeben in die große Nacht; er hatte geglaubt, die heftige Erschütterung des Morgens müsse sie verderben; doch:

Es ward ihr zum Heil,
Es riß sie nach oben!

In diese Worte des Dichters faßte er all sein Glück zusammen; wie Musik klangen sie fort und fort in seinen Ohren.

– – Immer noch schlief die Kranke; immer noch saß er wartend an ihrem Bette. Nur die Nachtlampe dämmerte jetzt in dem stillen Zimmer; draußen aus dem Garten kam statt des Vogelsangs nun das Rauschen des Nachtwindes; manchmal wie Harfenton wehte es auf und zog vorüber; die jungen Zweige pochten leise an die Fenster.

»Ines!« flüsterte er, »Ines!« Er konnte es nicht lassen, ihren Namen auszusprechen.

Da schlug sie die Augen auf und ließ sie fest und lange auf ihm ruhen, als müsse aus der Tiefe des Schlafes ihre Seele erst zu ihm hinauf gelangen.

»Du, Rudolf?« sagte sie endlich. »Und ich bin noch einmal wieder aufgewacht!«

Er blickte sie an und konnte sich nicht ersättigen an ihrem Anblick. »Ines«, sagte er – fast demütig klang seine Stimme –, »ich

sitze hier, und stundenlang schon trage ich das Glück wie eine schwere Last auf meinem Haupte; hilf es mir tragen, Ines!«
»Rudolf –!« Sie hatte sich mit einer kräftigen Bewegung aufgerichtet.
– »Du wirst leben, Ines!«
»Wer hat das gesagt?«
– »Dein Arzt, mein Freund; ich weiß, er hat sich nicht getäuscht.«
»Leben! O mein Gott! Leben! – Für mein Kind, für dich!« – Es war, als käme ihr plötzlich eine Erinnerung; sie schlang die Hände um den Hals ihres Mannes und drückte sein Ohr an ihren Mund. »Und für deine – für euere, unsre Nesi!« flüsterte sie. Dann ließ sie seinen Nacken los, und seine beiden Hände ergreifend, sprach sie zu ihm sanft und liebevoll. »Mir ist so leicht!« sagte sie. »Ich weiß gar nicht mehr, warum alles sonst so schwer gewesen ist!« Und ihm zunickend: »Du sollst nur sehen, Rudolf; nun kommt die gute Zeit! Aber –« und sie hob den Kopf und brachte ihre Augen ganz dicht an die seinen – »ich muß teilhaben an deiner Vergangenheit, dein ganzes Glück mußt du mir erzählen! Und, Rudolf, ihr süßes Bild soll in dem Zimmer hängen, das uns gemeinschaftlich gehört; sie muß dabeisein, wenn du mir erzählst!«
Er sah sie an wie ein Seliger.
»Ja, Ines; sie soll dabeisein!«
»Und Nesi! Ich erzähl ihr wieder von ihrer Mutter, was ich von dir gehört habe; – was für ihr Alter paßt, Rudolf, nur das – –«
Er konnte nur stumm noch nicken.
»Wo ist Nesi?« fragte sie dann, »ich will ihr noch einen Gutenachtkuß geben!«
»Sie schläft, Ines«, sagte er und strich sanft mit der Hand über ihre Stirn. »Es ist ja Mitternacht!«
»Mitternacht! So mußt auch du nun schlafen! Ich aber – lache mich nicht aus, Rudolf –, mich hungert; ich muß essen! Und dann, nachher, die Wiege vor mein Bett; ganz nahe, Rudolf! Dann schlaf auch ich wieder; ich fühl's; gewiß, du kannst ganz ruhig fortgehen.«
Er blieb noch.

»Ich muß erst eine Freude haben!« sagte er.
»Eine Freude?«
»Ja, Ines, eine ganz neue; ich will dich essen sehen!«
– »O du!«
– Und als ihm auch das geworden, trug er mit der Wärterin die Wiege vor das Bett.
»Und nun gute Nacht! Mir ist, als sollte ich noch einmal in unseren Hochzeitstag hineinschlafen.«
Sie aber wies glücklich lächelnd auf ihr Kind.
– Und bald war alles still. Aber nicht der schwarze Totenbaum streckte seine Zweige über das Dach des Hauses; aus fernen goldnen Ährenfeldern nickte sanft der rote Mohn des Schlummers. Noch eine reiche Ernte stand bevor.

Und es war wieder Rosenzeit. – Auf dem breiten Steige des großen Gartens hielt ein lustiges Gefährt. Nero war augenscheinlich avanciert; denn nicht vor einem Puppen-, sondern vor einem wirklichen Kinderwagen stand er angeschirrt und hielt geduldig still, als Nesi an seinem mächtigen Kopfe jetzt die letzte Schnalle zuzog. Die alte Anne beugte sich zu dem Schirm des Wägelchens und zupfte an den Kissen, in denen das noch namenlose Töchterchen des Hauses mit großen offenen Augen lag; aber schon rief Nesi: »Hü, hott, alter Nero!«, und in würdevollem Schritt setzte die kleine Karawane sich zu ihrer täglichen Spazierfahrt in Bewegung.
Rudolf und mit ihm Ines, die schöner als je an seinem Arme hing, hatten lächelnd zugeschaut; nun gingen sie ihren eigenen Weg; seitwärts schlugen sie sich durch die Büsche entlang der Gartenmauer, und bald standen sie vor der noch immer verschlossenen Pforte. Das Gesträuch hing nicht wie sonst herab; ein Gestelle war untergebaut, so daß man wie durch einen schattigen Laubengang hinangelangte. Einen Augenblick horchten sie auf den vielstimmigen Gesang der Vögel, die drüben in der noch ungestörten Einsamkeit ihr Wesen trieben. Dann aber, von Ines' kleinen kräftigen Händen bezwungen, drehte sich der Schlüssel, und kreischend sprang der Riegel zurück. Drinnen hörten sie die Vögel aufrauschen, und dann war alles still. Um eine Handbreit

stand die Pforte offen; aber sie war an der Binnenseite von blühendem Geranke überstrickt; Ines wandte alle ihre Kräfte auf, es knisterte und knickte auch dahinter; aber die Pforte blieb gefangen.
»Du mußt!« sagte sie endlich, indem sie lächelnd und erschöpft zu ihrem Mann emporblickte.
Die Männerhand erzwang den vollen Eingang; dann legte Rudolf das zerrissene Gesträuch sorgsam nach beiden Seiten zurück.
Vor ihnen schimmerte jetzt in hellem Sonnenlicht der Kiesweg; aber leise, als sei es noch in jener Mondnacht, gingen sie zwischen den tiefgrünen Koniferen auf ihm hin, vorbei an den Zentifolien, die mit Hunderten von Rosen aus dem wuchernden Kraut hervorleuchteten, und am Ende des Steiges unter das verfallene Rohrdach, vor welchem jetzt die Klematis den ganzen Gartenstuhl besponnen hatte. Drinnen hatte, wie im vorigen Sommer, die Schwalbe ihr Nest gebaut; furchtlos flog sie über ihnen aus und ein.
Was sie zusammen sprachen? – Auch für Ines war jetzt heiliger Boden hier. – Mitunter schwiegen sie und hörten nur auf das Summen der Insekten, die draußen in den Düften spielten. Vor Jahren hatte Rudolf es schon ebenso gehört; immer war es so gewesen. Die Menschen starben; ob denn diese kleinen Musikanten ewig waren?
»Rudolf, ich habe etwas entdeckt!« begann jetzt Ines wieder. »Nimm einmal den ersten Buchstaben meines Namens und setz ihn an das Ende! Wie heißt er dann?«
»Nesi!« sagte er lächelnd. »Das trifft sich wunderbar.«
»Siehst du!« fuhr sie fort, »so hat die Nesi eigentlich meinen Namen. Ist's nicht billig, daß nun mein Kind den Namen ihrer Mutter erhält? – Marie! – Es klingt so gut und mild; du weißt, es ist nicht einerlei, mit welchem Namen die Kinder sich gerufen hören!«
Er schwieg einen Augenblick.
»Laß uns mit diesen Dingen nicht spielen!« sagte er dann und sah ihr innig in die Augen. »Nein, Ines; auch mit dem Antlitz meines lieben kleinen Kindes soll mir ihr Bild nicht übermalt

werden. Nicht Marie, auch nicht Ines – wie es deine Mutter wünschte – darf das Kind mir heißen! Auch Ines ist für mich nur einmal und niemals wieder auf der Welt.« – Und nach einer Weile fügte er hinzu: »Wirst du nun sagen, daß du einen eigensinnigen Mann hast?«

»Nein, Rudolf; nur, daß du Nesis rechter Vater bist!«

»Und du, Ines?«

»Hab nur Geduld; – ich werde schon dein rechtes Weib! – Aber –«

»Ist doch noch ein Aber da?«

»Kein böses, Rudolf! – Aber – wenn einst die Zeit dahin ist – denn einmal kommt ja doch das Ende – wenn wir alle dort sind, woran du keinen Glauben hast, aber vielleicht doch eine Hoffnung –, wohin sie uns vorangegangen ist, dann« – und sie hob sich zu ihm empor und schlang beide Hände um seinen Nacken – »schüttle mich nicht ab, Rudolf! Versuch es nicht; ich lasse doch nicht von dir!«

Er schloß sie fest in seine Arme und sagte: »Laß uns das Nächste tun; das ist das Beste, was ein Mensch sich selbst und andern lehren kann.«

»Und da wäre?« fragte sie.

»Leben, Ines; so schön und lange, wie wir es vermögen!«

Da hörten sie Kinderstimmen von der Pforte her; kleine, zum Herzen dringende Laute, die noch keine Worte waren, und ein helles »Hü!« und »Hott!« von Nesis kräftiger Stimme. Und unter dem Vorspann des getreuen Nero, behütet von der alten Dienerin, hielt die fröhliche Zukunft des Hauses ihren Einzug in den Garten der Vergangenheit.

POLE POPPENSPÄLER

Ich hatte in meiner Jugend einige Fertigkeit im Drechseln und beschäftigte mich sogar wohl etwas mehr damit, als meinen gelehrten Studien zuträglich war; wenigstens geschah es, daß mich eines Tags der Subrektor bei Rückgabe eines nicht eben fehlerlosen Exerzitiums seltsamerweise fragte, ob ich vielleicht wieder eine Nähschraube zu meiner Schwester Geburtstag gedrechselt hätte. Solch kleine Nachteile wurden indessen mehr als aufgewogen durch die Bekanntschaft mit einem trefflichen Manne, die mir infolge jener Beschäftigung zuteil wurde. Dieser Mann war der Kunstdrechsler und Mechanikus Paul Paulsen, auch deputierter Bürger unserer Stadt. Auf die Bitte meines Vaters, der für alles, was er mich unternehmen sah, eine gewisse Gründlichkeit forderte, verstand er sich dazu, mir die für meine kleinen Arbeiten erforderlichen Handgriffe beizubringen.
Paulsen besaß mannigfache Kenntnisse und war dabei nicht nur von anerkannter Tüchtigkeit in seinem eignen Handwerk, sondern er hatte auch eine Einsicht in die künftige Entwicklung der Gewerke überhaupt, so daß bei manchem, was jetzt als neue Wahrheit verkündigt wird, mir plötzlich einfällt: das hat dein alter Paulsen ja schon vor vierzig Jahren gesagt. – Es gelang mir bald, seine Zuneigung zu erwerben, und er sah es gern, wenn ich noch außer den festgesetzten Stunden am Feierabend einmal zu ihm kam. Dann saßen wir entweder in der Werkstätte oder sommers – denn unser Verkehr hat jahrelang gedauert – auf der Bank unter der großen Linde seines Gärtchens. In den Gesprächen, die wir dabei führten, oder vielmehr, welche mein älterer Freund dabei mit mir führte, lernte ich Dinge kennen und auf Dinge meine Gedanken richten, von denen, so wichtig sie im Leben sind, ich später selbst in meinen Primaner-Schulbüchern keine Spur gefunden habe.
Paulsen war seiner Abkunft nach ein Friese und der Charakter dieses Volksstammes aufs schönste in seinem Antlitz ausgeprägt; unter dem schlichten blonden Haar die denkende Stirn und die blauen sinnenden Augen; dabei hatte, vom Vater ererbt, seine Stimme noch etwas von dem weichen Gesang seiner Heimatsprache.

Die Frau dieses nordischen Mannes war braun und von zartem Gliederbau, ihre Sprache von unverkennbar süddeutschem Klange. Meine Mutter pflegte von ihr zu sagen, ihre schwarzen Augen könnten einen See ausbrennen, in ihrer Jugend aber sei sie von seltener Anmut gewesen. – Trotz der silbernen Fädchen, die schon ihr Haar durchzogen, war auch jetzt die Lieblichkeit dieser Züge noch nicht verschwunden, und das der Jugend angeborene Gefühl für Schönheit veranlaßte mich bald, ihr, wo ich immer konnte, mit kleinen Diensten und Gefälligkeiten an die Hand zu gehen.

»Da schau mir nur das Buberl«, sagte sie dann wohl zu ihrem Mann; »wirst doch nit eifersüchtig werden, Paul?«

Dann lächelte Paul. Und aus ihren Scherzworten und aus seinem Lächeln sprach das Bewußtsein innigsten Zusammengehörens.

Sie hatten außer einem Sohne, der damals in der Fremde war, keine Kinder, und vielleicht war ich den beiden zum Teil deshalb so willkommen, zumal Frau Paulsen mir wiederholt versicherte, ich habe grad ein so lustigs Naserl wie ihr Joseph. Nicht verschweigen will ich, daß letztere auch eine mir sehr zusagende, in unserer Stadt aber sonst gänzlich unbekannte Mehlspeise zu bereiten verstand und auch nicht unterließ, mich dann und wann zu Gast zu bitten. – So waren denn dort der Anziehungskräfte für mich genug. Von meinem Vater aber wurde mein Verkehr in dem tüchtigen Bürgerhause gern gesehen. »Sorge nur, daß du nicht lästig fällst!« war das einzige, woran er in dieser Beziehung zuweilen mich erinnerte. Ich glaube indessen nicht, daß ich meinen Freunden je zu oft gekommen bin.

Da geschah es eines Tages, daß in meinem elterlichen Hause einem alten Herrn aus unserer Stadt das neueste und wirklich ziemlich gelungene Werk meiner Hände vorgezeigt wurde.

Als dieser seine Bewunderung zu erkennen gab, bemerkte mein Vater dagegen, daß ich ja aber auch schon seit fast einem Jahr bei Meister Paulsen in der Lehre sei.

»So, so«, erwiderte der alte Herr; »bei Pole Poppenspäler!«

Ich hatte nie gehört, daß mein Freund einen solchen Beinamen führe, und fragte, vielleicht ein wenig naseweis, was das bedeuten solle.

Aber der alte Herr lächelte nur ganz hinterhältig und wollte keine weitere Auskunft geben. –

Zum kommenden Sonntag war ich von den Paulsenschen Eheleuten auf den Abend eingeladen, um ihnen ihren Hochzeitstag feiern zu helfen. Es war im Spätsommer, und da ich mich frühzeitig auf den Weg gemacht und die Hausfrau noch in der Küche zu wirtschaften hatte, so ging Paulsen mit mir in den Garten, wo wir uns zusammen unter der großen Linde auf die Bank setzten. Mir war das »Pole Poppenspäler« wieder eingefallen, und es ging mir so im Kopf herum, daß ich kaum auf seine Reden Antwort gab; endlich, da er mich fast ein wenig ernst wegen meiner Zerstreutheit zurechtgewiesen hatte, fragte ich ihn gradezu, was jener Beiname zu bedeuten habe.

Er wurde sehr zornig. »Wer hat dich das dumme Wort gelehrt?« rief er, indem er von seinem Sitze aufsprang. Aber bevor ich noch zu antworten vermochte, saß er schon wieder neben mir. »Laß, laß!« sagte er, sich besinnend, »es bedeutet ja eigentlich das Beste, was das Leben mir gegeben hat. – Ich will es dir erzählen; wir haben wohl noch Zeit dazu.« –

In diesem Haus und Garten bin ich aufgewachsen, meine braven Eltern wohnten hier, und hoffentlich wird einst mein Sohn hier wohnen! – Daß ich ein Knabe war, ist nun schon lange her; aber gewisse Dinge aus jener Zeit stehen noch, wie mit farbigem Stift gezeichnet, vor meinen Augen.

Neben unserer Haustür stand damals eine kleine weiße Bank mit grünen Stäben in den Rück- und Seitenlehnen, von der man nach der einen Seite die lange Straße hinab bis an die Kirche, nach der andern aus der Stadt hinaus bis in die Felder sehen konnte. An Sommerabenden saßen meine Eltern hier, der Ruhe nach der Arbeit pflegend; in den Stunden vorher aber pflegte ich sie in Beschlag zu nehmen und hier in der freien Luft und unter erquickendem Ausblick nach Ost und West meine Schularbeiten anzufertigen.

So saß ich auch eines Nachmittags – ich weiß noch gar wohl, es war im September, eben nach unserem Michaelis-Jahrmarkte – und schrieb für den Rechenmeister meine Algebra-Exempel auf die Tafel, als ich unten von der Straße ein seltsames Gefährt heraufkommen sah. Es war ein zweirädriger Karren, der von einem kleinen rauhen Pferde gezogen wurde. Zwischen zwei ziemlich hohen Kisten, mit denen er beladen war, saß eine große blonde Frau mit steifen hölzernen Gesichtszügen und ein etwa neunjähriges Mädchen, das sein schwarzhaariges Köpfchen lebhaft von einer Seite nach der andern drehte; nebenher ging, den Zügel in der Hand, ein kleiner, lustig blickender Mann, dem unter seiner grünen Schirmmütze die kurzen schwarzen Haare wie Spieße vom Kopfe abstanden.

So, unter dem Gebimmel eines Glöckchens, das unter dem Halse des Pferdes hing, kamen sie heran. Als sie die Straße vor unserem Hause erreicht hatten, machte der Karren halt. »Du Bub«, rief die Frau zu mir herüber, »wo ist denn die Schneiderherberg?«

Mein Griffel hatte schon lange geruht; nun sprang ich eilfertig auf und trat an den Wagen. »Ihr seid grad davor«, sagte ich und wies auf das alte Haus mit der viereckig geschorenen Linde, das, wie du weißt, noch jetzt hier gegenüber liegt.

Das feine Dirnchen war zwischen den Kisten aufgestanden, streckte das Köpfchen aus der Kapuze ihres verschossenen Mäntelchens und sah mit ihren großen Augen auf mich herab; der Mann aber, mit einem »Sitz ruhig, Diendl!« und »Schönen Dank, Bub!« peitschte auf den kleinen Gaul und fuhr vor die Tür des bezeichneten Hauses, aus dem auch schon der dicke Herbergsvater in seiner grünen Schürze ihm entgegentrat.

Daß die Ankömmlinge nicht zu den zunftberechtigten Gästen des Hauses gehörten, mußte mir freilich klar sein; aber es pflegten dort – was mir jetzt, wenn ich es bedenke, mit der Reputation des wohlehrsamen Handwerks sich keineswegs reimen will – auch andere, mir viel angenehmere Leute einzukehren. Droben im zweiten Stock, wo noch heute statt der Fenster nur einfache Holzluken auf die Straße gehen, war das hergebrachte Quartier aller fahrenden Musikanten, Seiltänzer oder Tierbändiger, welche in unserer Stadt ihre Kunst zum besten gaben.

Und richtig, als ich am andern Morgen oben in meiner Kammer vor dem Fenster stand und meinen Schulsack schnürte, wurde drüben eine der Luken aufgestoßen; der kleine Mann mit den schwarzen Haarspießen steckte seinen Kopf ins Freie und dehnte sich mit beiden Armen in die frische Luft hinaus; dann wandte er den Kopf hinter sich nach dem dunkeln Raum zurück, und ich hörte ihn »Lisei! Lisei!« rufen. – Da drängte sich unter seinem Arm ein rosiges Gesichtlein vor, um das wie eine Mähne das schwarze Haar herabfiel. Der Vater wies mit dem Finger nach mir herüber, lachte und zupfte sie ein paarmal an ihren seidenen Strähnen. Was er zu ihr sprach, habe ich nicht verstehen können; aber es mag wohl ungefähr gelautet haben: »Schau dir ihn an, Lisei! Kennst ihn noch, den Bubn von gestern? – Der arme Narr, da muß er nun gleich mit dem Ranzen in die Schule traben! – Was du für ein glückliches Diendl bist, die du allweg nur mit unserem Braunen landab, landauf zu fahren brauchst!« – Wenigstens sah die Kleine ganz mitleidig zu mir herüber, und als ich es wagte, ihr freundlich zuzunicken, nickte sie sehr ernsthaft wieder.

Bald aber zog der Vater seinen Kopf zurück und verschwand im Hintergrund seines Bodenraumes. Statt seiner trat jetzt die große blonde Frau zu dem Kinde; sie bemächtigte sich ihres Kopfes und begann ihr das Haar zu strählen. Das Geschäft schien schweigend vollzogen zu werden, und das Lisei durfte offenbar nicht mucksen, obgleich es mehrmals, wenn ihr der Kamm so in den Nacken hinabfuhr, die eckigsten Figuren mit ihrem roten Mäulchen bildete. Nur einmal hob sie den Arm und ließ ein langes Haar über die Linde draußen in die Morgenluft hinausfliegen. Ich konnte von meinem Fenster aus es glänzen sehen; denn die Sonne war eben durch den Herbstnebel gedrungen und schien drüben auf den oberen Teil des Herbergshauses.

Auch in den vorhin undurchdringlich dunkeln Bodenraum konnte ich jetzt hineinsehen. Ganz deutlich erblickte ich in einem dämmerigen Winkel den Mann an einem Tische sitzen; in seiner Hand blinkte etwas wie Gold oder Silber; dann wieder war's wie ein Gesicht mit einer ungeheueren Nase; aber sosehr ich meine Augen anstrengte, ich vermochte nicht klug daraus zu werden.

Plötzlich hörte ich, als wenn etwas Hölzernes in einen Kasten geworfen würde, und nun stand der Mann auf und lehnte aus einer zweiten Luke sich wieder auf die Straße hinaus.
Die Frau hatte indessen der kleinen schwarzen Dirne ein verschossenes rotes Kleidchen angezogen und ihr die Haarflechten wie einen Kranz um das runde Köpfchen gelegt.
Ich sah noch immer hinüber. ›Einmal‹, dachte ich, ›könnte sie doch wieder nicken.‹
– – »Paul, Paul!« hörte ich plötzlich unten aus unserem Hause die Stimme meiner Mutter rufen.
»Ja, ja, Mutter!«
Es war mir ordentlich wie ein Schrecken in die Glieder geschlagen.
»Nun«, rief sie wieder, »der Rechenmeister wird dir schön die Zeit verdeutschen! Weißt du denn nicht, daß es lang schon sieben geschlagen hat?«
Wie rasch polterte ich die Treppe hinunter!
Aber ich hatte Glück; der Rechenmeister war grad dabei, seine Bergamotten abzunehmen, und die halbe Schule befand sich in seinem Garten, um mit Händen und Mäulern ihm dabei zu helfen. Erst um neun Uhr saßen wir alle mit heißen Backen und lustigen Gesichtern an Tafel und Rechenbuch auf unseren Bänken.
Als ich um elf, die Taschen noch von Birnen starrend, aus dem Schulhofe trat, kam eben der dicke Stadtausrufer die Straße herauf. Er schlug mit dem Schlüssel an sein blankes Messingbecken und rief mit seiner Bierstimme:
»Der Mechanikus und Puppenspieler Herr Joseph Tendler aus der Residenzstadt München ist gestern hier angekommen und wird heute abend im Schützenhofsaale seine erste Vorstellung geben. Vorgestellt wird: Pfalzgraf Siegfried und die heilige Genoveva, Puppenspiel mit Gesang in vier Aufzügen.«
Dann räusperte er sich und schritt würdevoll in der meinem Heimwege entgegengesetzten Richtung weiter. Ich folgte ihm von Straße zu Straße, um wieder und wieder die entzückende Verkündigung zu hören; denn niemals hatte ich eine Komödie, geschweige denn ein Puppenspiel gesehen. – Als ich endlich um-

kehrte, sah ich ein rotes Kleidchen mir entgegenkommen; und wirklich, es war die kleine Puppenspielerin; trotz ihres verschossenen Anzugs schien sie mir von einem Märchenglanz umgeben.

Ich faßte mir ein Herz und redete sie an: »Willst du spazierengehen, Lisei?«

Sie sah mich mißtrauisch aus ihren schwarzen Augen an. »Spazieren?« wiederholte sie gedehnt. »Ach du – du bist g'scheit!«

»Wohin willst du denn?«

– »Zum Ellenkramer will i!«

»Willst du dir ein neues Kleid kaufen?« fragte ich tölpelhaft genug.

Sie lachte laut auf. »Geh! laß mi aus! – Nein; nur so Fetz'ln!«

»Fetz'ln, Lisei?«

– »Freili! Halt nur so Resteln zu G'wandl für die Pupp'n; 's kost't immer nit viel!«

Ein glücklicher Gedanke fuhr mir durch den Kopf. Ein alter Onkel von mir hatte damals am Markte hier eine Ellenwarenhandlung, und sein alter Ladendiener war mein guter Freund. »Komm mit mir«, sagte ich kühn, »es soll dir gar nichts kosten, Lisei!«

»Meinst?« fragte sie noch; dann liefen wir beide nach dem Markt und in das Haus des Onkels. Der alte Gabriel stand wie immer in seinem pfeffer- und salzfarbenen Rock hinter dem Ladentisch, und als ich ihm unser Anliegen deutlich gemacht hatte, kramte er gutmütig einen Haufen »Rester« auf den Tisch zusammen.

»Schau, das hübsch Brinnrot!« sagte Lisei und nickte begehrlich nach einem Stückchen französischen Kattuns hinüber.

»Kannst es brauchen?« fragte Gabriel. – Ob sie es brauchen konnte! Der Ritter Siegfried sollte ja auf den Abend noch eine neue Weste geschneidert bekommen.

»Aber da gehören auch die Tressen noch dazu«, sagte der Alte und brachte allerlei Endchen Gold- und Silberflitter. Bald kamen noch grüne und gelbe Seidenläppchen und Bänder, endlich ein ziemlich großes Stück braunen Plüsches. »Nimm's nur, Kind!« sagte Gabriel. »Das gibt ein Tierfell für euere Genoveva, wenn

das alte vielleicht verschossen wäre!« Dann packte er die ganze Herrlichkeit zusammen und legte sie der Kleinen in den Arm.
»Und es kost't nix?« fragte sie beklommen.
Nein, es kostete nichts. Ihre Augen leuchteten. »Schön' Dank, guter Mann! Ach, wird der Vater schauen!«
Hand in Hand, Lisei mit ihrem Päckchen unter dem Arm, verließen wir den Laden; als wir aber in die Nähe unserer Wohnung kamen, ließ sie mich los und rannte über die Straße nach der Schneiderherberge, daß ihr die schwarzen Flechten in den Nakken flogen.
– – Nach dem Mittagessen stand ich vor unserer Haustür und erwog unter Herzklopfen das Wagnis, schon heute zur ersten Vorstellung meinen Vater um das Eintrittsgeld anzugehen; ich war ja mit der Galerie zufrieden, und sie sollte für uns Jungens nur einen Doppeltschilling kosten. Da, bevor ich's noch bei mir ins reine gebracht hatte, kam das Lisei über die Straße zu mir hergeflogen. »Der Vater schickt's!« sagte sie, und eh ich mich's versah, war sie wieder fort; aber in meiner Hand hielt ich eine rote Karte, darauf stand mit großen Buchstaben: Erster Platz.
Als ich aufblickte, winkte auch von drüben der kleine schwarze Mann mit beiden Armen aus der Bodenluke zu mir herüber. Ich nickte ihm zu; was mußten das für nette Leute sein, diese Puppenspieler! »Also heute abend«, sagte ich zu mir selber, »heute abend und – Erster Platz!«

– – Du kennst unsern Schützenhof in der Süderstraße; auf der Haustür sah man damals noch einen schön gemalten Schützen in Lebensgröße, mit Federhut und Büchse; im übrigen war aber der alte Kasten damals noch baufälliger, als er heute ist. Die Gesellschaft war bis auf drei Mitglieder herabgesunken; die vor Jahrhunderten von den alten Landesherzögen geschenkten silbernen Pokale, Pulverhörner und Ehrenketten waren nach und nach verschleudert; den großen Garten, der, wie du weißt, auf den Bürgersteig hinausläuft, hatte man zur Schaf- und Ziegengräsung verpachtet. Das alte zweistöckige Haus wurde von niemandem weder bewohnt noch gebraucht; windrissig und verfallen stand es da zwischen den munteren Nachbarhäusern; nur in dem öden weißgekalkten Saale, der fast das ganze obere Stockwerk einnahm, produzierten mitunter starke Männer oder durchreisende Taschenspieler ihre Künste. Dann wurde unten die große Haustür mit dem gemalten Schützenbruder knarrend aufgeschlossen.

– – Langsam war es Abend geworden; und – das Ende trug die Last, denn mein Vater wollte mich erst fünf Minuten vor dem angesetzten Glockenschlage laufen lassen; er meinte, eine Übung in der Geduld sei sehr vonnöten, damit ich im Theater stillesitze.

Endlich war ich an Ort und Stelle. Die große Tür stand offen, und allerlei Leute wanderten hinein; denn derzeit ging man noch gern zu solchen Vergnügungen; nach Hamburg war eine weite Reise, und nur wenige hatten sich die kleinen Dinge zu Hause durch die dort zu schauenden Herrlichkeiten leid machen können. – Als ich die eichene Wendeltreppe hinaufgestiegen war, fand ich Liseis Mutter am Eingange des Saales an der Kasse sitzen. Ich näherte mich ihr ganz vertraulich und dachte, sie würde mich so recht als einen alten Bekannten begrüßen; aber sie saß stumm und starr und nahm mir meine Karte ab, als wenn ich nicht die geringste Beziehung zu ihrer Familie hätte. – Etwas gedemütigt trat ich in den Saal; der kommenden Dinge harrend, plauderte alles mit halber Stimme durcheinander; dazu fiedelte unser Stadtmusikus mit drei seiner Gesellen. Das erste, worauf meine Augen fielen, war in der Tiefe des Saales ein roter Vorhang oberhalb der Musikantenplätze. Die Malerei in der Mitte desselben stellte zwei lange Trompeten vor, die kreuzweise über einer goldenen Leier lagen; und, was mir damals sehr sonderbar erschien, an dem Mundstück einer jeden hing, wie mit den leeren Augen daraufgeschoben, hier eine finster, dort eine lachend ausgeprägte Maske. – Die drei vordersten Plätze waren schon besetzt; ich drängte mich in die vierte Bank, wo ich einen Schulkameraden bemerkt hatte, der dort neben seinen Eltern saß. Hinter uns bauten sich die Plätze schräg ansteigend in die Höhe, so daß der letzte, die sogenannte Galerie, welche nur zum Stehen war, sich fast mannshoch über dem Fußboden befinden mochte. Auch dort schien es wohlgefüllt zu sein; genau vermochte ich es nicht zu sehen, denn die wenigen Talglichter, welche in Blechlampetten an den beiden Seitenwänden brannten, verbreiteten nur eine schwache Helligkeit; auch dunkelte die schwere Balkendecke des Saales. Mein Nachbar wollte mir eine Schulgeschichte erzählen; ich begriff nicht, wie er an so etwas denken konnte, ich schaute nur auf den Vorhang, der von den Lampen des Podiums und der Musikantenpulte feierlich beleuchtet war. Und jetzt ging ein Wehen über seine Fläche, die geheimnisvolle Welt hinter ihm begann sich schon zu regen; noch einen Augenblick, da erscholl das Läuten eines Glöckchens, und während unter den Zuschauern das summende Geplauder wie mit einem Schlage verstummte, flog der Vorhang in die Höhe. – Ein Blick auf die Bühne versetzte mich um tausend Jahre rückwärts. Ich sah in einen mittelalterlichen Burghof mit Turm und Zugbrücke; zwei kleine ellenlange Leute standen in der Mitte und redeten lebhaft miteinander. Der eine mit dem schwarzen Barte, dem silbernen Federhelm und dem goldgestickten Mantel über dem roten Unterkleide war der Pfalzgraf Siegfried; er wollte gegen die heidnischen Mohren in den Krieg reiten und befahl seinem jungen Hausmeister Golo, der in blauem silbergesticktem Wamse neben ihm stand, zum Schutze der Pfalzgräfin Genoveva in der Burg zurückzubleiben. Der treulose Golo aber tat gewaltig wild, daß er seinen guten Herrn so allein in das grimme Schwerterspiel sollte reiten lassen. Sie drehten bei diesen Wechselreden die Köpfe hin und her und fochten heftig und ruckweise mit den Armen. – Da tönten kleine langgezogene Trompetentöne von draußen hinter der Zugbrücke, und zugleich kam auch die schöne Genoveva in himmelblauem Schleppkleide hinter dem Turm hervorgestürzt und schlug beide Arme über des Gemahls Schultern: »Oh, mein herzallerliebster Siegfried, wenn dich die grausamen Heiden nur nicht massakrieren!« Aber es half ihr nichts; noch einmal ertönten die Trompeten, und der Graf schritt steif und würdevoll über die Zugbrücke aus dem Hofe; man hörte deutlich draußen den Abzug des gewappneten Trupps. Der böse Golo war jetzt Herr der Burg. –

Und nun spielte das Stück sich weiter, wie es in deinem Lesebuch gedruckt steht. – Ich war auf meiner Bank ganz wie verzaubert;

diese seltsamen Bewegungen, diese feinen oder schnarrenden Puppenstimmchen, die denn doch wirklich aus ihrem Munde kamen – es war ein unheimliches Leben in diesen kleinen Figuren, das gleichwohl meine Augen wie magnetisch auf sich zog.

Im zweiten Aufzuge aber sollte es noch besser kommen. – Da war unter den Dienern auf der Burg einer im gelben Nankinganzug, der hieß Kasperl. Wenn dieser Bursche nicht lebendig war, so war noch niemals etwas lebendig gewesen; er machte die ungeheuersten Witze, so daß der ganze Saal vor Lachen bebte; in seiner Nase, die so groß wie eine Wurst war, mußte er jedenfalls ein Gelenk haben; denn wenn er so sein dumm-pfiffiges Lachen herausschüttelte, so schlenkerte der Nasenzipfel hin und her, als wenn auch er sich vor Lustigkeit nicht zu lassen wüßte; dabei riß der Kerl seinen großen Mund auf und knackte, wie eine alte Eule, mit den Kinnbacksknochen. »Pardauz!« schrie es; so kam er immer auf die Bühne gesprungen; dann stellte er sich hin und sprach erst bloß mit seinem großen Daumen; den konnte er so ausdrucksvoll hin und wider drehen, daß es ordentlich ging wie »Hier nix und da nix! Kriegst du nix, so hast du nix!« Und dann sein Schielen; – das war so verführerisch, daß im Augenblick dem ganzen Publikum die Augen verquer im Kopfe standen. Ich war ganz vernarrt in den lieben Kerl!

Endlich war das Spiel zu Ende, und ich saß wieder zu Hause in unserer Wohnstube und verzehrte schweigend das Aufgebratene, das meine gute Mutter mir warm gestellt hatte. Mein Vater saß im Lehnstuhl und rauchte seine Abendpfeife. »Nun, Junge«, rief er, »waren sie lebendig?«

»Ich weiß nicht, Vater«, sagte ich und arbeitete weiter in meiner Schüssel; mir war noch ganz verwirrt zu Sinne.

Er sah mir eine Weile mit seinem klugen Lächeln zu. »Höre, Paul«, sagte er dann, »du darfst nicht zu oft in diesen Puppenkasten; die Dinger könnten dir am Ende in die Schule nachlaufen.«

Mein Vater hatte nicht unrecht. Die Algebraaufgaben gerieten mir in den beiden nächsten Tagen so mäßig, daß der Rechenmeister mich von meinem ersten Platz herabzusetzen drohte. – Wenn ich in meinem Kopfe rechnen wollte: »a + b gleich x = c«, so hörte ich statt dessen vor meinen Ohren die feine Vogelstimme der schönen Genoveva: »Ach, mein herzallerliebster Siegfried, wenn dich die bösen Heiden nur nicht massakrieren!« Einmal – aber es hat niemand gesehen – schrieb ich sogar »x + Genoveva« auf die Tafel. – Des Nachts in meiner Schlafkammer rief es einmal ganz laut »Pardauz«, und mit einem Satz kam der liebe Kasperl in seinem Nankinganzug zu mir ins Bett gesprungen, stemmte seine Arme zu beiden Seiten meines Kopfes in das Kissen und rief, grinsend auf mich herabnickend: »Ach, du liebs Brüderl! Ach, du hertausig liebs Brüderl!« Dabei hackte er mir mit seiner langen roten Nase in die meine, daß ich davon erwachte. Da sah ich denn freilich, daß es nur ein Traum gewesen war.

Ich verschloß das alles in meinem Herzen und wagte zu Hause kaum den Mund aufzutun von der Puppenkomödie. Als aber am nächsten Sonntag der Ausrufer wieder durch die Straßen ging, an sein Becken schlug und laut verkündigte: »Heute abend auf dem Schützenhof: Doktor Fausts Höllenfahrt, Puppenspiel in vier Aufzügen!« – da war es doch nicht länger auszuhalten. Wie die Katze um den heißen Brei, so schlich ich um meinen Vater herum, und endlich hatte er meinen stummen Blick verstanden. – »Pole«, sagte er, »es könnte dir ein Tropfen Blut vom Herzen gehen; vielleicht ist's die beste Kur, dich einmal gründlich satt zu machen.« Damit langte er in die Westentasche und gab mir einen Doppeltschilling.

Ich rannte sofort aus dem Hause; erst auf der Straße wurde es mir klar, daß ja noch acht lange Stunden bis zum Anfang der Komödie abzuleben waren. So lief ich denn hinter den Gärten auf den Bürgersteig. Als ich an den offenen Grasgarten des Schützenhofs gekommen war, zog es mich unwillkürlich hinein; vielleicht, daß gar einige Puppen dort oben aus den Fenstern guckten; denn die Bühne lag ja an der Rückseite des Hauses. Aber ich mußte dann erst durch den oberen Teil des Gartens, der mit Linden- und Kastanienbäumen dicht bestanden war. Mir wurde etwas zag zumute; ich wagte doch nicht weiter vorzudringen. Plötzlich erhielt ich von einem großen, hier angepflockten Ziegenbock einen Stoß in den Rücken, daß ich um zwanzig Schritte weiter flog. Das half; als ich mich umsah, stand ich schon unter den Bäumen.

Es war ein trüber Herbsttag; einzelne gelbe Blätter sanken schon zur Erde; über mir in der Luft schrien ein paar Strandvögel, die ans Haff hinausflogen; kein Mensch war zu sehen noch zu hören. Langsam schritt ich durch das Unkraut, das auf den Steigen wucherte, bis ich einen schmalen Steinhof erreicht hatte, der den Garten von dem Hause trennte. – Richtig! Dort von oben schauten zwei große Fenster in den Hof herab; aber hinter den kleinen in Blei gefaßten Scheiben war es schwarz und leer, keine Puppe war zu sehen. Ich stand eine Weile, mir wurde ganz unheimlich in der mich rings umgebenden Stille.

Da sah ich, wie unten die schwere Hoftür von innen eine Handbreit geöffnet wurde, und zugleich lugte auch ein schwarzes Köpfchen daraus hervor.

»Lisei!« rief ich.

Sie sah mich groß mit ihren dunklen Augen an. »B'hüt Gott!« sagte sie, »hab i doch nit gewußt, was da außa rumkraxln tät! Wo kommst denn du daher?«

»Ich? – Ich geh spazieren, Lisei! – Aber sag mir, spielt ihr denn schon jetzt Komödie?«

Sie schüttelte lachend den Kopf.

»Aber, was machst du denn hier?« fragte ich weiter, indem ich über den Steinhof zu ihr trat.

»I wart auf den Vater«, sagte sie, »er ist ins Quartier, um Band und Nagel zu holen, er macht's halt firti für heut abend.«

»Bist du denn ganz allein hier, Lisei?«

– »O nei; du bist ja aa no da!«

»Ich meine«, sagte ich, »ob nicht deine Mutter oben auf dem Saal ist?«

Nein, die Mutter saß in der Herberge und besserte die Puppenkleider aus; das Lisei war hier ganz allein.

»Hör«, begann ich wieder, »du könntest mir einen Gefallen tun; es ist unter eueren Puppen einer, der heißt Kasperl; den möcht ich gar zu gern einmal in der Nähe sehen.«

»Den Wurstl meinst?« sagte Lisei und schien sich eine Weile zu bedenken. »Nu, es ging scho; aber g'schwind mußt sein, eh denn der Vater wieder da ist!«

Mit diesen Worten waren wir schon ins Haus getreten und liefen eilig die steile Wendeltreppe hinauf. – Es war fast dunkel in dem großen Saale; denn die Fenster, welche sämtlich nach dem Hofe hinaus lagen, waren von der Bühne verdeckt; nur einzelne Lichtstreifen fielen durch die Spalten des Vorhangs.

»Komm!« sagte Lisei und hob seitwärts an der Wand die dort aus einem Teppich bestehende Verkleidung in die Höhe; wir schlüpften hindurch, und da stand ich in dem Wundertempel. – Aber von der Rückseite betrachtet und hier in der Tageshelle sah er ziemlich kläglich aus; ein Gerüst aus Latten und Brettern, worüber einige buntbekleckste Leinwandstücke hingen; das war der Schauplatz, auf welchem das Leben der heiligen Genoveva so täuschend an mir vorübergegangen war.

Doch ich hatte mich zu früh beklagt; dort, an einem Eisendrahte, der von einer Kulisse nach der Wand hinübergespannt war, sah ich zwei der wunderbaren Puppen schweben; aber sie hingen mit dem Rücken gegen mich, so daß ich sie nicht erkennen konnte.

»Wo sind die andern, Lisei?« fragte ich; denn ich hätte gern die ganze Gesellschaft auf einmal mir besehen.

»Hier im Kast'l«, sagte Lisei und klopfte mit ihrer kleinen Faust auf eine im Winkel stehende Kiste; »die zwei da sind schon zug'richt; aber geh nur her dazu und schau's dir a; er is scho dabei, dei Freund, der Kasperl!«

Und wirklich, er war es selber. »Spielt denn der heute abend auch wieder mit?« fragte ich.

»Freili, der is allimal dabei!«

Mit untergeschlagenen Armen stand ich und betrachtete meinen lieben lustigen Allerweltskerl. Da baumelte er, an sieben Schnüren aufgehängt; sein Kopf war vornübergesunken, daß seine großen Augen auf den Fußboden stierten und ihm die rote Nase wie ein breiter Schnabel auf der Brust lag. ›Kasperle, Kasperle‹, sagte ich bei mir selber, ›wie hängst du da elendiglich.‹ Da antwortete es ebenso: ›Wart nur, liebs Brüderl, wart nur bis heut abend!‹ – War das auch nur so in meinen Gedanken, oder hatte Kasperl selbst zu mir gesprochen? –

Ich sah mich um. Das Lisei war fort; sie war wohl vor die Haustür, um die Rückkehr ihres Vaters zu überwachen. – Da hörte ich sie eben noch von dem Ausgang des Saales rufen: »Daß d' mir aber nit an die Puppen rührst!« – – Ja – nun konnte ich es aber doch nicht lassen. Leise stieg ich auf eine neben mir stehende Bank und begann erst an der einen, dann an der andern Schnur zu ziehen; die Kinnladen fingen an zu klappen, die Arme hoben sich, und jetzt fing auch der wunderbare Daumen an, ruckweise hin und her zu schießen. Die Sache machte gar keine Schwierigkeit; ich hatte mir die Puppenspielerei doch kaum so leicht gedacht. – Aber die Arme bewegten sich nur nach vorn und hinten aus; und es war doch gewiß, daß Kasperle sie in dem neulichen Stück auch seitwärts ausgestreckt, ja, daß er sie sogar über dem Kopf zusammengeschlagen hatte! Ich zog an allen Drähten, ich versuchte mit der Hand die Arme abzubiegen; aber es wollte nicht gelingen. Auf einmal tat es einen leisen Krach im Innern der Figur. ›Halt!‹ dachte ich, ›Hand vom Brett! Da hättst du können Unheil anrichten!‹

Leise stieg ich wieder von meiner Bank herab, und zugleich hörte ich auch Lisei von außen in den Saal treten.

»G'schwind, g'schwind!« rief sie und zog mich durch das Dunkel an die Wendeltreppe hinaus; »'s is eigentli nit recht«, fuhr sie fort, »daß i di eilass'n hab; aber, gel, du hast doch dei Gaudi g'habt!«

Ich dachte an den leisen Krach von vorhin. ›Ach, es wird ja nichts gewesen sein!‹ Mit dieser Selbsttröstung lief ich die Treppe hinab und durch die Hintertür ins Freie.

Soviel stand fest, der Kaspar war doch nur eine richtige Holzpuppe; aber das Lisei – was das für eine allerliebste Sprache führte! und wie freundlich sie mich gleich zu den Puppen mit hinaufgenommen hatte! – Freilich, und sie hatte es ja auch selbst gesagt, daß sie es so heimlich vor ihrem Vater getan, das war nicht völlig in der Ordnung. Unlieb – zu meiner Schande muß ich's gestehen – war diese Heimlichkeit mir grade nicht; im Gegenteil, die Sache bekam für mich dadurch noch einen würzigen Beigeschmack, und es muß ein recht selbstgefälliges Lächeln auf meinem Gesicht gestanden haben, als ich durch die Linden- und Kastanienbäume des Gartens wieder nach dem Bürgersteig hinabschlenderte.

Allein zwischen solchen schmeichelnden Gedanken hörte ich von

Zeit zu Zeit vor meinem inneren Ohre immer jenen leisen Krach im Körper der Puppe; was ich auch vornahm, den ganzen Tag über konnte ich diesen jetzt aus meiner eigenen Seele heauftönenden unbequemen Laut nicht zum Schweigen bringen.
Es hatte sieben Uhr geschlagen; im Schützenhofe war heute, am Sonntagabend, alles besetzt; ich stand diesmal hinten, fünf Schuh hoch über dem Fußboden, auf dem Doppeltschillingsplatze. Die Talglichter brannten in den Blechlampetten, der Stadtmusikus und seine Gesellen fiedelten; der Vorhang rollte in die Höhe.
Ein hochgewölbtes gotisches Zimmer zeigte sich. Vor einem aufgeschlagenen Folianten saß im langen schwarzen Talar der Doktor Faust und klagte bitter, daß ihm all seine Gelehrsamkeit so wenig einbringe; keinen heilen Rock habe er mehr am Leibe, und vor Schulden wisse er sich nicht zu lassen; so wolle er denn jetzo mit der Hölle sich verbinden. – »Wer ruft nach mir?« ertönte zu seiner Linken eine furchtbare Stimme von der Wölbung des Gemaches herab. – »Faust, Faust, folge nicht!« kam eine andere, feine Stimme von der Rechten. – Aber Faust verschwor sich den höllischen Gewalten. – »Weh, weh deiner armen Seele!« Wie ein seufzender Windeshauch klang es von der Stimme des Engels; von der Linken schallte eine gellende Lache durchs Gemach. – – Da klopfte es an die Tür. »Verzeihung, Euere Magnifizenz?« Fausts Famulus Wagner war eingetreten. Er bat, ihm für die grobe Hausarbeit die Annahme eines Gehülfen zu gestatten, damit er sich besser aufs Studieren legen könne. »Es hat sich«, sagte er, »ein junger Mann bei mir gemeldet, welcher Kasperl heißt und gar fürtreffliche Qualitäten zu besitzen scheint.« – Faust nickte gnädig mit dem Kopfe und sagte: »Sehr wohl, lieber Wagner, diese Bitte sei Euch gewährt.« Dann gingen beide miteinander fort. – –
»Pardauz!« rief es; und da war er. Mit einem Satz kam er auf die Bühne gesprungen, daß ihm das Felleisen auf dem Buckel hüpfte.
– – ›Gott sei gelobt!‹ dachte ich; ›er ist noch ganz gesund; er springt noch ebenso wie vorigen Sonntag in der Burg der schönen Genoveva!‹ Und seltsam, sosehr ich ihn am Vormittage in mei-

nen Gedanken nur für eine schmähliche Holzpuppe erklärt hatte, mit seinem ersten Worte war der ganze Zauber wieder da.

Emsig spazierte er im Zimmer auf und ab. »Wenn mich jetzt mein Vater Papa sehen tät«, rief er, »der würd sich was Rechts freuen. Immer pflegt er zu sagen: ›Kasperl, mach, daß du dein Sach in Schwung bringst!‹ – Oh, jetzund hab ich's in Schwung; denn ich kann mein Sach haushoch werfen!« – Damit machte er Miene, sein Felleisen in die Höhe zu schleudern; und es flog auch wirklich, da es am Draht gezogen wurde, bis an die Deckenwölbung hinauf; aber – Kasperls Arme waren an seinem Leibe klebengeblieben; es ruckte und ruckte, aber sie kamen um keine Handbreit in die Höhe.

Kasperl sprach und tat nichts weiter. – Hinter der Bühne entstand eine Unruhe, man hörte leise, aber heftig sprechen, der Fortgang des Stückes war augenscheinlich unterbrochen.

Mir stand das Herz still; da hatten wir die Bescherung! Ich wäre gern fortgelaufen, aber ich schämte mich. Und wenn gar dem Lisei meinetwegen etwas geschähe!

Da begann Kasperl auf der Bühne plötzlich ein klägliches Geheule, wobei ihm Kopf und Arme schlaff herunterhingen, und der Famulus Wagner erschien wieder und fragte ihn, warum er denn so lamentiere.

»Ach, mei Zahnerl, mei Zahnerl!« schrie Kasperl.

»Guter Freund«, sagte Wagner, »so laß Er sich einmal in das Maul sehen!« – Als er ihn hierauf bei der großen Nase packte und ihm zwischen die Kinnladen hineinschaute, trat auch der Doktor Faust wieder in das Zimmer. – »Verzeihen Euere Magnifizenz«, sagte Wagner, »ich werde diesen jungen Mann in meinem Dienst nicht gebrauchen können; er muß sofort in das Lazarett geschafft werden!«

»Is das a Wirtshaus?« fragte Kasperle.

»Nein, guter Freund«, erwiderte Wagner, »das ist ein Schlachthaus. Man wird Ihm dort einen Weisheitszahn aus der Haut schneiden, und dann wird er seiner Schmerzen ledig sein.«

»Ach, du liebs Hergottl«, jammerte Kasperl, »muß mi arms Viecherl so ein Unglück treffen! Ein Weisheitszahnerl, sagt Ihr, Herr Famulus? Das hat noch keiner in der Famili gehabt! Da geht's wohl auch mit meiner Kasperlschaft zu End?«

»Allerdings, mein Freund«, sagte Wagner; »eines Dieners mit Weisheitszähnen bin ich baß entraten; die Dinger sind nur für uns gelehrte Leute. Aber Er hat ja noch einen Bruderssohn, der sich auch bei mir zum Dienst gemeldet hat. Vielleicht«, und er wandte sich gegen den Doktor Faust, »erlauben Euere Magnifizenz!«

Der Doktor Faust machte eine würdige Drehung mit dem Kopfe.

»Tut, was Euch beliebt, mein lieber Wagner«, sagte er; »aber stört mich nicht weiter mit Eueren Lappalien in meinem Studium der Magie!«

– – »Heere, mei Gutester«, sagte ein Schneidergesell, der vor mir auf der Brüstung lehnte, zu seinem Nachbar, »das geheert ja nicht zum Stück, ich kenn's, ich hab es vor ä Weilchen erst in Seifersdorf gesehn.« – Der andere aber sagte nur: »Halt's Maul, Leipziger!« und gab ihm einen Rippenstoß.

– – Auf der Bühne war indessen Kasperle, der zweite, aufgetreten. Er hatte eine unverkennbare Ähnlichkeit mit seinem kranken Onkel, auch sprach er ganz genau wie dieser; nur fehlte ihm der bewegliche Daumen, und in seiner großen Nase schien er kein Gelenk zu haben.

Mir war ein Stein vom Herzen gefallen, als das Stück nun ruhig weiterspielte, und bald hatte ich alles um mich her vergessen. Der teuflische Mephistopheles erschien in einem feuerfarbenen Mantel, das Hörnchen vor der Stirn, und Faust unterzeichnete mit seinem Blute den höllischen Vertrag:

»Vierundzwanzig Jahre sollst du mir dienen; dann will ich dein sein mit Leib und Seele.«

Hierauf fuhren beide in des Teufels Zaubermantel durch die Luft davon. Für Kasperle kam eine ungeheuere Kröte mit Fledermausflügeln aus der Luft herab. »Auf dem höllischen Sperling soll ich nach Parma reiten?« rief er, und als das Ding wackelnd mit dem Kopfe nickte, stieg er auf und flog den beiden nach.

– – Ich hatte mich ganz hinten an die Wand gestellt, wo ich besser über alle die Köpfe vor mir hinwegsehen konnte. Und jetzt rollte der Vorhang zum letzten Aufzug in die Höhe.

Endlich ist die Frist verstrichen. Faust und Kasper sind beide wieder in ihrer Vaterstadt. Kasper ist Nachtwächter geworden; er geht durch die dunkeln Straßen und ruft die Stunden ab:

Hört, ihr Herrn, und laßt euch sagen,
Meine Frau hat mich geschlagen;
Hüt't euch vor dem Weiberrock!
Zwölf ist der Klock! Zwölf ist der Klock!

Von fern hört man eine Glocke Mitternacht schlagen. Da wankt Faust auf die Bühne; er versucht zu beten, aber nur Heulen und Zähneklappern tönt aus seinem Halse. Von oben ruft eine Donnerstimme:

Fauste, Fauste, in aeternum damnatus es!

Eben fuhren im Feuerregen drei schwarzhaarige Teufel herab, um sich des Armen zu bemächtigen, da fühlte ich eins der Bretter zu meinen Füßen sich verschieben. Als ich mich bückte, um es zurechtzubringen, glaubte ich aus dem dunkeln Raume unter mir ein Geräusch zu hören; ich horchte näher hin; es klang wie das Schluchzen einer Kinderstimme. – ›Lisei!‹ dachte ich ›wenn es Lisei wäre!‹ Wie ein Stein fiel meine ganze Untat mir wieder aufs Gewissen; was kümmerte mich jetzt der Doktor Faust und seine Höllenfahrt!
Unter heftigem Herzklopfen drängte ich mich durch die Zuschauer und ließ mich seitwärts an dem Brettergerüst herabgleiten. Rasch schlüpfte ich in den darunter befindlichen Raum, in welchem ich an der Wand entlang ganz aufrecht gehen konnte; aber es war fast dunkel, so daß ich mich an den überall untergestellten Latten und Balken stieß. »Lisei!« rief ich. Das Schluchzen, das ich eben noch gehört hatte, wurde plötzlich still; aber dort in dem tiefsten Winkel sah ich etwas sich bewegen. Ich tastete mich weiter bis an das Ende des Raumes, und – da saß sie, zusammengekauert, das Köpfchen in den Schoß gedrückt.
Ich zupfte sie am Kleide. »Lisei!« sagte ich leise, »bist du es? Was machst du hier?«
Sie antwortete nicht, sondern begann wieder vor sich hin zu schluchzen.

»Lisei«, fragte ich wieder, »was fehlt dir? So sprich doch nur ein einziges Wort!«
Sie hob den Kopf ein wenig. »Was soll i da red'n!« sagte sie, »Du weißt's ja von selber, daß du den Wurstl hast verdreht.«
»Ja, Lisei«, antwortete ich kleinlaut; »ich glaub es selber, daß ich das getan habe.«
– »Ja, du! – Und i hab dir's doch g'sagt!«
»Lisei, was soll ich tun?«
– »Nu, halt nix!«
»Aber was soll denn daraus werden?«
– »Nu, halt aa nix!« Sie begann wieder laut zu weinen. »Aber i – wenn i z'Haus komm – da krieg i die Peitsch'n!«
»Du die Peitsche, Lisei!« – Ich fühlte mich ganz vernichtet. »Aber ist dein Vater denn so strenge?«
»Ach, mei guts Vaterl!« schluchzte Lisei.
Also die Mutter! Oh, wie ich, außer mir selber, diese Frau haßte, die immer mit ihrem Holzgesichte an der Kasse saß!
Von der Bühne hörte ich Kasperl, den zweiten, rufen: »Das Stück ist aus! Komm, Gret'l, laß uns Kehraus tanzen!« Und in demselben Augenblick begann auch über unsern Köpfen das Scharren und Trappeln mit den Füßen, und bald polterte alles von den Bänken herunter und drängte sich dem Ausgange zu; zuletzt kam der Stadtmusikus mit seinen Gesellen, wie ich aus dem Tönen des Brummbasses hörte, mit dem sie beim Fortgehen an den Wänden anstießen. Dann allmählich wurde es still, nur hinten auf der Bühne hörte man noch die Tendlerschen Eheleute miteinander reden und wirtschaften. Nach einer Weile kamen auch sie in den Zuschauerraum; sie schienen erst an den Musikantenpulten, dann an den Wänden die Lichter auszuputzen; denn es wurde allmählich immer finsterer.
»Wenn i nur wüßt, wo die Lisei abblieben ist!« hörte ich Herrn Tendler zu seiner an der gegenüberliegenden Wand beschäftigten Frau hinüberrufen.
»Wo sollt sie sein!« rief diese wieder; »'s ist 'n störrig Ding; ins Quartier wird sie gelaufen sein!«
»Frau«, antwortete der Mann, »du bist auch zu wüst mit dem Kind gewesen; sie hat doch halt so a weichs Gemüt!«

»Ei was«, rief die Frau; »ihr' Straf muß sie hab'n; sie weiß recht gut, daß die schöne Marionett noch von mei'm Vater selig ist! Du wirst sie nit wieder kurieren, und der zweit' Kasper ist doch halt nur ein Notknecht!«
Die lauten Wechselreden hallten in dem leeren Saale wider. Ich hatte mich neben Lisei hingekauert; wir hatten uns bei den Händen gefaßt und saßen mäuschenstille.
»G'schieht mir aber schon recht«, begann wieder die Frau, die eben gerade über unsern Köpfen stand, »warum hab ich's gelitten, daß du das gotteslästerlich Stück heute wieder aufgeführt hast! Mein Vater selig hat's nimmer wollen in seinen letzten Jahren!«
»Nu, nu, Resel!« rief Herr Tendler von der andern Wand; »dein Vater war ein b'sondrer Mann. Das Stück gibt doch allfort eine gute Cassa; und ich mein', es ist doch auch a Lehr und Beispiel für die vielen Gottlosen in der Welt!«
»Ist aber bei uns zum letztenmal heut geb'n. Und nu red mir nit mehr davon!« erwiderte die Frau.
Herr Tendler schwieg. – Es schien jetzt nur noch ein Licht zu brennen, und die beiden Eheleute näherten sich dem Ausgang.
»Lisei«, flüsterte ich, »wir werden eingeschlossen.«
»Laß!« sagte sie, »i kann nit; i geh nit furt!«
»Dann bleib ich auch!«
– »Aber dei Vater und Mutter!«
»Ich bleib doch bei dir!«
Jetzt wurde die Tür des Saales zugeschlagen; – dann ging's die Treppe hinab, und dann hörten wir, wie draußen auf der Straße die große Haustür abgeschlossen wurde.
Da saßen wir denn. Wohl eine Viertelstunde saßen wir so, ohne auch nur ein Wort miteinander zu reden. Zum Glück fiel mir ein, daß sich noch zwei Heißewecken in meiner Tasche befanden, die ich für einen meiner Mutter abgebettelten Schilling auf dem Herwege gekauft und über all dem Schauen ganz vergessen hatte. Ich steckte Lisei den einen in ihre kleinen Hände; sie nahm ihn schweigend, als verstehe es sich von selbst, daß ich das Abendbrot besorge, und wir schmausten eine Weile. Dann war auch das zu Ende. – Ich stand auf und sagte: »Laß uns hinter die

Bühne gehen; da wirds's heller sein; ich glaub, der Mond scheint draußen!« Und Lisei ließ sich geduldig durch die kreuz und quer stehenden Latten von mir in den Saal hinausleiten.

Als wir hinter der Verkleidung in den Bühnenraum geschlüpft waren, schien dort vom Garten her das helle Mondlicht in die Fenster.

An dem Drahtseil, an dem am Vormittage nur die beiden Puppen gehangen hatten, sah ich jetzt alle, die vorhin im Stück aufgetreten waren. Da hing der Doktor Faust mit seinem scharfen blassen Gesicht, der gehörnte Mephistopheles, die drei kleinen schwarzhaarigen Teufelchen, und dort neben der geflügelten Kröte waren auch die beiden Kasperls. Ganz stille hingen sie da in der bleichen Mondscheinbeleuchtung; fast wie Verstorbene kamen sie mir vor. Der Hauptkasperl hatte zum Glück wieder seinen breiten Nasenschnabel auf der Brust liegen, sonst hätte ich geglaubt, daß seine Blicke mich verfolgen müßten.

Nachdem Lisei und ich eine Weile, nicht wissend, was wir beginnen sollten, an dem Theatergerüste umhergestanden und -geklettert waren, lehnten wir uns nebeneinander auf die Fensterbank. – Es war Unwetter geworden; am Himmel, gegen den Mond, stieg eine Wolkenbank empor; drunten im Garten konnte man die Blätter zu Haufen von den Bäumen wehen sehen.

»Guck«, sagte Lisei nachdenklich, »wie's da aufi g'schwomma kimmt! Da kann mei alte gute Bas' nit mehr vom Himm'l abi schaun.«

»Was für eine alte Bas', Lisei?« fragte ich.

– »Nu, wo i g'west bin, bis sie halt g'storb'n ist.«

Dann blickten wir wieder in die Nacht hinaus. – Als der Wind gegen das Haus und auf die kleinen undichten Fensterscheiben stieß, fing hinter mir an dem Drahtseil die stille Gesellschaft mit ihren hölzernen Gliedern an zu klappern. Ich drehte mich unwillkürlich um und sah nun, wie sie, vom Zugwind bewegt, mit den Köpfen wackelten und die steifen Arm' und Beine durcheinanderregten. Als aber plötzlich der kranke Kasperl seinen Kopf zurückschlug und mich mit seinen weißen Augen anstierte, da dachte ich, es sei doch besser, ein wenig an die Seite zu gehen.

Unweit vom Fenster, aber so, daß die Kulissen dort vor dem Anblick dieser schwebenden Tänzer schützen mußten, stand die

große Kiste; sie war offen; ein paar wollene Decken, vermutlich zum Verpacken der Puppen bestimmt, lagen nachlässig darüber hingeworfen.
Als ich mich eben dorthin begeben hatte, hörte ich Lisei vom Fenster her so recht aus Herzensgrunde gähnen.
»Bist du müde, Lisei?« fragte ich.
»O nein«, erwiderte sie, indem sie ihre Ärmchen fest zusammenschränkte; »aber i frier halt!«
Und wirklich, es war kalt geworden in dem großen leeren Raume, auch mich fror. »Komm hieher!« sagte ich, »wir wollen uns in die Decken wickeln.«
Gleich darauf stand Lisei bei mir und ließ sich geduldig von mir in die eine Decke wickeln; sie sah aus wie eine Schmetterlingspuppe, nur daß oben noch das allerliebste Gesichtchen herausguckte. »Weißt«, sagte sie und sah mich mit zwei großen müden Augen an, »i steig ins Kistl, da hält's warm!«
Das leuchtete auch mir ein; im Verhältnis zu der wüsten Umgebung winkte hier sogar ein traulicher Raum, fast wie ein dichtes Stübchen. Und bald saßen wir armen törichten Kinder wohlverpackt und dicht aneinandergeschmiegt in der hohen Kiste. Mit Rücken und Füßen hatten wir uns gegen die Seitenwände gestemmt; in der Ferne hörten wir die schwere Saaltür in den Falzen klappen; wir aber saßen ganz sicher und behaglich.
»Friert dich noch, Lisei?« fragte ich.
»Ka bisserl!«
Sie hatte ihr Köpfchen auf meine Schulter sinken lassen; ihre Augen waren schon geschlossen. »Was wird mei guts Vaterl –« lallte sie noch; dann hörte ich an ihren gleichmäßigen Atemzügen, daß sie eingeschlafen war.
Ich konnte von meinem Platze aus durch die oberen Scheiben des einen Fensters sehen. Der Mond war aus seiner Wolkenhülle wieder hervorgeschwommen, in der er eine Zeitlang verborgen gewesen war; die alte Bas' konnte jetzt wieder vom Himmel herunterschauen, und ich denke wohl, sie hat's recht gern getan. Ein Streifen Mondlicht fiel auf das Gesichtchen, das nahe an dem meinen ruhte; die schwarzen Augenwimpern lagen wie seidene Fransen auf den Wangen, der kleine rote Mund atmete leise,

nur mitunter zuckte noch ein kurzes Schluchzen aus der Brust herauf; aber auch das verschwand; die alte Bas' schaute gar so mild vom Himmel. – Ich wagte mich nicht zu rühren. ›Wie schön müßte es sein‹, dachte ich, ›wenn das Lisei deine Schwester wäre, wenn sie dann immer bei dir bleiben könnte!‹ Denn ich hatte keine Geschwister, und wenn ich auch nach Brüdern kein Verlangen trug, so hatte ich mir doch oft das Leben mit einer Schwester in meinen Gedanken ausgemalt und konnte es nie begreifen, wenn meine Kameraden mit denen, die sie wirklich besaßen, in Zank und Schlägerei gerieten.

Ich muß über solchen Gedanken doch wohl eingeschlafen sein; denn ich weiß noch, wie mir allerlei wildes Zeug geträumt hat. Mir war, als säße ich mitten in dem Zuschauerraum, die Lichter an den Wänden brannten, aber niemand außer mir saß auf den leeren Bänken. Über meinem Kopfe, unter der Balkendecke des Saales, ritt Kasperl auf dem höllischen Sperling in der Luft herum und rief einmal übers andere: »Schlimms Brüderl! Schlimms Brüderl!« oder auch mit kläglicher Stimme: »Mein Arm! Mein Arm!«

Da wurde ich von einem Lachen aufgeweckt, das über meinem Kopfe erschallte; vielleicht auch von dem Lichtschein, der mir plötzlich in die Augen fiel. »Nun seh mir einer dieses Vogelnest!« hörte ich die Stimme meines Vaters sagen, und dann etwas barscher: »Steig heraus, Junge!«

Das war der Ton, der mich stets mechanisch in die Höhe trieb. Ich riß die Augen auf und sah meinen Vater und das Tendlersche Ehepaar an unserer Kiste stehen; Herr Tendler trug eine brennende Laterne in der Hand. Meine Anstrengung, mich zu erheben, wurde indessen durch Lisei vereitelt, die, noch immer fortschlafend, mit ihrer ganzen kleinen Last mir auf die Brust gesunken war. Als sich aber jetzt zwei knochige Arme ausstreckten, um sie aus der Kiste herauszuheben, und ich das Holzgesicht der Frau Tendler sich auf uns niederbeugen sah, da schlug ich die Arme so ungestüm um meine kleine Freundin, daß ich dabei der guten Frau fast ihren alten italienischen Strohhut vom Kopfe gerissen hätte.

»Nu, nu, Bub!« rief sie und trat einen Schritt zurück; ich aber, aus unserer Kiste heraus, erzählte mit geflügelten Worten, und ohne mich dabei zu schonen, was am Vormittag geschehen war.

»Also, Madame Tendler«, sagte mein Vater, als ich mit meinem Bericht zu Ende war, und machte zugleich eine sehr verständliche Handbewegung, »da könnten Sie es mir ja wohl überlassen, dieses Geschäft allein mit meinem Jungen abzumachen.«

»Ach ja, ach ja!« rief ich eifrig, als wenn mir soeben der angenehmste Zeitvertreib verheißen wäre.

Lisei war indessen auch erwacht und von ihrem Vater auf den Arm genommen worden. Ich sah, wie sie die Arme um seinen Hals schlang und ihm bald eifrig ins Ohr flüsterte, bald ihm zärtlich in die Augen sah oder wie beteuernd mit dem Köpfchen nickte. Gleich darauf ergriff auch der Puppenspieler die Hand meines Vaters. »Lieber Herr«, sagte er, »die Kinder bitten füreinander. Mutter, du bist ja auch nit gar so schlimm! Lassen wir es diesmal halt dabei!«

Madame Tendler sah indes noch immer unbeweglich aus ihrem großen Strohhute. »Du magst selb schauen, wie du ohne den Kasperl fertig wirst!« sagte sie mit einem strengen Blick auf ihren Mann.

In dem Antlitz meines Vaters sah ich ein gewisses lustiges Augenzwinkern, das mir Hoffnung machte, es werde das Unwetter diesmal so an mir vorüberziehen; und als er jetzt sogar versprach, am andern Tage seine Kunst zur Herstellung des Invaliden aufzubieten, und dabei Madame Tendlers italienischer Strohhut in die holdseligste Bewegung geriet, da war ich sicher, daß wir beiderseits im trocknen waren.

Bald marschierten wir unten durch die dunkeln Gassen, Herr Tendler mit der Laterne voran, wir Kinder Hand in Hand den Alten nach. – Dann: »Gut Nacht, Paul! Ach, will i schlaf'n!« Und weg war das Lisei; ich hatte gar nicht gemerkt, daß wir schon bei unseren Wohnungen angekommen waren.

Am andern Vormittage, als ich aus der Schule gekommen war, traf ich Herrn Tendler mit seinem Töchterchen schon in unserer Werkstatt. »Nun, Herr Kollege«, sagte mein Vater, der eben das Innere der Puppe untersuchte, »das sollte denn doch schlimm zugehen, wenn wir zwei Mechanici den Burschen hier nicht wieder auf die Beine brächten.

»Gel, Vater«, rief das Lisei, »da werd aa die Mutter nit mehr brumm'n.«

Herr Tendler strich zärtlich über das schwarze Haar des Kindes; dann wendete er sich zu meinem Vater, der ihm die Art der beabsichtigten Reparatur auseinandersetzte. »Ach, lieber Herr«, sagte er, »ich bin kein Mechanicus, den Titel hab ich nur so mit den Puppen übernommen; ich bin eigentlich meines Zeichens ein Holzschnitzer aus Berchtesgaden. Aber mein Schwiegervater selig – Sie haben gewiß von ihm gehört –, das war halt einer, und mein Reserl hat noch allweg ihr kleins Gaudi, daß sie die Tochter vom berühmten Puppenspieler Geißelbrecht ist. Der hat auch die Mechanik in dem Kasperl da g'macht; ich hab ihm derzeit nur 's G'sichtl ausgeschnitten.«

»Ei nun, Herr Tendler«, erwiderte mein Vater, »das ist ja auch schon eine Kunst. Und dann – sagt mir nur, wie war's denn möglich, daß Ihr Euch gleich zu helfen wußtet, als die Schandtat meines Jungen da so mitten in dem Stück zum Vorschein kam?«

Das Gespräch begann mir etwas unbehaglich zu werden; in Herrn Tendlers gutmütigem Angesicht aber leuchtete plötzlich die ganze Schelmerei des Puppenspielers. »Ja, lieber Herr«, sagte er, »da hat man halt für solch Fäll sein G'spaßerl in der Taschen! Auch ist da noch so ein Bruderssöhnerl, ein Wurstl Nummer zwei, der grad 'ne solche Stimm hat wie dieser da!«

Ich hatte indessen die Lisei am Kleide gezupft und war glücklich mit ihr nach unserem Garten entkommen. Hier unter der Linde saßen wir, die auch über uns beide jetzt ihr grünes Dach ausbreitet; nur blühten damals nicht mehr die roten Nelken auf den Beeten dort; aber ich weiß noch wohl, es war ein sonniger Septembernachmittag. Meine Mutter kam aus ihrer Küche und begann ein Gespräch mit dem Puppenspielerkinde; sie hatte denn doch auch so ihre kleine Neugierde.

Wie es denn heiße, fragte sie, und ob es denn schon immer so von Stadt zu Stadt gefahren sei. – – Ja, Lisei heiße es – ich hatte das

meiner Mutter auch schon oft genug gesagt –, aber dies sei seine erste Reis'; drum könne es auch das Hochdeutsch noch nit so völlig firti krieg'n. – – Ob es denn auch zur Schule gegangen sei. – – Freili; es sei schon zur Schul gang'n; aber das Nähen und Strikken habe es von seiner alten Bas' gelernt; die habe auch so a Gärtl g'habt, da drin hätten sie zusammen auf dem Bänkerl gesessen; nun lerne es bei der Mutter, aber die sei gar streng!
Meine Mutter nickte beifällig. – Wie lange ihre Eltern denn wohl hier verweilen würden, fragte sie das Lisei wieder. – – Ja, das wüßt es nit, das käme auf die Mutter an; doch pflegten sie so ein vier Wochen am Ort zu bleiben. – – Ja, ob's denn auch ein warmes Mäntelchen für die Weiterreise habe; denn so im Oktober würde es schon kalt auf dem offenen Wägelchen. – – Nun, meinte Lisei, ein Mäntelchen habe sie schon, aber ein dünnes sei es nur; es hab sie auch schon darin gefroren auf der Herreis'.
Und jetzt befand sich meine gute Mutter auf dem Fleck, wonach ich sie schon lange hatte zusteuern sehen. »Hör, kleine Lisei«, sagte sie, »ich hab einen braven Mantel in meinem Schranke hängen, noch von den Zeiten her, da ich ein schlankes Mädchen war; ich bin aber jetzt herausgewachsen und habe keine Tochter, für die ich ihn noch zurechtschneidern könnte. Komm nur morgen wieder, Lisei, da steckt ein warmes Mäntelchen für dich darin.«
Lisei wurde rot vor Freude und hatte im Umsehen meiner Mutter die Hand geküßt, worüber diese ganz verlegen wurde; denn du weißt, hierzulande verstehen wir uns schlecht auf solche Narreteien! – Zum Glück kamen jetzt die beiden Männer aus der Werkstatt. »Für diesmal gerettet«, rief mein Vater; »aber – –!« Der warnend gegen mich geschüttelte Finger war das Ende meiner Buße.
Fröhlich lief ich ins Haus und holte auf Geheiß meiner Mutter deren großes Umschlagtuch; denn um den kaum Genesenen vor dem zwar wohlgemeinten, aber immerhin unbequemen Zujauchzen der Gassenjugend zu bewahren, das ihn auf seinem Herwege begleitet hatte, wurde der Kasper jetzt sorgsam eingehüllt; dann nahm Lisei ihn auf den Arm, Herr Tendler das Lisei an der Hand, und so, unter Dankesversicherungen, zogen sie vergnügt die Straße nach dem Schützenhof hinab.

Und nun begann eine Zeit des schönsten Kinderglückes. – Nicht nur am andern Vormittage, sondern auch an den folgenden Tagen kam das Lisei; denn sie hatte nicht abgelassen, bis ihr gestattet worden, auch selbst an ihrem neuen Mäntelchen zu nähen. Zwar war's wohl mehr nur eine Scheinarbeit, die meine Mutter in ihre kleinen Hände legte; aber sie meinte doch, das Kind müßte recht ordentlich angehalten sein. Ein paarmal setzte ich mich daneben und las aus einem Bande von Weißens »Kinderfreunde« vor, den mein Vater einmal auf einer Auktion für mich gekauft hatte, zum Entzücken Liseis, der solche Unterhaltungsbücher noch unbekannt waren. »Das is g'schickt!« oder »Ei du, was geit's für Sachan auf der Welt!« Dergleichen Worte rief sie oft dazwischen und legte die Hände mit ihrer Näharbeit in den Schoß. Mitunter sah sie mich auch von unten mit ganz klugen Augen an und sagte: »Ja, wenn's Geschichtl nur nit derlog'n ist« – Mir ist's, als hörte ich es noch heute.

– – Der Erzähler schwieg, und in seinem schönen männlichen Antlitz sah ich einen Ausdruck stillen Glückes, als sei das alles, was er mir erzählte, zwar vergangen, aber keineswegs verloren. Nach einer Weile begann er wieder:

Meine Schularbeiten machte ich niemals besser als in jener Zeit; denn ich fühlte wohl, daß das Auge meines Vaters mich strenger als je überwachte und daß ich mir den Verkehr mit den Puppenspielerleuten nur um den Preis eines strengen Fleißes erhalten könne. »Es sind reputierliche Leute, die Tendlers«, hörte ich einmal meinen Vater sagen; »der Schneiderwirt drüben hat ihnen auch heute ein ordentliches Stübchen eingeräumt; sie zahlen jeden Morgen ihre Zeche; nur, meinte der Alte, sei es leider blitzwenig, was sie draufgehen ließen. – Und das«, setzte mein Vater hinzu, »gefällt mir besser als dem Herbergsvater; sie mögen an den Notpfennig denken, was sonst nicht die Art solcher Leute ist.« – – Wie gern hörte ich meine Freunde loben! Denn das waren sie jetzt alle; sogar Madame Tendler nickte ganz vertraulich aus ihrem Strohhute, wenn ich – keiner Einlaßkarte mehr bedürftig – abends an ihrer Kasse vorbei in den Saal schlüpfte. – Und wie rannte ich jetzt vormittags aus der Schule! Ich wußte wohl, zu Hause traf ich das Lisei entweder bei meiner Mutter in der Küche, wo sie allerlei kleine Dienste für sie zu verrichten wußte, oder es saß auf der Bank im Garten, mit einem Buche oder mit einer Näharbeit in der Hand. Und bald wußte ich sie auch in meinem Dienste zu beschäftigen; denn nachdem ich mich genügend in den innern Zusammenhang der Sache eingeweiht glaubte, beabsichtigte ich nichts Geringeres, als nun auch meinerseits ein Marionettentheater einzurichten. Vorläufig begann ich mit dem Ausschnitzen der Puppen, wobei Herr Tendler, nicht ohne eine gutmütige Schelmerei in seinen kleinen Augen, mir in der Wahl des Holzes und der Schnitzmesser mit Rat und Hülfe zur Hand ging; und bald ragte auch in der Tat eine mächtige Kasperlenase aus dem Holzblöckchen in die Welt. Da aber andererseits der Nanking des »Wurstls« mir zuwenig interessant erschien, so mußte indessen das Lisei aus »Fetz'ln«, die wiederum der alte Gabriel hatte hergeben müssen, gold- und silberbesetzte Mäntel und Wämser für Gott weiß welche andere künftige Puppen anfertigen. Mitunter trat auch der alte Heinrich mit seiner kurzen Pfeife aus der Werkstatt zu uns, ein Geselle meines Vaters, der, solang ich denken konnte, zur Familie gehörte; er nahm mir dann wohl das Messer aus der Hand und gab durch ein paar Schnitte dem Dinge hie und da den rechten Schick. Aber schon wollte meiner Phantasie selbst der Tendlersche Haupt- und Prinzipalkasperl nicht mehr genügen; ich wollte noch ganz etwas anderes leisten; für den meinigen ersann ich noch drei weitere, nie dagewesene und höchst wirkungsvolle Gelenke, er sollte seitwärts mit dem Kinne wackeln, die Ohren hin und her bewegen und die Unterlippe auf- und abklappen können; und er wäre auch jedenfalls ein ganz unerhörter Prachtkerl geworden, wenn er nur nicht schließlich über all seinen Gelenken schon in der Geburt zugrunde gegangen wäre. Auch sollte leider weder der Pfalzgraf Siegfried noch irgendein anderer Held des Puppenspiels durch meine Hand zu einer fröhlichen Auferstehung gelangen. – Besser glückte es mir mit dem Bau einer unterirdischen Höhle, in der ich an kalten Tagen mit Lisei auf einem Bänkchen zusammensaß und ihr bei dem spärlichen Lichte, das durch eine oben angebrachte Fensterscheibe fiel, die Geschichten aus dem Weißeschen »Kinderfreunde« vorlas, die sie immer von neuem hören konnte. Meine Kameraden neckten mich wohl und schalten mich einen Mädchenknecht, weil ich, statt wie sonst mit ihnen, jetzt mit der Puppenspielertochter meine Zeit zubrachte. Mich kümmerte das wenig; wußte ich doch, es redete nur der Neid aus ihnen, und wo es mir zu arg wurde, da brauchte ich denn auch einmal ganz wacker meine Fäuste.

– – Aber alles im Leben ist nur für eine Spanne Zeit. Die Tendlers hatten ihre Stücke durchgespielt; die Puppenbühne auf dem Schützenhofe wurde abgebrochen; sie rüsteten sich zum Weiterziehen.

Und so stand ich denn an einem stürmischen Oktobernachmittage draußen vor unserer Stadt auf dem hohen Heiderücken, sah bald traurig auf den breiten Sandweg, der nach Osten in die kahle Gegend hinausläuft, bald sehnsüchtig nach der Stadt zurück, die in Dunst und Nebel in der Niederung lag. Und da kam es herangetrabt, das kleine Wägelchen mit den zwei hohen Kisten darauf und dem munteren braunen Pferdchen in der Gabeldeichsel. Herr Tendler saß jetzt vorn auf einem Brettchen, hinter ihm Lisei in dem neuen warmen Mäntelchen neben ihrer Mutter. – Ich hatte schon vor der Herberge von ihnen Abschied genommen; dann aber war ich vorausgelaufen, um sie alle noch einmal zu sehen und um Lisei, wozu ich von meinem Vater die Erlaubnis erhalten hatte, den Band von Weißens »Kinderfreunde« als Angedenken mitzugeben; auch eine Düte mit Kuchen hatte ich um einige ersparte Sonntagssechslinge für sie eingehandelt. »Halt! Halt!« rief ich jetzt und stürzte von meinem Heidehügel auf das Fuhrwerk zu. – Herr Tendler zog die Zügel an, der Braune stand, und ich reichte Lisei meine kleinen Geschenke in den Wagen, die sie neben sich auf den Stuhl legte. Als wir uns aber, ohne ein Wort zu sagen, an beiden Händen griffen, da brachen wir armen Kinder in ein lautes Weinen aus. Doch in demselben Augenblicke peitschte auch schon Herr Tendler auf sein Pferdchen. »Ade, mein Bub! Bleib brav und dank aa no schön dei'm Vaterl und dei'm Mutterl!«

»Ade! Ade!« rief das Lisei; das Pferdchen zog an, das Glöckchen an seinem Halse bimmelte; ich fühlte die kleinen Hände aus den meinen gleiten, und fort fuhren sie, in die weite Welt hinaus.

Ich war wieder am Rande des Weges emporgestiegen und blickte unverwandt dem Wägelchen nach, wie es durch den stäubenden Sand dahinzog. Immer schwächer hörte ich das Gebimmel des Glöckchens; einmal noch sah ich ein weißes Tüchelchen um die Kisten flattern; dann allmählich verlor es sich mehr und mehr in den grauen Herbstnebeln. – Da fiel es plötzlich wie eine Todesangst mir auf das Herz: du siehst sie nimmer, nimmer wieder! – »Lisei!« schrie ich, »Lisei!« – Als aber dessenungeachtet, vielleicht wegen einer Biegung der Landstraße, der nur noch im Nebel schwimmende Punkt jetzt völlig meinen Augen entschwand, da rannte ich wie unsinnig auf dem Wege hinterdrein. Der Sturm riß mir die Mütze vom Kopf, meine Stiefel füllten sich mit Sand; aber so weit ich laufen mochte, ich sah nichts anderes als die öde baumlose Gegend und den kalten grauen Himmel, der darüberstand. – Als ich endlich bei einbrechender Dunkelheit zu Hause wieder angelangt war, hatte ich ein Gefühl, als sei die ganze Stadt indessen ausgestorben. Es war eben der erste Abschied meines Lebens.

Wenn in den nun folgenden Jahren der Herbst wiederkehrte, wenn die Krammetsvögel durch die Gärten unserer Stadt flogen und drüben vor der Schneiderherberge die ersten gelben Blätter von den Lindenbäumen wehten, dann saß ich wohl manches Mal auf unserer Bank und dachte, ob nicht endlich einmal das Wägelchen mit dem braunen Pferdchen wie damals wieder die Straße heraufgebimmelt kommen würde.

Aber ich wartete umsonst; das Lisei kam nicht wieder.

Es war um zwölf Jahre später. – Ich hatte nach der Rechenmeisterschule, wie es damals manche Handwerkersöhne zu tun pflegten, auch noch die Quarta unserer Gelehrtenschule durchgemacht und war dann bei meinem Vater in die Lehre getreten. Auch diese Zeit, in der ich mich, außer meinem Handwerk, vielfach mit dem Lesen guter Bücher beschäftigte, war vorübergegangen. Jetzt, nach dreijähriger Wanderschaft, befand ich mich in einer mitteldeutschen Stadt. Es war streng katholisch dort, und in dem Punkte verstanden sie keinen Spaß; wenn man vor ihren Prozessionen, die mit Gesang und Heiligenbildern durch die Straßen zogen, nicht selbst den Hut abnahm, so wurde er einem auch wohl heruntergeschlagen; sonst aber waren es gute Leute. – Die Frau Meisterin, bei der ich in Arbeit stand, war eine Witwe, deren Sohn gleich mir in der Fremde arbeitete, um die nach den Zunftgesetzen vorgeschriebenen Wanderjahre bei der späteren Bewerbung um das Meisterrecht nachweisen zu können. Ich hatte es gut in diesem Hause; die Frau tat mir, wovon sie wünschen mochte, daß es in der Ferne andere Leute an ihrem Kinde tun möchten, und bald war unter uns das Vertrauen so gewachsen, daß das Geschäft so gut wie ganz in meinen Händen lag. – Jetzt steht unser Joseph dort bei ihrem Sohn in Arbeit, und die Alte, so hat er oft geschrieben, hätschelt mit ihm, als wäre sie die leibhaftige Großmutter zu dem Jungen.

– – Nun, damals saß ich eines Sonntagnachmittags mit meiner Frau Meisterin in der Wohnstube, deren Fenster der Tür des großen Gefangenenhauses gegenüberlagen. Es war im Januar; das Thermometer stand zwanzig Grad unter Null; draußen auf der Gasse war kein Mensch zu sehen; mitunter kam der Wind pfeifend von den nahen Bergen herunter und jagte kleine Eisstücke klingend über das Straßenpflaster.

»Da behagt 'n warmes Stübchen und 'n heißes Schälchen Kaffee«, sagte die Meisterin, indem sie mir die Tasse zum dritten Male vollschenkte.

Ich war ans Fenster getreten. Meine Gedanken gingen in die Heimat; nicht zu lieben Menschen, die hatte ich dort nicht mehr, das Abschiednehmen hatte ich jetzt gründlich gelernt. Meiner Mutter war mir noch vergönnt gewesen selbst die Augen zuzudrücken; vor einigen Wochen hatte ich nun auch den Vater verloren, und bei dem damals noch so langwierigen Reisen hatte ich ihn nicht einmal zu seiner Ruhestatt begleiten können. Aber die väterliche Werkstatt wartete auf den Sohn ihres heimgegangenen Meisters. Indes, der alte Heinrich war noch da und konnte mit Genehmigung der Zunftmeister die Sache schon eine kurze Zeit aufrechterhalten; und so hatte ich denn auch meiner guten Meisterin versprochen, noch ein paar Wochen bis zum Eintreffen ihres Sohnes bei ihr auszuhalten. Aber Ruhe hatte ich nicht mehr, das frische Grab meines Vaters duldete mich nicht länger in der Fremde.

In diesen Gedanken unterbrach mich eine scharfe scheltende Stimme drüben von der Straße her. Als ich aufblickte, sah ich das schwindsüchtige Gesicht des Gefängnisinspektors sich aus der halbgeöffneten Tür des Gefangenenhauses hervorrecken; seine erhobene Faust drohte einem jungen Weibe, das, wie es schien, fast mit Gewalt in diese sonst gefürchteten Räume einzudringen strebte.

»Wird wohl was Liebes drinnen haben«, sagte die Meisterin, die von ihrem Lehnstuhle aus ebenfalls dem Vorgange zugesehen hatte, »aber der alte Sünder da drüben hat kein Herz für die Menschheit.«

»Der Mann tut wohl nur seine Pflicht, Frau Meisterin«, sagte ich, noch immer in meinen eigenen Gedanken.

»Ich möcht nicht solche Pflicht zu tun haben«, erwiderte sie und lehnte sich fast zornig in ihren Stuhl zurück.

Drüben war indes die Tür des Gefangenenhauses zugeschlagen, und das junge Weib, nur mit einem kurzen wehenden Mäntelchen um die Schultern und einem schwarzen Tüchelchen um den Kopf geknotet, ging langsam die übereiste Straße hinab. – Die Meisterin und ich waren schweigend auf unserem Platz geblieben; ich glaube – denn auch meine Teilnahme war jetzt geweckt –, es war uns beiden, als ob wir helfen müßten und nur nicht wüßten wie.

Als ich eben vom Fenster zurücktreten wollte, kam das Weib wieder die Straße herauf. Vor der Tür des Gefangenenhauses blieb sie stehen und setzte zögernd einen Fuß auf den zur Schwelle führenden Treppenstein; dann aber wandte sie den Kopf zurück, und ich sah ein junges Antlitz, dessen dunkle Augen mit dem Ausdruck ratlosester Verlassenheit über die leere Gasse streiften; sie schien doch nicht den Mut zu haben, noch einmal der drohenden Beamtenfaust entgegenzutreten. Langsam und immer wieder nach der geschlossenen Tür zurückblickend, setzte sie ihren Weg fort; man sah es deutlich, sie wußte selbst nicht wohin. Als sie jetzt aber an der Ecke der Gefangenanstalt in das nach der Kirche hinaufführende Gäßchen einbog, riß ich unwillkürlich meine Mütze vom Türhaken, um ihr nachzugehen.

»Ja, ja, Paulsen, das ist das Rechte!« sagte die gute Meisterin; »geht nur, ich werde derweil den Kaffee wieder heiß setzen!«
Es war grimmig kalt, als ich aus dem Hause trat; alles schien wie ausgestorben; von dem Berge, der am Ende der Straße die Stadt überragt, sah fast drohend der schwarze Tannenwald herab; vor den Fensterscheiben der meisten Häuser saßen die weißen Eisgardinen; denn nicht jeder hatte, wie meine Meisterin, die Gerechtigkeit von fünf Klaftern Holz auf seinem Hause. – Ich ging durch das Gäßchen nach dem Kirchenplatz; und dort vor dem großen hölzernen Kruzifixe auf der gefrorenen Erde lag das junge Weib, den Kopf gesenkt, die Hände in den Schoß gefaltet. Ich trat schweigend näher; als sie aber jetzt zu dem blutigen Antlitz des Gekreuzigten aufblickte, sagte ich: »Verzeiht mir, wenn ich Eure Andacht unterbreche, aber Ihr seid wohl fremd in dieser Stadt?«
Sie nickte nur, ohne ihre Stellung zu verändern.
»Ich möchte Euch helfen!« begann ich wieder, »sagt mir nur, wohin Ihr wollt!«
»I weiß nit mehr wohin«, sagte sie tonlos und ließ das Haupt wieder auf ihre Brust sinken.
»Aber in einer Stunde ist es Nacht; in diesem Totenwetter könnt Ihr nicht länger auf der offenen Straße bleiben!«
»Der liebi Gott wird helfen«, hörte ich sie leise sagen.
»Ja, ja«, rief ich, »und ich glaube fast, er hat mich selbst zu Euch geschickt!«
Es war, als habe der stärkere Klang meiner Stimme sie erweckt; denn sie erhob sich und trat zögernd auf mich zu; mit vorgestrecktem Halse näherte sie ihr Gesicht mehr und mehr dem meinen, und ihre Blicke drangen auf mich ein, als ob sie mich damit erfassen wolle. »Paul!« rief sie plötzlich, und wie ein Jubelruf flog das Wort aus ihrer Brust – »Paul! ja di schickt mir der liebe Gott!«
Wo hatte ich meine Augen gehabt! Da hatte ich es ja wieder, mein Kindsgespiel, das kleine Puppenspieler-Lisei! Freilich, eine schöne schlanke Jungfrau war es geworden, und auf dem sonst so lachenden Kindergesicht lag jetzt, nachdem der erste Freudenstrahl darüberhin geflogen, der Ausdruck eines tiefen Kummers.

»Wie kommst du so allein hieher, Lisei?« fragte ich. »Was ist geschehen? Wo ist denn dein Vater?«
»Im Gefängnis, Paul.«
»Dein Vater, der gute Mann! – Aber komm mit mir; ich stehe hier bei einer braven Frau in Arbeit; sie kennt dich, ich habe ihr oft von dir erzählt.«
Und Hand in Hand, wie einst als Kinder, gingen wir nach dem Hause meiner guten Meisterin, die uns schon vom Fenster aus entgegensah. »Das Lisei ist's!« rief ich, als wir in die Stube traten, »denkt Euch, Frau Meisterin, das Lisei!«
Die gute Frau schlug die Hände über ihre Brust zusammen. »Heilige Mutter Gottes, bitt für uns! das Lisei! – also so hat's ausgeschaut! – Aber«, fuhr sie fort, »wie kommst denn du mit dem alten Sünder da zusammen?« – und sie wies mit dem ausgestreckten Finger nach dem Gefangenhause drüben – »der Paulsen hat mir doch gesagt, daß du ehrlicher Leute Kind bist!«
Gleich darauf aber zog sie das Mädchen weiter in die Stube hinein und drückte sie in ihren Lehnstuhl nieder, und als jetzt Lisei ihre Frage zu beantworten anfing, hielt sie ihr schon eine dampfende Tasse Kaffee an die Lippen.
»Nun trink einmal«, sagte sie, »und komm erst wieder zu dir; die Händchen sind dir ja ganz verklommen.«
Und das Lisei mußte trinken, wobei ihr zwei helle Tränen in die Tasse rollten, und dann erst durfte sie erzählen.
Sie sprach jetzt nicht, wie einst und wie vorhin in der Einsamkeit ihres Kummers, in dem Dialekt ihrer Heimat, nur ein leichter Anflug war ihr davon geblieben; denn waren ihre Eltern auch nicht mehr bis an unsere Küste hinabgekommen, so hatten sie sich doch meistens in dem mittleren Deutschland aufgehalten. Schon vor einigen Jahren war die Mutter gestorben. »Verlaß den Vater nicht!« das hatte sie der Tochter im letzten Augenblicke noch ins Ohr geflüstert, »sein Kindsherz ist zu gut für diese Welt.«
Lisei brach bei dieser Erinnerung in heftiges Weinen aus; sie wollte nicht einmal von der aufs neue vollgeschenkten Tasse trinken, mit der die Meisterin ihre Tränen zu stillen gedachte, und erst nach einer ziemlichen Weile konnte sie weiterberichten.

Gleich nach dem Tode der Mutter war es ihre erste Arbeit gewesen, an deren Stelle sich die Frauenrollen in den Puppenspielen von ihrem Vater einlernen zu lassen. Dazwischen waren die Bestattungsfeierlichkeiten besorgt und die ersten Seelenmessen für die Tote gelesen; dann, das frische Grab hinter sich lassend, waren Vater und Tochter wiederum ins Land hineingefahren und hatten, wie vorhin, ihre Stücke abgespielt: Den verlorenen Sohn, Die heilige Genoveva, und wie sie sonst noch heißen mochten.

So waren sie gestern auf der Reise in ein großes Kirchdorf gekommen, wo sie ihre Mittagsrast gehalten hatten. Auf der harten Bank vor dem Tische, an welchem sie ihr bescheidenes Mahl verzehrten, war Vater Tendler ein halbes Stündchen in einen festen Schlaf gesunken, während Lisei draußen die Fütterung ihres Pferdes besorgt hatte. Kurz darauf, in wollene Decken wohlverpackt, waren sie aufs neue in die grimmige Winterkälte hinausgefahren.

»Aber wir kamen nit weit«, erzählte Lisei; »gleich hinterm Dorf ist ein Landreiter auf uns zugeritten und hat gezetert und gemordiot. Aus dem Tischkasten sollt dem Wirt ein Beutel mit Geld gestohlen sein, und mein unschuldigs Vaterl war doch allein in der Stube dort gewesen! Ach, wir haben kei Heimat, kei Freund, kei Ehr; es kennt uns niemand nit!«

»Kind, Kind«, sagte die Meisterin, indem sie zu mir hinüberwinkte, »versündige dich auch nicht!«

Ich aber schwieg, denn Lisei hatte ja nicht unrecht mit ihrer Klage. – Sie hatten in das Dorf zurückgemußt; das Fuhrwerk mit allem, was daraufgeladen, war vom Schulzen dort zurückgehalten worden; der alte Tendler aber hatte die Weisung erhalten, den Weg zur Stadt neben dem Pferde des Landreiters herzutraben. Lisei, von dem letzteren mehrfach zurückgewiesen, war in einiger Entfernung hinterhergegangen, in der Zuversicht, daß sie wenigstens, bis der liebe Gott die Sache aufkläre, das Gefängnis ihres Vaters werde teilen können. Aber – auf ihr ruhte kein Verdacht; mit Recht hatte der Inspektor sie als eine Zudringliche von der Tür gejagt, die auf ein Unterkommen in seinem Hause nicht den geringsten Anspruch habe.

Lisei wollte das zwar noch immer nicht begreifen; sie meinte, das sei ja härter als alle Strafe, die später doch gewiß den wirklichen Spitzbuben noch ereilen würde; aber, fügte sie gleich hinzu, sie wolle ihm auch so harte Strafe nit wünschen, wenn nur die Unschuld von ihrem guten Vaterl an den Tag komme; ach, der werd's gewiß nit überleben!

Ich besann mich plötzlich, daß ich sowohl dem alten Korporal da drüben als auch dem Herrn Kriminalkommissarius eigentlich ein unentbehrlicher Mann sei; denn dem einen hielt ich seine Spinnmaschinen in Ordnung, dem andern schärfte ich seine kostbaren Federmesser; durch den einen konnte ich wenigstens Zutritt zu dem Gefangenen erhalten, bei dem andern konnte ich ein Leumundszeugnis für Herrn Tendler ablegen und ihn vielleicht zur Beschleunigung der Sache veranlassen. Ich bat Lisei, sich zu gedulden, und ging sofort in das Gefangenhaus hinüber.

Der schwindsüchtige Inspektor schalt auf die unverschämten Weiber, die immer zu ihren spitzbübischen Männern oder Vätern in die Zellen wollten. Ich aber verbat mir in betreff meines alten Freundes solche Titel, solange sie ihm nicht durch das Gericht »von Rechts wegen« beigelegt seien, was, wie ich sicher wisse, nie geschehen werde; und endlich, nach einigem Hin- und Widerreden, stiegen wir zusammen die breite Treppe nach dem Oberbau hinauf.

In dem alten Gefangenhause war auch die Luft gefangen, und ein widerwärtiger Dunst schlug uns entgegen, als wir oben durch den langen Korridor schritten, von welchem aus zu beiden Seiten Tür an Tür in die einzelnen Gefangenzellen führte. An einer derselben, fast zu Ende des Ganges, blieben wir stehen; der Inspektor schüttelte sein großes Schlüsselbund, um den rechten herauszufinden; dann knarrte die Tür, und wir traten ein.

In der Mitte der Zelle, mit dem Rücken gegen uns, stand die Gestalt eines kleinen mageren Mannes, der nach dem Stückchen Himmel hinaufzublicken schien, das grau und trübselig durch ein oben in der Mauer angebrachtes Fenster auf ihn herabdämmerte. An seinem Haupte bemerkte ich sogleich die kleinen abstehenden Haarspieße; nur hatten sie, wie jetzt draußen die Natur, sich in die Farbe des Winters gekleidet. Bei unserem Eintritt wandte der kleine Mann sich um.

»Sie kennen mich wohl nicht mehr, Herr Tendler?« fragte ich.
Er sah flüchtig nach mir hin. »Nein, lieber Herr«, erwiderte er, »hab nicht die Ehre.«
Ich nannte ihm den Namen meiner Vaterstadt und sagte: »Ich bin der unnütze Junge, der Ihnen damals Ihren kunstreichen Kasperl verdrehte!«
»Oh, schad't nichts, gar nichts!« erwiderte er verlegen und machte mir einen Diener; »ist lange schon vergessen.«
Er hatte offenbar nur halb auf mich gehört; denn seine Lippen bewegten sich, als spräche er zu sich selber von ganz anderen Dingen.
Da erzählte ich ihm, wie ich vorhin sein Lisei aufgefunden habe, und jetzt erst sah er mich mit offenen Augen an. »Gott Dank! Gott Dank!« sagte er und faltete die Hände. »Ja, ja, das kleine Lisei und der kleine Paul, die spielten derzeit miteinander! – Der kleine Paul! Seid Ihr der kleine Paul? Oh, i glaub's Euch schon; das herzige G'sichtl von dem frischen Bub'n, das schaut da no heraus!« Er nickte mir so innig zu, daß die weißen Haarspießchen auf seinem Kopfe bebten. »Ja, ja, da drunten an der See bei euch; wir sind nit wieder hingekommen; das war no gute Zeit dermal; da war aa noch mein Weib, die Tochter vom großen Geißelbrecht, dabei! ›Joseph!‹ pflegte sie zu sagen, ›wenn nur die Menschen aa so Dräht an ihre Köpf hätten, da könntst du aa mit ihne firti werd'n!‹ – Hätt sie nur heute noch gelebt, sie hätten mich nicht eingesperrt. Du lieber Gott; ich bin kein Dieb, Herr Paulsen.«
Der Inspektor, der draußen vor der angelehnten Tür im Gange auf und ab ging, hatte schon ein paarmal mit seinem Schlüsselbund gerasselt. Ich suchte den alten Mann zu beruhigen und bat ihn, sich bei seinem ersten Verhör auf mich zu berufen, der ich hier bekannt und wohlgeachtet sei.
Als ich wieder zu meiner Meisterin in die Stube trat, rief diese mir entgegen: »Das ist ein trotzigs Mädel, Paulsen; da helft mir nur gleich ein wenig; ich hab ihr die Kammer zum Nachtquartier geboten; aber sie will fort, in die Bettelherberg oder Gott weiß wohin!«
Ich fragte Lisei, ob sie ihre Pässe bei sich habe.

»Mein Gott, die hat der Schulz im Dorf uns abgenommen!«
»So wird kein Wirt dir seine Tür aufmachen«, sagte ich, »das weißt du selber wohl.«
Sie wußte es freilich, und die Meisterin schüttelte ihr vergnügt die Hände. »Ich denk wohl«, sagte sie, »daß du dein eignes Köpfchen hast; der da hat mir's haarklein erzählt, wie ihr zusammen in der Kiste habt gesessen; aber so leicht wärst du doch nicht von mir fortgekommen!«
Das Lisei sah etwas verlegen vor sich nieder; dann aber fragte sie mich hastig aus nach ihrem Vater. Nachdem ich ihr Bescheid gegeben hatte, erbat ich mir ein paar Bettstücke von der Meisterin, nahm von den meinigen noch etwas hinzu und trug es selbst hinüber in die Zelle des Gefangenen, wozu ich vorhin von dem Inspektor die Erlaubnis erhalten hatte. – So konnten wir, als nun die Nacht herankam, hoffen, daß im warmen Bette und auf dem besten Ruhekissen, das es in der Welt gibt, auch unsern alten Freund in seiner öden Kammer ein sanfter Schlaf erquicken werde.

Am andern Vormittage, als ich eben, um zum Herrn Kriminalkommissarius zu gehen, auf die Straße trat, kam von drüben der Inspektor in seinen Morgenpantoffeln auf mich zugeschritten. »Ihr habt recht gehabt, Paulsen«, sagte er mit seiner gläsernen Stimme, »für diesmal ist's kein Spitzbube gewesen; den Richtigen haben sie soeben eingebracht; Euer Alter wird noch heut entlassen werden.«
Und richtig, nach einigen Stunden öffnete sich die Tür des Gefangenhauses, und der alte Tendler wurde von der kommandierenden Stimme des Inspektors zu uns hinübergewiesen. Da das Mittagessen eben aufgetragen war, so ruhte die Meisterin nicht, bis auch er seinen Platz am Tische eingenommen hatte; aber er berührte die guten Speisen kaum, und wie sie sich auch um ihn bemühen mochte, er blieb wortkarg und in sich gekehrt neben seiner Tochter sitzen; nur mitunter bemerkte ich, wie er deren Hand nahm und sie zärtlich streichelte. Da hörte ich draußen vom Tore her ein Glöckchen bimmeln; ich kannte es ganz genau, aber es läutete mir weither aus meiner Kinderzeit.

»Lisei!« sagte ich leise.

»Ja, Paul, ich hör es wohl.«

Und bald standen wir beide draußen vor der Haustür. Siehe, da kam es die Straße herab, das Wägelchen mit den beiden hohen Kisten, wie ich daheim es mir so oft gewünscht hatte. Ein Bauernbursche ging nebenher mit Zügel und Peitsche in der Hand; aber das Glöckchen bimmelte jetzt am Halse eines kleinen Schimmels.

»Wo ist das Braunchen geblieben?« fragte ich Lisei.

»Das Braunchen«, erwiderte sie, »das ist uns eines Tags vorm Wagen hingefallen; der Vater hat sogleich den Tierarzt aus dem Dorfe geholt; aber es hat nimmer leben können.«

Bei diesen Worten stürzten ihr die Tränen aus den Augen.

»Was fehlt dir, Lisei?« fragte ich, »es ist ja nun doch alles wieder gut!«

Sie schüttelte den Kopf. »Mein Vaterl gefallt mir nit! Er ist so still; die Schand, er verwind't es nit.« –

– – Und Lisei hatte mit ihren treuen Tochteraugen recht gesehen. Als kaum die beiden in einem kleinen Gasthofe untergebracht waren und der Alte schon seine Pläne zur Weiterfahrt entwarf – denn hier wollte er jetzt nicht vor die Leute treten –, da zwang ihn ein Fieber, im Bett zu bleiben. Bald mußten wir einen Arzt holen, und es entwickelte sich ein längeres Krankenlager. In Besorgnis, daß sie dadurch in Not geraten könnten, bot ich Lisei meine Geldmittel zur Hülfe an; aber sie sagte: »I nimm's ja gern von dir; doch sorg nur nit, wir sind nit gar so karg.« Da blieb mir denn nichts anderes zu tun, als in der Nachtwache mit ihr zu wechseln oder, als es dem Kranken besser ging, am Feierabend ein Stündchen an seinem Bett zu plaudern.

So war die Zeit meiner Abreise herangenaht, und mir wurde das Herz immer schwerer. Es tat mir fast weh, das Lisei anzusehen; denn bald fuhr es ja auch mit seinem Vater von hier wieder in die weite Welt hinaus. Wenn sie nur eine Heimat gehabt hätten! Aber wo waren sie zu finden, wenn ich Gruß und Nachricht zu ihnen senden wollte! Ich dachte an die zwölf Jahre seit unserem ersten Abschied; – sollte wieder so lange Zeit vergehen oder am Ende gar das ganze Leben?

»Und grüß mir aa dein Vaterhaus, wenn du heimkommst!« sagte Lisei, da sie am letzten Abend mich an die Haustür begleitet hatte. »I seh's mit mein' Augen, das Bänkerl vor der Tür, die Lind im Gart'l; ach, i vergiß es nimmer; so lieb hab ich's nit wieder g'funden in der Welt!«

Als sie das sagte, war es mir, als leuchte aus dunkler Tiefe meine Heimat zu mir auf; ich sah die zärtlichen Augen meiner Mutter, das feste ehrliche Antlitz meines Vaters. »Ach, Lisei«, sagte ich, »wo ist denn jetzt mein Vaterhaus! Es ist ja alles öd und leer.«

Lisei antwortete nicht; sie gab mir nur die Hand und blickte mich mit ihren guten Augen an.

Da war mir, als hörte ich die Stimme meiner Mutter sagen: ›Halte diese Hand fest und kehr mit ihr zurück, so hast du deine Heimat wieder!‹ – und ich hielt die Hand fest und sagte: »Kehr du mit mir zurück, Lisei, und laß uns zusammen versuchen, ein neues Leben in das leere Haus zu bringen, ein so gutes, wie es die geführt haben, die ja auch dir einst lieb gewesen sind!«

»Paul«, rief sie, »was meinst du? I versteh di nit.«

Aber ihre Hand zitterte heftig in der meinen, und ich bat nur: »Ach, Lisei, versteh mich doch!«

Sie schwieg einen Augenblick. »Paul«, sagte sie dann, »i kann nit von mei'm Vaterl gehen.«

»Der muß ja mit uns, Lisei! Im Hinterhause, die beiden Stübchen, die jetzt leer stehen, da kann er wohnen und wirtschaften; der alte Heinrich hat sein Kämmerchen dicht daneben.«

Lisei nickte. »Aber Paul, wir sind landfahrende Leut. Was werden sie sagen bei dir daheim?«

»Sie werden mächtig reden, Lisei!«

»Und du hast nit Furcht davor?«

Ich lachte nur dazu.

»Nun«, sagte Lisei, und wie ein Glockenlaut schlug es aus ihrer Stimme, »wenn du sie hast – i hab schon die Kuraschi!«

»Aber tust du's denn auch gern?«

»Ja, Paul, wenn i 's nit gern tät« – und sie schüttelte ihr braunes Köpfchen gegen mich –, »gel, da tät i 's nimmermehr!« –

»Und, mein Junge«, unterbrach sich hier der Erzähler, »wie einen bei solchen Worten ein Paar schwarze Mädchenaugen ansehen, das sollst du nun noch lernen, wenn du erst ein Stieg Jahre weiter bist!«

›Ja, ja‹, dachte ich, ›zumal so ein Paar Augen, die einen See ausbrennen können!‹

»Und nicht wahr«, begann Paulsen wieder, »nun weißt du auch nachgerade, wer das Lisei ist.«

»Das ist die Frau Paulsen!« erwiderte ich. »Als ob ich das nicht längst gemerkt hätte! Sie sagt ja noch immer ›nit‹ und hat auch noch die schwarzen Augen unter den feingepinselten Augenbrauen.«

Mein Freund lachte, während ich mir im stillen vornahm, die Frau Paulsen, wenn wir ins Haus zurückkämen, doch einmal recht darauf anzusehen, ob noch das Puppenspieler-Lisei in ihr zu erkennen sei. – »Aber«, fragte ich, »wo ist denn der alte Herr Tendler hingekommen?«

»Mein liebes Kind«, erwiderte mein Freund, »wohin wir schließlich alle kommen. Drüben auf dem grünen Kirchhof ruht er neben unserem alten Heinrich; aber es ist noch einer mehr in sein Grab mit hineingekommen; der andre kleine Freund aus meiner Kinderzeit. Ich will dir's wohl erzählen; nur laß uns ein wenig hintenaus gehen; meine Frau könnte nachgerade einmal nach uns sehen wollen, und sie soll die Geschichte doch nicht wieder hören.«

Paulsen stand auf, und wir gingen auf den Spazierweg hinaus, der auch hier hinter den Gärten der Stadt entlangführt. Nur wenige Leute kamen uns entgegen; denn es war schon um die Vesperzeit.

»Siehst du« – begann Paulsen seine Erzählung wieder –, »der alte Tendler war derzeit mit unserem Verspruch gar wohl zufrieden; er gedachte meiner Eltern, die er einst gekannt hatte, und er faßte auch zu mir Vertrauen. Überdies war er des Wanderns müde; ja, seit es ihn in die Gefahr gebracht hatte, mit den verworfensten Vagabunden verwechselt zu werden, war in ihm die Sehnsucht nach einer festen Heimat immer mehr heraufgewachsen. Meine gute Meisterin zwar zeigte sich nicht so einverstanden; sie fürchtete, bei allem guten Willen möge doch das Kind des umherziehenden Puppenspielers nicht die rechte Frau für einen seßhaften Handwerksmann abgeben. – Nun, sie ist seit lange schon bekehrt worden!

– – Und so war ich denn nach kaum acht Tagen wieder hier, von den Bergen an die Nordseeküste, in unserer alten Vaterstadt. Ich nahm mit Heinrich die Geschäfte rüstig in die Hand und richtete zugleich die beiden leerstehenden Zimmer im Hinterhause für den Vater Joseph ein. – Vierzehn Tage weiter – es strichen eben die Düfte der ersten Frühlingsblumen über die Gärten –, da kam es die Straße heraufgebimmelt. »Meister, Meister!« rief der alte Heinrich, »sie kommen, sie kommen!« Und da hielt schon das Wägelchen mit den zwei hohen Kisten vor unserer Tür. Das Lisei war da, der Vater Joseph war da, beide mit muntern Augen und roten Wangen; und auch das ganze Puppenspiel zog mit ihnen ein; denn ausdrückliche Bedingung war es, daß dies den Vater Joseph auf sein Altenteil begleiten solle. Das kleine Fuhrwerk dagegen wurde in den nächsten Tagen schon verkauft.

Dann hielten wir die Hochzeit; ganz in der Stille; denn Blutsfreunde hatten wir weiter nicht am Ort; nur der Hafenmeister, mein alter Schulkamerad, war als Trauzeuge mit zugegen. Lisei war, wie ihre Eltern, katholisch; daß aber das ein Hindernis für unsere Ehe sein könne; ist uns niemals eingefallen. In den ersten Jahren reiste sie wohl zur österlichen Beichte nach unserer Nachbarstadt, wo, wie du weißt, eine katholische Gemeinde ist; nachher hat sie ihre Kümmernisse nur noch ihrem Mann gebeichtet.

Am Hochzeitsmorgen legte Vater Joseph zwei Beutel vor mir auf den Tisch, einen größeren mit alten Harzdritteln, einen kleinen voll Kremnitzer Dukaten.

»Du hast nit danach fragt, Paul!« sagte er. »Aber so völlig arm is doch mein Lisei dir nit zubracht. Nimm's! i brauch's allfurt nit mehr.« –

Das war der Sparpfennig, von dem mein Vater einst gesprochen, und er kam jetzt seinem Sohne beim Neubeginn seines Geschäfts zu ganz gelegener Zeit. Freilich hatte Liseis Vater damit sein ganzes Vermögen hingegeben und sich selbst der Fürsorge seiner Kinder anvertraut; aber er war dabei nicht müßig; er suchte seine Schnitzmesser wieder hervor und wußte sich bei den Arbeiten in der Werkstatt nützlich zu machen.

Die Puppen nebst dem Theater-Apparat waren in einem Verschlage auf dem Boden des Nebenhauses untergebracht. Nur an

Sonntagnachmittagen holte er bald die eine, bald die andere in sein Stübchen herunter, revidierte die Drähte und Gelenke und putzte oder besserte dies und jenes an den selben. Der alte Heinrich stand dann mit seiner kurzen Pfeife neben ihm und ließ sich die Schicksale der Puppen erzählen, von denen fast jede ihre eigene Geschichte hatte; ja, wie es jetzt herauskam, der so wirkungsvoll geschnitzte Kasper hatte einst für seinen jungen Verfertiger sogar den Brautwerber um Liseis Mutter abgegeben. Mitunter wurden zur besseren Veranschaulichung der einen oder andern Szene auch wohl die Drähte in Bewegung gesetzt; Lisei und ich haben oftmals draußen an den Fenstern gestanden, die schon aus grünem Weinlaub gar traulich auf den Hof hinausschauten; aber die alten Kinder drinnen waren meist so in ihr Spiel vertieft, daß ihnen erst durch unser Beifallklatschen die Gegenwart der Zuschauer bemerklich wurde. – – Als das Jahr weiterrückte, fand Vater Joseph eine andere Beschäftigung; er nahm den Garten unter seine Obhut, er pflanzte und erntete, und am Sonntage wandelte er, sauber angetan, zwischen den Rabatten auf und ab, putzte an den Rosenbüschen oder band Nelken und Levkojen an feine selbstgeschnitzte Stäbchen.

So lebten wir einig und zufrieden; mein Geschäft hob sich mehr und mehr. Über meine Heirat hatte unsere gute Stadt sich ein paar Wochen lebhaft ausgesprochen; da aber fast alle über die Unvernunft meiner Handlungsweise einig waren und dem Gespräche so die gedeihliche Nahrung des Widerspruches vorenthalten blieb, so hatte es sich bald selber ausgehungert.

Als es dann abermals Winter wurde, holte Vater Joseph an den Sonntagen auch wieder die Puppen aus ihrem Verschlage herunter, und ich dachte nicht anders, als daß in solchem stillen Wechsel der Beschäftigung ihm auch künftig die Jahre hingehen würden. Da trat er eines Morgens mit gar ernsthaftem Gesichte zu mir in die Wohnstube, wo ich eben allein an meinem Frühstück saß. »Schwiegersohn«, sagte er, nachdem er sich wie verlegen ein paarmal mit der Hand durch seine weißen Haarspießchen gefahren war, »ich kann's doch nit wohl länger ansehn, daß ich alleweil so das Gnadenbrot an euerm Tische soll essen.«

Ich wußte nicht, wo das hinaus sollte, aber ich fragte ihn, wie er auf solche Gedanken komme; er schaffe ja mit in der Werkstatt, und wenn mein Geschäft jetzt einen größeren Gewinn abwerfe, so sei dies wesentlich der Zins seines eigenen Vermögens, das er an unserem Hochzeitsmorgen in meine Hand gelegt habe.

Er schüttelte den Kopf. Das reiche alles nicht; aber eben jenes kleine Vermögen habe er zum Teil einst in unserer Stadt gewonnen; das Theater sei ja noch vorhanden, und die Stücke habe er auch alle noch im Kopfe.

Da merkte ich's denn wohl, der alte Puppenspieler ließ ihm keine Ruhe; sein Freund, der gute Heinrich, genügte ihm nicht mehr als Publikum, er mußte einmal wieder öffentlich vor versammeltem Volke seine Stücke aufführen.

Ich suchte es ihm auszureden; aber er kam immer wieder darauf zurück. Ich sprach mit Lisei, und am Ende konnten wir nicht umhin, ihm nachzugeben. Am liebsten hätte nun freilich der alte Mann gesehen, wenn Lisei wie vor unserer Verheiratung die Frauenrollen in seinen Stücken gesprochen hätte; aber wir waren übereingekommen, seine dahin zielenden Anspielungen nicht zu verstehen; für die Frau eines Bürgers und Handwerksmeisters wollte sich das denn doch nicht ziemen.

Zum Glück – oder, wie man will, zum Unglück – war derzeit ein ganz reputierliches Frauenzimmer in der Stadt, die einst bei einer Schauspielertruppe als Souffleuse gedient hatte und daher in derlei Dingen nicht unbewandert war. Diese – Kröpel-Lieschen nannten sie die Leute von wegen ihrer Kreuzlahmheit – ging sofort auf unser Anerbieten ein, und bald entwickelte sich am Feierabend und an den Sonntagnachmittagen die lebhafteste Tätigkeit in Vater Josephs Stübchen. Während vor dem einen Fenster der alte Heinrich an den Gerüststücken des Theaters zimmerte, stand vor dem andern zwischen frisch angemalten Kulissen, die von der Zimmerdecke herunterhingen, der alte Puppenspieler und exerzierte mit Kröpel-Lieschen eine Szene nach der andern. Sie sei ein dreimal gewürztes Frauenzimmer, versicherte er stets nach solcher Probe; nicht einmal die Lisei hab es so schnell kapiert; nur mit dem Singen ginge es nit gar so schön; sie grunze mit ihrer Stimme immer in der Tiefe, was für die schöne Susanne, die das Lied zu singen habe, nicht eben harmonierlich sei.

Endlich war der Tag der Aufführung festgesetzt. Es sollte alles möglichst reputierlich vor sich gehen; nicht auf dem Schützenhofe, sondern auf dem Rathaussaale, wo auch die Primaner um Michaelis ihre Redeübungen hielten, sollte jetzt der Schauplatz sein; und als am Sonnabendnachmittage unsere guten Bürger ihr frisches Wochenblättchen auseinanderfalteten, sprang ihnen in breiten Lettern die Anzeige in die Augen:

»Morgen Sonntagabend sieben Uhr auf dem Rathaussaale Marionetten-Theater des Mechanicus Joseph Tendler hieselbst. Die schöne Susanna, Schauspiel mit Gesang in vier Aufzügen.«

Es war aber damals in unserer Stadt nicht mehr die harmlose schaulustige Jugend aus meinen Kinderjahren; die Zeiten des Kosakenwinters lagen dazwischen, und namentlich war unter den Handwerkslehrlingen eine arge Zügellosigkeit eingerissen; die früheren Liebhaber unter den Honoratioren aber hatten ihre Gedanken jetzt auf andere Dinge. Dennoch wäre vielleicht alles gutgegangen, wenn nur der schwarze Schmidt und seine Jungen nicht gewesen wären.« – –

Ich fragte Paulsen, wer das sei, denn ich hatte niemals von einem solchen Menschen in unserer Stadt gehört.

»Das glaub ich wohl«, erwiderte er, »der schwarze Schmidt ist schon vor Jahren im Armenhaus verstorben; damals aber war er Meister gleich mir; nicht ungeschickt, aber lüderlich in seiner Arbeit wie im Leben; der sparsame Verdienst des Tages wurde abends in Trunk und Kartenspiel vertan. Schon gegen meinen Vater hatte er einen Haß gehabt, nicht allein, weil dessen Kundschaft die seinige bei weitem überstieg, sondern schon aus der Jugend her, wo er dessen Nebenlehrling gewesen und wegen eines schlechten Streiches gegen ihn vom Meister fortgejagt worden war. Seit dem Sommer hatte er Gelegenheit gefunden, diese Abneigung in erhöhtem Maße auch auf mich auszudehnen; denn bei der damals hier neu errichteten Kattunfabrik war, trotz seiner eifrigen Bemühung um dieselbe, die Arbeit an den Maschinen allein mir übertragen worden, infolgedessen er und seine beiden Söhne, die bei dem Vater in Arbeit standen und diesen an wüstem Treiben womöglich überboten, schon nicht verfehlt hatten, mir ihren Verdruß durch allerlei Neckereien kundzugeben. Ich hatte indessen jetzt keine Gedanken an diese Menschen.

So war der Abend der Aufführung herangekommen. Ich hatte noch an meinen Büchern zu ordnen und habe, was geschah, erst später durch meine Frau und Heinrich erfahren, welche zugleich mit unserem Vater nach dem Rathaussaale gingen.

Der Erste Platz dort war fast gar nicht, der Zweite nur mäßig besetzt gewesen; auf der Galerie aber hatte es Kopf an Kopf gestanden. – Als man vor diesem Publikum das Spiel begonnen, war anfänglich alles in der Ordnung vorgegangen; die alte Lieschen hatte ihren Part fest und ohne Anstoß hingeredet. – Dann aber kam das unglückselige Lied! Sie bemühte sich vergebens, ihrer Stimme einen zarten Klang zu geben; wie Vater Joseph vorhin gesagt hatte, sie grunzte wirklich in der Tiefe. Plötzlich rief eine Stimme von der Galerie: »Höger up, Kröpel-Lieschen! Höger up!« Und als sie, diesem Rufe gehorsam, die unerreichbaren Diskanttöne zu erklettern strebte, da scholl ein rasendes Gelächter durch den Saal.

Das Spiel auf der Bühne stockte, und zwischen den Kulissen heraus rief die bebende Stimme des alten Puppenspielers: »Meine Herrschaft'n, i bitt g'wogentlich um Ruhe!« Kasperl, den er eben an seinen Drähten in der Hand hielt und der mit der schönen Susanna eine Szene hatte, schlenkerte krampfhaft mit seiner kunstvollen Nase.

Neues Gelächter war die Antwort. »Kasperl soll singen!«– »Russisch! Schöne Minka, ich muß scheiden!« – »Hurra für Kasperl!« – »Nichts doch; Kasperl sein' Tochter soll singen!« – »Jawohl, wischt euch 's Maul! Die ist Frau Meisterin geworden, die tut's halt nimmermehr!«

So ging's noch eine Weile durcheinander. Auf einmal flog, in wohlgezieltem Wurfe, ein großer Pflasterstein auf die Bühne. Er hatte die Drähte des Kasperls getroffen; die Figur entglitt der Hand ihres Meisters und fiel zu Boden.

Vater Joseph ließ sich nicht mehr halten. Trotz Liseis Bitten hat er gleich darauf die Puppenbühne betreten. – Donnerndes Händeklatschen, Gelächter, Fußtrampeln empfing ihn, und es mag sich freilich seltsam genug präsentiert haben, wie der alte Mann, mit dem Kopf oben in den Soffitten, unter lebhaftem Händearbeiten seinem gerechten Zorne Luft zu machen suchte. – Plötzlich, unter allem Tumult, fiel der Vorhang, der alte Heinrich hatte ihn herabgelassen.

– – Mich hatte indes zu Hause bei meinen Büchern eine gewisse Unruhe befallen; ich will nicht sagen, daß mir Unheil ahnte, aber es trieb mich dennoch fort, den Meinigen nach. – Als ich die Treppe zum Rathaussaal hinaufsteigen wollte, drängte eben die ganze Menge von oben mir entgegen. Alles schrie und lachte durcheinander. »Hurra! Kasper is dod! Lott is dod. Die Kamedie ist zu End!« – Als ich aufsah, erblickte ich die schwarzen Gesichter der Schmidt-Jungen über mir. Sie waren augenblicklich still und rannten an mir vorbei zur Tür hinaus; ich aber hatte für mich jetzt die Gewißheit, wo die Quelle dieses Unfugs zu suchen war.

Oben angekommen, fand ich den Saal fast leer. Hinter der Bühne saß mein alter Schwiegervater wie gebrochen auf einem Stuhl und hielt mit beiden Händen sein Gesicht bedeckt. Lisei, die auf den Knien vor ihm lag, richtete sich, da sie mich gewahrte langsam auf. »Nun, Paul«, fragte sie, mich traurig ansehend, »hast du noch die Kuraschi?«

Aber sie mußte wohl in meinen Augen gelesen haben, daß ich sie noch hatte; denn bevor ich noch antworten konnte, lag sie schon an meinem Halse. »Laß uns nur fest zusammenhalten, Paul!« sagte sie leise.

– – Und siehst du! Damit und mit ehrlicher Arbeit sind wir durchgekommen.

– – Als wir am andern Morgen aufgestanden waren, da fanden wir jenes Schimpfwort »Pole Poppenspäler« – denn ein Schimpfwort sollte es ja sein – mit Kreide auf unsere Haustür geschrieben. Ich aber habe es ruhig ausgewischt, und als es dann später noch ein paarmal an öffentlichen Orten wieder lebendig wurde, da habe ich einen Trumpf daraufgesetzt; und weil man wußte, daß ich nicht spaße, so ist es danach still geworden. – – Wer dir es jetzt gesagt hat, der wird nichts Böses damit gemeint haben; ich will seinen Namen auch nicht wissen.

Unser Vater Joseph aber war seit jenem Abend nicht mehr der alte. Vergebens zeigte ich ihm die unlautere Quelle jenes Unfugs und daß derselbe ja mehr gegen mich als gegen ihn gerichtet gewesen sei. Ohne unser Wissen hatte er bald darauf alle seine Marionetten auf eine öffentliche Auktion gegeben, wo sie zum Jubel der anwesenden Jungen und Trödelweiber um wenige Schillinge versteigert waren; er wollte sie niemals wiedersehen. – Aber das Mittel dazu war schlecht gewählt; denn als die Frühlingssonne erst wieder in die Gassen schien, kam von den verkauften Puppen eine nach der andern aus den dunkeln Häusern an das Tageslicht. Hier saß ein Mädchen mit der heiligen Genoveva auf der Haustürschwelle, dort ließ ein Junge den Doktor Faust auf seinem schwarzen Kater reiten; in einem Garten in der Nähe des Schützenhofes hing eines Tages der Pfalzgraf Siegfried neben dem höllischen Sperling als Vogelscheuche in einem Kirschbaum. Unserem Vater tat die Entweihung seiner Lieblinge so weh, daß er zuletzt kaum noch Haus und Garten bei uns verlassen mochte. Ich sah es deutlich, daß dieser übereilte Verkauf an seinem Herzen nagte, und es gelang mir, die eine und die andere Puppe zurückzukaufen; aber als ich sie ihm brachte, hatte er keine Freude daran; das Ganze war ja überdies zerstört. Und, seltsam, trotz aller aufgewendeten Mühe konnte ich nicht erfahren, in welchem Winkel sich die wertvollste Figur von allen, der kunstreiche Kasperl, verborgen halte. Und was war ohne ihn die ganze Puppenwelt!

Aber vor einem andern, ernsteren Spiel sollte bald der Vorhang fallen. Ein altes Brustleiden war bei unserem Vater wieder aufgewacht, sein Leben neigte sich augenscheinlich zu Ende. Geduldig und voll Dankbarkeit für jeden kleinen Liebesdienst lag er auf seinem Bette. »Ja, ja«, sagte er lächelnd und hob so heiter seine Augen gegen die Bretterdecke des Zimmers, als sähe er durch dieselbe schon in die ewigen Fernen des Jenseits, »es is scho richtig g'wesn: mit den Menschen hab' ich nit immer könne firti werd'n; da drobn mit den Engeln wird's halt besser gehn; und – auf alle Fäll, Lisei, i find ja doch die Mutter dort.«

– – Der gute kindliche Mann starb; Lisei und ich, wir haben ihn bitterlich vermißt; auch der alte Heinrich, der ihm nach wenigen Jahren folgte, ging an seinen noch übrigen Sonntagnachmittagen umher, als wisse er mit sich selber nicht wohin, als wolle er zu einem, den er doch nicht finden könne.

Den Sarg unseres Vaters bedeckten wir mit allen Blumen des von ihm selbst gepflegten Gartens; schwer von Kränzen wurde er auf den Kirchhof hinausgetragen, wo unweit von der Umfassungsmauer das Grab bereitet war. Als man den Sarg hinabgelassen hatte, trat unser alter Propst an den Rand der Gruft und sprach ein Wort des Trostes und der Verheißung; er war meinen seligen Eltern stets ein treuer Freund und Rater gewesen; ich war von ihm konfirmiert, Lisei und ich von ihm getraut worden. Ringsum auf dem Kirchhofe war es schwarz von Menschen; man schien von dem Begräbnisse des alten Puppenspielers noch ein ganz besonderes Schauspiel zu erwarten. – Und etwas Besonderes geschah auch wirklich; aber es wurde nur von uns bemerkt, die wir der Gruft zunächst standen. Lisei, die an meinem Arme mit hinausgegangen war, hatte eben krampfhaft meine Hand gefaßt, als jetzt der alte Geistliche dem Brauche gemäß den bereitgestellten Spaten ergriff und die erste Erde auf den Sarg hinabwarf. Dumpf klang es aus der Gruft zurück. »Von der Erden bist du genommen!« erscholl jetzt das Wort des Priesters; aber kaum war es gesprochen, als ich von der Umfassungsmauer her über die Köpfe der Menschen etwas auf uns zufliegen sah. Ich meinte erst, es sei ein großer Vogel; aber es senkte sich und fiel grade in die Gruft hinein. Bei einem flüchtigen Umblick – denn ich stand etwas erhöht auf der aufgeworfenen Erde – hatte ich einen der Schmidt-Jungen sich hinter die Kirchhofmauer ducken und dann davonlaufen sehen, und ich wußte plötzlich, was geschehen war. Lisei hatte einen Schrei an meiner Seite ausgestoßen, unser alter Propst hielt wie unschlüssig den Spaten zum zweiten Wurfe in den Händen. Ein Blick in das Grab bestätigte meine Ahnung: oben auf dem Sarge, zwischen den Blumen und der Erde, die zum Teil sie schon bedeckte, da hatte er sich hingesetzt, der alte Freund aus meiner Kinderzeit, Kasperl, der kleine lustige Allerweltskerl. – Aber er sah jetzt gar nicht lustig aus; seinen großen Nasenschnabel hatte er traurig auf die Brust gesenkt; der eine Arm mit dem kunstreichen Daumen war gegen den Himmel ausgestreckt; als solle er verkünden, daß, nachdem alle Puppenspiele ausgespielt, da droben nun ein anderes Stück beginnen werde.

Ich sah das alles nur auf einen Augenblick, denn schon warf der Probst die zweite Scholle in die Gruft: »Und zur Erde wieder sollst du werden!« – Und wie es von dem Sarg hinabrollte, so fiel auch Kasperl aus seinen Blumen in die Tiefe und wurde von der Erde überdeckt.
Dann mit dem letzten Schaufelwurf erklang die tröstliche Verheißung: »Und von der Erden sollst du auferstehen!«
Als das Vaterunser gesprochen war und die Menschen sich verlaufen hatten, trat der alte Propst zu uns, die wir noch immer in die Grube starrten. »Es hat eine Ruchlosigkeit sein sollen«, sagte er, indem er liebreich unsere Hände faßte. »Laßt uns es anders nehmen! In seiner Jugendzeit, wie ihr es mir erzähltet, hat der selige Mann die kleine Kunstfigur geschnitzt, und sie hat einst sein Eheglück begründet; später, sein ganzes Leben lang, hat er durch sie, am Feierabend nach der Arbeit, gar manches Menschenherz erheitert, auch manches Gott und den Menschen wohlgefällige Wort der Wahrheit dem kleinen Narren in den Mund gelegt; – ich habe selbst der Sache einmal zugeschaut, da ihr noch beide Kinder waret. – Laßt nur das kleine Werk seinem Meister folgen; das stimmt gar wohl zu den Worten unserer Heiligen Schrift! Und seid getrost; denn die Guten werden ruhen von ihrer Arbeit.«
– Und so geschah es. Still und friedlich gingen wir nach Hause; den kunstreichen Kasperl aber, wie unsern guten Vater Joseph, haben wir niemals wiedergesehen.
– – Alles das«, setzte nach einer Weile mein Freund hinzu, »hat uns manches Weh bereitet; aber gestorben sind wir beiden jungen Leute nicht daran. Nicht lange nachher wurde unser Joseph uns geboren, und wir hatten nun alles, was zu einem vollen Menschenglück gehört. An jene Vorgänge aber werde ich noch jetzt Jahr um Jahr durch den ältesten Sohn des schwarzen Schmidt erinnert. Er ist einer jener ewig wandernden Handwerksgesellen geworden, die, verlumpt und verkommen, ihr elendes Leben von den Geschenken fristen, die nach Zunftgebrauch auf ihre Ansprache die Handwerksmeister ihnen zu verabreichen haben. Auch meinem Hause geht er nie vorbei.«

Mein Freund schwieg und blickte vor sich in das Abendrot, das dort hinter den Bäumen des Kirchhofs stand; ich aber hatte schon eine Zeitlang über der Gartenpforte, der wir uns jetzt wieder näherten, das freundliche Gesicht der Frau Paulsen nach uns ausblicken sehen. »Hab ich's nit denkt!« rief sie, als wir nun zu ihr traten. »Was habt ihr wieder für ein Langes abzuhandeln? Aber nun kommt ins Haus! Die Gottsgab steht auf dem Tisch; der Hafenmeister is auch schon da; und ein Brief vom Joseph und der alt Meisterin! – – Aber was schaust mi denn so an, Bub?«

Der Meister lächelte. »Ich hab ihm was verraten, Mutter. Er will nun sehen, ob du auch richtig noch das kleine Puppenspieler-Lisei bist!«

»Ja, freili!« erwiderte sie, und ein Blick voll Liebe flog zu ihrem Mann hinüber. »Schau nur richti zu, Bub! Und wenn du es nit kannst find'n – der da, der weiß es gar genau!«

Und der Meister legte schweigend seinen Arm um sie. Dann gingen wir ins Haus zur Feier ihres Hochzeitstages. –

Es waren prächtige Leute, der Paulsen und sein Puppenspieler-Lisei.

WALDWINKEL

Über dem Dache des Rathauses, das zugleich die Wohnung des städtischen Bürgermeisters bildete, kreuzten die ersten Schwalben in der Frühjahrssonne; auf der Vorstraße standen die »Bürgermeistersbuben« und suchten vergebens die Königin der Luft mit den Lehmkugeln ihres Pustrohrs zu erreichen. Drinnen aber in seinem Geschäfts- und Arbeitszimmer saß der Gestrenge selbst, der außer dem genannten Amte auch das eines Gerichtsdieners und Polizeimeisters in seiner Person vereinigte, vertieft in ein dickes Aktenfaszikel, nicht achtend des heiteren Glanzes, der durch die Fenster zu ihm hereinströmte. Da wurde draußen flüchtig an die Tür gepocht, und auf das verdrossene »Herein!« des Beamten trat ein brauner stattlicher Mann über die Schwelle, der indes die erste Hälfte der Vierziger schon erreicht haben mochte.
Der Bürgermeister erhob das rote behagliche Gesicht aus seinen Akten, warf einen flüchtigen Blick auf den Eintretenden und sagte, als er die feinere Kleidung desselben bemerkt hatte, mit einer runden Handbewegung: »Wollen Sie gefälligst Platz nehmen; ich werde gleich zu Ihren Diensten sein.« Dann steckte er den Kopf wieder in die Akten.
Der andere aber war einen Schritt näher getreten. »Bist du jetzt immer so fleißig, Fritz?« sagte er. »Du littest ehemals nicht an dieser Krankheit.«
Der Bürgermeister fuhr empor, hakte die Brille von der Nase und starrte den Sprecher aus seinen kleinen gutmütigen Augen an. »Richard, du bist es!« rief er. »Mein Gott, wie gut du mich noch kennst! Und doch, mein Scheitel ist kahl und der Rest des Haares grau geworden! Ja, ja, ein solches Bürgermeisteramt!«
Die kleine beleibte Gestalt war hinter dem Aktentisch hervorgekommen. Voll Erstaunen blickte er in das Antlitz des ihn fast um Kopfeshöhe überragenden Freundes. »Das«, sagte er und tätschelte mit seiner kurzen Hand über das noch glänzend braune Haar desselben, »das ist natürlich nur Perücke; aber die Augen, diese unnatürlich jungen Augen, das sind doch wohl noch die echten alten aus unseren lustigen Tagen!«

Der Gast ließ lächelnd diesen Strom des Geplauders über sich ergehen, während der Bürgermeister ihn neben sich aufs Sofa niederzog. »Und nun«, fuhr der letztere fort, »wo kommst du her, was bist du, was treibst du?«
»Ich, Fritz?« erwiderte scherzend der andere, »ich suche einen Inhalt für das noch immer leere Gefäß meines Lebens; oder vielmehr«, fügte er etwas ernster hinzu, »ich suche ihn nicht, ich leide nur ein wenig an dieser Leere.«
Der Bürgermeister sah ihm treuherzig in die Augen. »Du, Richard?« sagte er, »der auf der Universität alle Fakultäten abgeweidet hat! Will doch ein alter Kamerad unter einem gewissen Anonymus sogar deine Feder in einer botanischen Zeitschrift entdeckt haben!«
»Wirklich, Fritz? – Er hat nicht fehlgesehen.«
Der kleine dicke Mann besann sich. »Du bist noch ledig?« fragte er. »Ja? Noch immer? Hm! Du warst ein Schwärmer, Richard! Weißt du noch, als wir Studenten auf der Dornburg tanzten? Du hattest derzeit die Braut zu Hause; du wolltest nicht tanzen; du saßest in der Ecke bei dem langen Wassermann, der wegen seiner großen Stiefel nicht tanzen konnte, und trankst nur Wein, sehr viel Wein, Richard! Du wolltest die seligen Tänze nicht entweihen, die du daheim mit ihr getanzt hattest!«
Der andere war ein wenig still geworden, während der Bürgermeister in plötzlicher Unruhe seine goldene Uhr aus dem Abgrund seiner Tasche zog. »Sag mir, Liebster«, begann er wieder, »du schenkst mir doch den heutigen Tag?«
»Ich muß am Nachmittag noch weiter.«
»Immer noch der alte Meister Unruh?«
»Verzeih, die Extrapost ist schon bestellt! Ihr habt hier einige Meilen nördlich zwischen Heidesumpf und Wald noch eine wenig abgesuchte Flora!«
»Aha!« rief der Bürgermeister, »bei Föhrenschwarzeck, wo die verrückten Junker wohnen, die weder einen Baum fällen noch ein Stück Heide aufbrechen wollen!«
Der Gast nickte. »So sagte man mir. Es soll dort in heimlichen Gründen noch allerlei sonst Verschwundenes zu finden sein.«

»Nun, Richard, da könntest du dich ja im Narrenkasten einquartieren!«

»Im Narrenkasten?«

»Freilich! Der Vater der jetzigen Herren hatte noch seine Spezialtollheit! Da ihm sein Schloß zu groß wurde, so baute er sich hinaus zwischen Heide und Wald; ein Häuslein, alle Fenster nach einer Seite und drum herum eine Ringmauer, zwanzig Fuß hoch! Und das Kastellchen nannte er den ›Waldwinkel‹, die Leute aber nennen's noch heut den ›Narrenkasten‹. Dort hat er mitten zwischen all dem Unkraut seine letzten Jahre abgelebt.«

Der andere hatte aufmerksam zugehört. »Wer wohnt denn jetzt darin?« fragte er.

»Jetzt? Ich denke, niemand; oder doch nur Eulen und Iltisse.«

– – Im Nebenzimmer schlug eine Uhr. Der Bürgermeister war aufgesprungen. »Schon elf!« sagte er. »Weißt du, Alter! Ich habe noch einen gerichtlichen Aktus vor mir; du warst ja in der Verbindung unser Schriftwart«, und schmunzelnd fuhr er fort: »da du so eilig bist, wir würden noch ein Plauderstündchen mehr gewinnen, wenn du heute dieses Amt noch einmal im Dienste unserer hochnotpeinlichen Gerichtsbarkeit verrichten wolltest!«

Richard lachte. »Hast du denn keinen Protokollführer?«

»Nein, Liebster; da ich die Würde und das Salarium eines Stadtsekretarius ebenfalls in meiner Person vereinige, so muß ich auch die Lasten dieses Amtes tragen, wenn nicht der Zufall einen so fähigen und gefälligen Freund mir in das Haus bringt.«

– – Einige Minuten später saßen beide am grünen Tisch in dem nebenan liegenden Gerichtszimmer. »Du wirst dich vielleicht noch des gelbhaarigen Theologen erinnern«, sagte der Bürgermeister, während er sich mit behaglicher Würde in dem etwas erhöhten Präsidentensessel niederließ, »den wir seinerzeit wohl nicht mit Unrecht den Denunzianten nannten! Wir haben ihn seit Jahren hier am Ort; der Herr Magister betreibt ein einträgliches Pensionat und steht bei Adel und Honoratioren in hohem Ansehen; man wollte ihn eben auch noch mit dem Gottesdienst an unserem Landeszuchthaus hier betrauen.«

»Was ist mit ihm?« fragte der improvisierte Aktuarius, der schon seine Feder geschnitzt und den gebrochenen Bogen vor sich hingelegt hatte. »Ich entsinne mich eigentlich nur seines abgetragenen Frackes und seiner großen roten Hände.«

»Du wirst ihn gleich erscheinen sehen«, sagte der Bürgermeister, mit der einen Hand den über dem grünen Tisch hängenden Glockenstrang erfassend; »er hatte die Vormundschaft über ein elternloses Mädchen; sie ist jahrelang in seinem Hause gewesen, und er hat sie teilweise mit durch seine Schule laufen lassen. Jetzt ist er eines versuchten Verbrechens gegen dieses Mädchen auf das kläglichste verdächtig; es handelt sich heut nur noch um eine Gegenüberstellung beider.«

Der Bürgermeister zog die Klingel, und der eintretende Gefangenwärter erhielt Befehl, den Magister vorzuführen.

Es war eine widerwärtige Erscheinung, die sich jetzt, an dem an der Tür zurückbleibenden Gefängniswärter vorbei, mit einem geschmeidigen Bückling in das Zimmer hineinwand.

»Sie brauchen nicht zu weit vorzutreten!« sagte der Bürgermeister, und der Magister zuckte sogleich um einige Fußbreit wieder rückwärts; gleich darauf erhob er seinen platten Kopf mit dem wie angeklebten Gelbhaar gegen die Zimmerdecke und begann sich zu den schwersten Eiden für seine Unschuld zu erbieten.

Ohne darauf zu achten, zog der Bürgermeister aufs neue die Glocke, und »Franziska Fedders« trat herein.

Es war die schmächtige Gestalt eines eben aufgeblühten Mädchens; sie war nicht grade hübsch zu nennen; den Kopf mit den aufgesteckten dunkelblonden Flechten trug sie etwas vorgebeugt, der Mund war vielleicht zu voll, die Nase ein wenig zu scharf gerissen; und als sie jetzt ihre tiefliegenden grauen Augen aufschlug, murmelte der Aktuarius unwillkürlich vor sich hin: »Scientes bonum et malum.«

Mit abgewandtem Kopf und mit Glut übergossen, aber mit unverrückter Sicherheit wiederholte sie jetzt die Hauptangaben ihrer früheren Aussagen gegen ihren einstigen Vormund, während dieser seine knochigen Hände rang und seufzende Beteuerungen ausstieß.

Als sie geendet hatte, begann der Magister erst andeutungsweise, dann immer deutlicher, sie eines Verhältnisses mit seinem Gehülfen zu beschuldigen; sie seien verschworen, ihn zu stürzen, um dann selbst das einträgliche Pensionat zu übernehmen.

Mit offenem Munde und vorgestrecktem Halse horchte das Mädchen diesen Beschuldigungen. Richard, der die Feder hingelegt hatte, glaubte zu sehen, wie von der Glut des Hasses ihre Augen dunkler wurden. Plötzlich warf sie den Kopf empor. »Sie lügen, Sie!« rief sie, und wie eine scharfe Schneide fuhr es aus dieser jungen Stimme. Aber wie über sich selbst erschrocken, flogen ihre Blicke unstet und hülfesuchend umher, bis sie in den ernsten Männeraugen haftenblieben, die so ruhig zu ihr hinüberblickten.

Der Magister hatte beide Arme zum Himmel aufgereckt. »Sie! Du nennst mich Sie, Franziska! Du, die ich dich in der Liebe des Lammes –« Er brach in sentimentale Tränen aus; er hatte etwas vom winselnden Affen an sich.

»Ich nenne Sie gar nicht mehr!« sagte Franziska ruhig, und ihre Augensterne ruhten noch immer in denen des ihr fremden Mannes, als habe sie hier einen Halt gefunden, den sie nicht mehr zu verlassen wage.

– – Über dessen Seele fuhr es wie ein Traum: das stille Haus am Waldesrand tauchte vor seinem innern Auge auf; ein einsamer Mann und ein verlassenes Mädchen wohnten dort. Sie waren nicht mehr einsam und verlassen; aber um sie her in der lauen Sommerluft war nur der schwimmende Duft der Kräuter, das Rufen der Vögel und fernab aus der stillen Lichtung der unablässige Gesang der Grillen. –

Der Klang der Botenglocke schrillte durch das Zimmer. Als Richard aufblickte, sah er eben das Mädchen aus der Tür verschwinden, der Magister wurde vom Gefängniswärter abgeführt.

– – »Ein gescheutes Rackerchen, diese Franziska«, sagte der Bürgermeister, indem er das sauber abgefaßte Protokoll durch seine Namensunterschrift vollzog. »Schade, daß sie nichts in bonis hat; wir wissen nicht recht, wohin mit ihr; für den gewöhnlichen Mägdedienst hat sie zuviel, für eine höhere Stellung zuwenig gelernt.«

Sein Gast war im Zimmer auf und ab gegangen. »Freilich, ein

anziehendes Köpfchen!« sagte er; aber seine Worte klangen tonlos, als sei in der Tiefe die Seele noch mit anderem beschäftigt.

»Hm, Richard«, fuhr der Bürgermeister, seine Akten zusammenbindend, fort, »da stimmst du mit unserem Physikus, er meint – er hat mitunter solche Einfälle –, die Augen seien ein halbes Dutzend Jahre älter als das Mädchen selbst.«

»Und wer ist jetzt ihr Vormund, Fritz?«

»Ihr Vormund? – Sie hat keinen Verwandten; wir hatten augenblicklich keinen andern, es ist der Schustermeister an der Hafenecke; seit Beginn der Untersuchung wohnt sie auch bei ihm.«

– – Eine Stunde später sah man den Gast des Bürgermeisters aus einem kleinen Hause an der Hafenecke treten und durch eine gegenüberliegende Straße aus der Stadt hinausschreiten.

Draußen vor den letzten Häusern hielt ein offener Wagen. Ein großer löwengelber Hund, den der auf dem Kutschersitze nikkende Postillion an der Leine hatte, riß sich los und sprang, freudewinselnd und mit der mächtigen Rute den Staub der Straße peitschend, dem Kommenden entgegen.

»Leo, mein Hund, bist du da? Ja, ich komme, ich komme schon!«

Ein lebensfroher Ton klang aus diesen Worten, unter denen der Hund die Liebkosungen seines Herrn entgegennahm.

Vor ihnen, im hellsten Sonnenscheine, breitete sich ein weites Tiefland aus, zu dem in Wellenlinien sich der Weg hinuntersenkte. Bald saß der Wanderer auf dem Wagen, und während der Hund in großen Sätzen nebenhersprang, rollte das Gefährt in den jungen Frühling hinaus, der blauen Waldferne zu, die in kaum erkennbaren Zügen den Horizont begrenzte.

Oben in den Eichbäumen, die vor dem Kruge des Dorfes Föhrenschwarzeck standen, lärmten die Elstern, welche ihr Nest gegen zwei rotbrustige Turmfalken zu verteidigen suchten; die Gäste in der Schenkstube konnten kaum ihr eigenes Wort verstehen.

»Weiß der Henker!« rief der Krämer aus dem Nachbarstädtchen, der eben mit dem gegenübersitzenden Wirte sein Quartalgeschäft gemacht hatte, »was Euch hier alles für Raubzeug um die Ohren fliegt! Dürfen auch die Falken nicht geschossen werden, Inspekter?«

Der alte graubärtige Mann in brauner Joppe, an den diese Worte gerichtet waren, nahm mit der kleinen Messingzange eine Kohle aus dem auf dem Tische stehenden Becken, legte sie auf seine eben gestopfte kurze Pfeife und sagte dann, während er inmittelst die ersten Dampfwolken stoßweiße über den Tisch blies: »Ich weiß nicht, Pfeffers, ich bin nicht für die Falken; da müßt Ihr den neuen Förster fragen.« Er schien, obschon es noch in der Morgenfrühe war, schon weit im Feld umher gewesen und nur zu kurzer Rast hier eingekehrt zu sein; denn die hellen Schweißperlen standen noch auf seiner Stirn, und seinen Strohhut hatte er vor sich auf dem Schoße liegen.

»Ein neuer Förster?« fragte der Krämer. »Wo habt Ihr den denn herbekommen?«

»Weiß nicht genau«, erwiderte der Alte; »da droben aus dem Reich, mein ich; aber schießen kann er wie gehext, und auf die Dirnen ist er wie der Teufel!«

»Oho, Kasper-Ohm! Da nehmt Eure Ann-Margreth in Obacht!«

»Wird sich schon von selber wehren, Pfeffers«, meinte der Wirt.

Aber der Krämer hatte noch mehr zu fragen. »Hm, Inspekter!« sagte er, »Ihr bekommt ja allerlei Neues in Eueren Wald; Euere Herren müssen auf einmal ganz umgängliche Leute geworden sein! Habt Ihr denn wirklich den alten ›Narrenkasten‹ an einen Fremden, an einen ganz landfremden Mann vermietet?«

»Diesmal trefft Ihr ins Schwarze, Pfeffers«, sagte der Alte, indem er einen ungeheueren, roh gearbeiteten Schlüssel aus der Seitentasche seiner Joppe hervorzog »ein paar Wagen mit Ingut sind schon gestern aus- und eingepackt worden; hab des Teufels Arbeit damit gehabt und muß auch jetzt wieder hin, um Fenster aufzusperren und nach dem Rechten zu sehen; meinen Phylax hab ich gestern abend hinter die hohe Hofmauer gesperrt, damit doch eine vernünftige Kreaturseele bei all den Siebensachen über Nacht bliebe.«

»Und woher ist dieser Mietsmann denn gekommen?« fragte der Krämer wieder.

»Weiß nicht, Pfeffers; kümmert mich auch nicht«, erwiderte der Alte, »kann's selbst nicht kleinkriegen. Aber der Herr soll ein

Botanikus sein; dergleichen Schlages liebt ja auch alles, was wild zusammenwächst.«

Der Wirt, der inzwischen seine mit Kreide auf die Tischplatte geschriebene Abrechnung mit dem Krämer noch einmal revidiert hatte, beugte sich jetzt vor und sagte, seine Stimme zu vertrautem Flüstern dämpfend, obgleich niemand außer den dreien im Zimmer war: »Wißt Ihr noch, vor Jahren, als in den Blättern soviel von der großen Studentenverschwörung geschrieben wurde, als sie die Könige all vom Leben bringen wollten – da soll er mit dabeigewesen sein!«

Der Krämer ließ einen langgezogenen Pfiff ertönen. »Da liegt's, Inspekter!« sagte er. »Ich weiß, Ihr hört's nicht gern; aber die Junker, wenn sie jung sind, haben schon mitunter solche Mukken; Euer Junker Wolf ist ja derzumalen auch bei dem Wartburgstanze mit gewesen.«

Der Alte sagte nichts darauf; aber der Wirt wußte noch Weiteres zu erzählen, als wenn seine klugen Elstern ihm's von allen Seiten zugetragen hätten. – Hier aus der Gegend sollte der Fremde sein; aber drüben bei den Preußen hatte man ihn jahrelang in einem dunkeln Kerkerloch gehalten; weder die Sonne noch die Sterne der Nacht hatte er dort gesehen; nur der qualmige Schein einer Tranlampe war ihm vergönnt gewesen; dabei hatte er ohne Kunde, ob Morgen oder Mitternacht, tagaus, tagein gesessen und viele dicke Bücher durchstudiert.

»Aber Kasper-Ohm«, sagte der Krämer und hielt dem Wirte seine offene Tabaksdose hin, »Ihr seid doch nicht etwa wieder in einen Grenzprozeß verzwirnet?«

»Ich? Wie meint Ihr das, Pfeffers?«

»Nun, ich dachte, Ihr wärt wieder einmal in der Stadt bei dem Winkeladvokaten, dem Aktuariatsschreiber, gewesen, bei dem man für die Kosten die Lügen scheffelweis draufzubekommt.«

Kasper-Ohm nahm die dargebotene Prise. »Ja, ja, Pfeffers«, sagte er, einen Blick durchs Fenster werfend, »wenn sie einen nicht in Frieden leben lassen! Hört einmal, wie die armen Heisters schreien!«

»Freilich, Kasper-Ohm. Aber wie ging's denn weiter mit dem Herrn Botanikus?«

»Mit dem? – Nun, glaubt es oder nicht! Eines Tages ist er plötzlich zu Hause angekommen; aber es ist für ihn doch immer noch zu früh gewesen; denn als er mit seinen blinden Augen über die Straße stolpert, wird er von einer Karriole zu Boden gefahren, die eben lustig über das Pflaster rasselt.«

»Das verdammte Gejage!« rief der Krämer.

»Ja, ja, Pfeffers; Ihr kennt das nicht, Ihr seid ein lediger Mensch; aber der Herr und die feine Dame, die darin saßen, konnten nicht zwischen die Pferdeohren hindurchsehen; sie hatten zuviel an ihren eigenen Augen zu beobachten.«

»Und hatte er Schaden genommen, der arme Herr?«

»Nein, Pfeffers, nein, das nicht! Aber es ist seine eigene Frau gewesen, die Dame, die mit dem Baron in der Karriole saß.«

Der Krämer ließ wieder seinen langen Pfiff ertönen. »Das ist 'ne Sache; so ist er verheiratet gewesen, als die Preußen ihn gefangen haben! Nun, die Frau wird er wohl nicht mit sich bringen!«

»Sollte man nicht glauben«, meinte Kasper-Ohm; »denn er soll sich's noch einen meilenlangen Prozeß haben kosten lassen, um nur den Kopf aus diesem Eheknoten freizukriegen.«

»Und der Baron, was ist mit dem geworden?«

»Den Baron, Pfeffers? Den hat er togeschossen, und dann ist er in die weite Welt gegangen, um sich all den Verdruß an den Füßen wieder abzulaufen. Nein, Freundchen, die feine Dame wird er wohl nicht mit herbringen, aber die alte taube Wieb Lewerenz aus Euerer Stadt, und das ist auch eine gute Frau. Sie hat ihren Dienst als Waisenmutter quittiert und kommt nun auf ihre alten Tage in den Narrenkasten.«

Der Inspektor war inzwischen aufgestanden. – »Schwatzt Ihr und der Teufel!« sagte er, indem er lachend auf die beiden andern herabsah; dann trank er sein Glas aus und schritt, den schweren Schlüssel in der Hand, zur Tür hinaus.

– – Unter dem Eichbaum durch, auf welchem der Falke von dem indes eroberten Neste auf ihn herabsah, ging er aus dem Gehöfte auf den Weg hinaus, welcher hier, vom Nordende des Dorfes, zwischen dicht mit Haselnußbäumen bewachsenen Wällen auf die Hauptlandstraße hinausführte. Schon auf der Mitte desselben aber bog er durch eine Lücke des Walles nach links in einen Fußweg ein; in der schon drückenden Sonne schritt er auf diesem über einige grüne, wellenförmig sich erhebende Saatfelder einer mit Eichenbusch besetzten Moorstrecke zu, hinter welcher in breitem Zuge und noch in dem bläulichen Duft des Morgens ein aus Eichen und stattlichen Buchen gemischter Laubwald seine weichen Linien gegen den blauen Himmel abzeichnete. Der Alte trocknete mit seinem Tuch den Schweiß sich von der Stirn, als er endlich in diese kühlen Schatten eintrat; über ihm aus einer hohen Baumkrone schmetterte eine Singdrossel ihren Gesang ins weite Land hinaus.

Ein Viertelstündchen mochte er so gewandert sein, und der ihn umgebende Laubwald hatte inzwischen einem Tannenforste Platz gemacht, als sich, aus einem Seitensteige kommend, zwei andere Wanderer zu ihm gesellten.

»Geht's denn recht hier nach dem Narrenkasten?«

Ein Bauerbursche fragte es, der einem zwar einfach, aber städtisch gekleideten Mädchen ihren Koffer nachtrug.

Der Alte nickte. »Ihr könnt nur mit mir gehen.«

»Aber ich will zum Waldwinkel«, sagte das Mädchen.

»Wird wohl auf eins hinauslaufen. Wenn Sie im Waldwinkel was zu bestellen haben, so ist's schon richtig hier.«

»Ich gehöre dort zum Hause«, erwiderte sie.

Der Alte, der bisher seinen Weg ruhig fortgesetzt hatte, wandte sich nach ihr zurück, und seine Augen blickten immer munterer, während er sich das junge Wesen ansah. »Nun«, sagte er, »die Frau Lewerenz hätte ich mir, so zu verstehen, um ein paar Jährchen älter vorgestellt.«

Aber das Mädchen schien für solche Späße wenig eingenommen. Sie sah ihn mit ihren grauen Augen an und sagte: »Ich heiße Franziska Fedders. Die Frau Lewerenz wird wohl mit dem Herrn schon dort sein.«

»Da irren Sie denn doch, Mamsellchen«, meinte der Alte, indem er mit der einen Hand vor ihr den Hut zog und mit der andern ihr den großen Schlüssel zeigte; »die Herrschaft kommt erst heute abend; aber Einlaß sollen Sie drum doch schon bekommen.«

Sie stutzte; aber nur einen Augenblick ruhte der Zeigefinger an der Lippe. »Es ist gut«, sagte sie, »es paßte nicht anders mit dem Fuhrmann; lassen Sie uns gehen, Herr Inspektor!«
Und so wanderten sie auf dem schattigen, mit trockenen Tannennadeln bestreuten Steige miteinander fort; immer riesiger wurden die Föhren, die zu beiden Seiten aufstiegen und ihre Zweige über sie hinstreckten. Plötzlich öffnete sich das Dickicht; eine mit Wiesenkräutern bewachsene, muldenartige Vertiefung, gleich dem Bette eines verlassenen Flusses, zog sich quer zu ihren Füßen hin, während jenseits auf der Höhe wiederum ein Eichen- und Buchenwald seine Laubmassen ausbreitete. Nur ihnen gegenüber zeigte sich eine Lücke, durch welche man bis zum Horizont auf ein braunes Heideland hinausblickte. Zur Linken dieser Durchsicht aber, mit der andern Seite sich hart an den Wald hinandrängend, ragte ein altes Backsteingebäude, das durch sein hohes Dach ein fast turmartiges Aussehen erhielt; eine Mauer, über welcher nur die vier Fenster des oberen Stockwerks sichtbar waren, trat, von den beiden Ecken der Front auslaufend, in ovaler Rundung fast an den Rand der Wiesenmulde hinaus.
Der Alte, der während des Gehens Franziska von seinen Einzugsmühen unterhalten hatte, war stehengeblieben und wies schweigend nach dem mit schwerem Metallbeschlag bedeckten Tore, das sich gegenüber in der Mitte der Mauer zeigte. Oberhalb desselben in einer Sandsteinverzierung befand sich eine Inschrift, deren einst vergoldete Buchstaben bei dem scharfen Sonnenlichte auch aus der Ferne noch erkennbar waren. »Waldwinkel« buchstabierte Franziska.
»Oho, Phylax!« rief der Inspektor. »Hören Sie ihn, Mamsellchen; er hat schon meinen Schritt erkannt!«
Aus dem verschlossenen Hofe drüben hatte sich das Bellen eines Hundes hören lassen; zugleich erhob sich von einem Eichenaste, der aus dem Walde auf das Dach hinüberlangte, ein großer Raubvogel und kreiste jetzt, seinen wilden Schrei ausstoßend, hoch über dem einsamen Bauwerk.
Sie waren indes auf der kaum noch sichtbaren Fortsetzung des Waldsteiges in die Wiesenmulde hinabgegangen. Die nach Süden gelegene Frontseite des immer näher vor ihnen aufsteigenden

Gebäudes war von der Sonne hell beleuchtet, sogar an den Drachenköpfen der Wasserrinnen, welche unterhalb des Daches gegen den Wald hinausragten, sah man die Reste einstiger Vergoldung schimmern. Von den beiden Wetterfahnen, mit welchen an den Endpunkten die kurze First des Daches geziert war, hatte die eine sich fast ganz im grünen Laub versteckt, während die andere sich regungslos am blauen Himmel abzeichnete.

Und jetzt war das jenseitige Ufer erstiegen, und der Inspektor hatte den Schlüssel in dem Bohlentore umgedreht.

Ein schattiger, mit Steinplatten ausgelegter Hof empfing sie, während der Pudel mit Freudensprüngen an seinem Herrn emporstrebte. – Zur Linken des Eingangs war ein steinerner Brunnen, neben dem ein augenscheinlich neu angefertigter, mit Wasser gefüllter Eimer stand; an der Mauer des Hauses, an welcher eben der Sonnenschein hinabrückte, wucherten hohe, mit Knospen übersäte Rosenbüsche; die zu beiden Seiten der Haustür auf den Hof gehenden Fenster wurden fast davon bedeckt. »Der alte Herr«, sagte der Inspektor, »hat sie selber noch gepflanzt.«

Dann traten sie über ein paar Stufen in das Haus. – Zur Linken des Flurs lag die Küche; zur Rechten ein einfenstriges Zimmer, dessen Ausrüstung schon die künftige Bewohnerin erkennen ließ. Zwar das hohe Bettgerüst dort entbehrte noch des Umhanges wie des schwellenden Inhalts; aber in der Ecke standen Spinnrad und Haspel, und über der altfränkischen Kommode hing ein desgleichen Spiegelchen, hinter welchem nur noch die kreuzweis aufgesteckten Pfauenfedern fehlten. »Also, das ist *nicht* Ihr Zimmer, Mamsellchen!« sagte der Alte, noch einmal einen Scherz versuchend.

Als er keine Antwort erhielt, deutete er auf seinen Pudel, der lustig die zum oberen Stockwerk führende Treppe hinaufsprang. »Folgen wir ihm!« sagte er, »dort hinten sind nur noch die Vorratskammern.«

Oben angekommen, schloß er die Tür zu einem mäßig großen Zimmer auf, das bis auf die Vorhänge völlig eingerichtet schien. Die beiden Fenster, mit denen es über die Wiesenmulde auf den Tannenwald hinaussah, waren die mittleren von den vieren, welche sie von drüben aus erblickt hatten. Vor dem zur Linken stand ein weichgepolsterter Ohrenlehnstuhl, an der Seitenwand des andern ein Schreibtisch mit vielen Fächern und Schiebladen; neben diesem, bereits im Ticktack ihren Pendel schwingend, hing eine kleine Kuckucksuhr, wie sie so zierlich weit droben im Schwarzwalde verfertigt werden. Eine altmodische, aber noch wohlerhaltene Tapete, mit rot und violett blühendem Mohn auf dunkelbraunem Grund, bekleidete die Wände.

Schweigend, aber aufmerksam betrachtete Franziska alles, während sie dem Alten die Fensterflügel öffnen half.

Zu jeder Seite dieses Blumenzimmers, und durch eine Tür damit verbunden, lag ein schmäleres; beide nur mit einem Fenster auf den Tannenwald hinausgehend. In dem zur Linken befanden sich außer einigen Stühlen nur noch ein eisernes Feldbett und ein paar hohe Reisekoffer. Franziska warf nur einen flüchtigen Blick hinein, während ihr Führer schon die Tür des gegenüberliegenden geöffnet hatte.

»Und nun gibt's was zu lesen!« rief dieser. »Der Herr Doktor ist selbst hier außen gewesen und hat einen ganzen Tag da drin gesessen.«

Und wirklich, es war eine stattliche Hausbibliothek, die hier in sauberem Einband auf offenen Regalen an den Wänden aufgestellt war. Aber während das Mädchen einen Band von Okens »Isis« herauszog, der ihr aus des Magisters Pensionat bekannt war, hatte der Alte dem Fenster gegenüber schon eine weitere Tür erschlossen.

Das Zimmer, in welches sie hineinführte, lag gegen Westen und im Gegensatz zu den sonnigen Räumen der Vorderseite noch in der Schattendämmerung des unmittelbar daran grenzenden Waldes.

»Sie müssen nicht erschrecken, Mamsellchen«, sagte der Alte, indem er auf ein Eisengitter zeigte, womit das einzige Fenster nach außen hin versehen war. »Es ist kein Gefängnis, sondern auch nur so eine Liebhaberei vom alten Herrn gewesen.«

»Ich erschrecke nicht so leicht«, sagte das Mädchen, indem sie, ihm nach, über die Schwelle trat.

»Nun, so wollen wir den Burschen Ihr Gepäck heraufbringen lassen; denn dort das Bettchen und das Jungfernspiegelchen hier auf der Kommode werden doch wohl für Sie dahin beordert sein.«

Als Franziska ihre Sachen in Empfang genommen und den Burschen abgelohnt hatte, meinte der Alte: »Und jetzt, Mamsellchen, werd ich Sie ins Dorf zurückbegleiten; es ist zwar ein Stündchen Wandern, aber einen guten Eierkuchen wird Ihnen Kaspers Margret schon zu Mittag backen, und gegen Abend wird der Herr Doktor dort zu Wagen einkehren, um von mir den Schlüssel in Empfang zu nehmen.«

Allein das Mädchen schüttelte den Kopf. »Ich bin nun einmal hier; zu essen hab ich noch in meiner Reisetasche.«

Der Alte rieb sich das bärtige Kinn mit seiner Hand. »Aber ich werde Sie einschließen müssen; ich muß dem Herrn Doktor selbst den Schlüssel überliefern.«

»Schließen Sie nur, Herr Inspektor!«

»Hm! – Soll ich Ihnen auch den Phylax hierlassen?«

»Den Phylax? Weshalb das? Da könnt's am Ende doch noch auf eine Hungersnot hinauslaufen.«

»Nun, nun; ich dachte nur; er ist so unterhaltsam.«

»Aber ich habe keine Langeweile.«

»Ja, ja; Sie haben recht.«

»Also, Herr Inspektor!«

»Also, Mamsellchen, soll ich schließen?«

Sie nickte ernsthaft; dann, ruhig hinter ihm herschreitend, begleitete sie den Alten auf den Hof hinab. Als dieser aus der Ringmauer hinausgetreten und das schwere Tor hinter ihr abgeschlossen war, flog sie behende in das Haus zurück. Mit dem Kopf an den Fensterbalken lehnend, blickte sie droben vom Wohnzimmer aus dem Fortgehenden nach, der eben durch die Kräuter an der jenseitigen Höhe emporschritt. Als er nebst seinem Hunde drüben zwischen den Föhren verschwunden war, trat sie in die Mitte des Zimmers zurück; sie erhob ihre kleine Gestalt auf den Zehen, atmete tief auf, und langsam um sich blickend, drückte sie beide Hände auf ihr Herz. Ein zufriedenes Lächeln flog über das in diesem Augenblicke besonders scharf gezeichnete Gesichtchen.

Gleich darauf ging sie durch die Bibliothek in ihre Kammer, wohin nun auch der Sonnenschein den Weg gefunden hatte. Vor den Spiegel tretend, löste sie ihre schweren Flechten, daß das dunkelblonde Haar wie Wellen an ihr herabflutete. So kniete sie vor ihren Koffer hin, kramte zwischen ihren Habseligkeiten und räumte sie in die leeren Schubladen der Kommode. Ein Kästchen mit Saftfarben, Pinseln und Zeichenstiften, einige Blätter mit nicht ungeschickten Blumenmalereien waren dabei auch zum Vorschein gekommen. Als alles geordnet war, flocht sie sich das Haar aufs neue und kleidete sich dann so zierlich, als der mitgebrachte Vorrat es nur gestatten wollte.

Wie beiläufig hatte sie inzwischen ein paar Butterbrötchen aus ihrer Reisetasche verzehrt; jetzt, als müsse sie innerhalb dieser Mauern jedes Fleckchen kennenlernen, schlüpfte sie auf leichten Füßen noch einmal durch das ganze Haus; durch alle Zimmer, in die Küche, in den von dort hinabführenden Keller; dann stieg sie auf einer bald von ihr erspähten Treppe auf den Hausboden, über welchem hoch und düster sich das Dach erhob. Es huschte etwas an ihr vorbei, es mochte ein Iltis oder ein Marder gewesen sein; sie achtete nicht darauf, sondern tappte sich nach einer der insgesamt geschlossenen Luken und rüttelte daran, bis sie aufflog. Es war die Hinterseite des Daches, und unter ihr unabsehbar dehnte sich die Heide aus, immer breiter aus dem Walde herauswachsend.

Hier in dem dunkeln Rahmen der Dachöffnung kauerte sie sich nieder; nur ihre grauen Falkenaugen schweiften lebhaft hin und her, bald zur Seite über die in der Mittagsglut wie schlummernd ruhenden Wälder, bald hinab auf die kargen Räderspuren, welche über die Heide zu der soeben von ihr verlassenen Welt hinausliefen.

In der Zeit, die hierauf folgte, erfuhr das Wild in der Umgebung des »Narrenkastens« eine ihm dort ganz ungewohnte Beunruhigung in der Stille seines Sommerlebens. Aus den Kräutern der jungen Tannenschonung springt plötzlich der Hirsch empor und stürmt, nicht achtend seines knospenden Geweihes, in das nahe Waldesdickicht; draußen im Moorgrund fliegen zwei stahlblaue Birkhähne glucksend in die Höhe, die seit Jahren hier un-

behelligt ihre Tänze aufführen durften; selbst Meister Reineke bleibt nicht ungestört.
In einem alten Riesenhügel hat er sein Malepartus aufgeschlagen und sitzt jetzt in der warmen Mittagssonne vor einem seiner Ausgänge, bald behaglich nach den über der Heide spielenden Mücken blinzelnd, bald auf seine jungen Füchslein schauend, die um ihn her ihre ersten Purzelbäume versuchen. Da plötzlich streckt er den Kopf und bewegt horchend seine spitzen Ohren; drüben, vom Saum des Buchenwaldes, hat die Luft einen ungehörigen Laut ihm zugetragen.
Einige Minuten später schreitet ein nicht mehr junger, aber kräftiger Mann über die Heide; ein großer, löwengelber Hund springt ihm voraus und steckt die Schnauze in den Eingang des Hünengrabes, durch welchen kurz vorher der Fuchs und seine Brut verschwunden sind; doch sein Herr ruft ihn zurück, und er gehorcht ihm augenblicklich. Sie kommen eben aus dem Walde; jetzt schreiten sie weiter über die Heide; bald werden sie zusammen dort den Sumpf durchwaten. Sie sind unzertrennlich, sie tun das alle Tage; aber die Tiere brauchen sich vor ihnen nicht zu fürchten; denn der Hund hat nur Augen für seinen Herrn und dieser nur für die stille Welt der Pflanzen, welche, einmal aufgefunden, seiner Hand nicht mehr entfliehen können; heute sind es besonders die Moose und einige Zwergbildungen des Binsengeschlechts; die er unbarmherzig in seine grüne Kapsel sperrt.
Mitunter geht auch ein Mädchen an seiner Seite; doch dies geschieht nur selten und bei kürzeren Wanderungen. Meistens ist sie drüben an der Wiesenmulde, hinter den hohen Mauern des »Waldwinkels«; dort geht sie in Küch und Keller einer alten Frau zur Hand, deren gutmütiges Gesicht schon durch die Einförmigkeit seines Ausdrucks eine langjährige Taubheit verraten würde, wenn dies nicht noch deutlicher durch ein Höhrrohr geschähe, das sie wie ein Jägerhörnchen am Bande über der Schulter trägt. Das Mädchen weiß, daß die Alte einst die Wärterin ihres jetzigen Herrn gewesen ist; sie zeigt sich ihr überall gefällig und sucht ihr alles an den Augen abzusehen. – Anders steht sie mit dem Herrn selber; er hat keinen Blick wieder von ihr erhalten wie damals in der Gerichtsstube, als er der Aktuar des

Bürgermeisters war, so ungeduldig er auch oft darauf zu warten scheint. Zuweilen, wenn sie nach dem Mittagstische die Zimmer oben geordnet hat, was stets mit pünktlicher Sauberkeit geschieht, sitzt sie auch wohl am Fenster des kleinen Bibliothekszimmers und malt auf bräunliche Papierblättchen eine Rispe oder einen Blütenstengel, den der Doktor allein oder sie mit ihm aus der Wildnis draußen heimgebracht hat. Dieser selbst steht dann oft lange neben ihr und blickt schweigend und wie verzaubert auf die kleine, regsame Hand.

So war es auch eines Nachmittags, da schon manche Woche ihres Zusammenlebens hingeflossen war. Er hatte einen Strauß aus Wollgras und gesterntem Bärenlauch vor ihr zurechtgelegt, und sie war emsig beschäftigt, ihn aufs Papier zu bringen. Mitunter hatte er ein kurzes Wort zu ihr gesprochen, und sie hatte ebenso und ohne aufzublicken ihm geantwortet.

»Aber sind Sie denn auch gern hierhergekommen?« fragte er jetzt.

»Gewiß! Weshalb denn nicht? Bei dem Schuster roch das ganze Haus nach Leder; und Bettelleute waren es auch.«

»Bettelleute? – Weshalb sprechen Sie so hart. Franziska?« – Es schien, als wenn er ihr zu zürnen suche; aber er vermochte es schon längst nicht mehr. Eine Weile ließ er seine Augen auf ihr ruhen, während sie eifrig an einem Blättchen fortschattierte; als keine Antwort erfolgte, sagte er: »Ich bin kein Bettelmann, aber einsam ist es hier für Sie.«

»Das hab ich gern«, erwiderte sie leise und tauchte wieder den Pinsel in die Farbe.

Neben ihr auf dem Tische lagen mehrere fertige Blättchen; er nahm eines derselben, auf dem eine Blüte der Cornus suecica gemalt war, und schrieb mit Bleistift darunter:

Eine andre Blume hatt ich gesucht –
Ich konnte sie nimmer finden;
Nur da, wo zwei beisammen sind,
Taucht sie empor aus den Gründen.

Er hatte das so beschriebene Blatt vor sie hingelegt; aber sie warf nur einen raschen Blick darauf und schob es dann, ohne aufzusehen, wieder unter die andern Blätter, indem sie sich tief auf ihre Zeichnung bückte.
Noch eine Weile stand er neben ihr, als könne er nicht fort; da sie aber schweigend in ihrer Arbeit fortfuhr, so pfiff er seinem Hunde und schritt mit diesem in den Wald hinaus.

Es war ihm seltsam ergangen mit dem Mädchen. In augenblicklicher Laune, fast gedankenlos, hatte er sie in den Kreis seines Lebens hineingezogen; eine Zutat nur, eine Bereicherung für die einförmigen Tage hatte sie ihm sein sollen; – und wie anders war es nun geworden! Freilich, die alte Frau Wieb, für die trotz ihrer Taubheit die Welt kein störendes Geheimnis barg, vermochte es nicht zu sehen; aber selbst der löwengelbe Hund sah es, daß sein Herr in den Bann dieses fremden Kindes geraten, daß er ihr ganz verfallen sei; denn mehr wie je drängte er sich an ihn und blickte ihn mit fast vorwurfsvollen Augen an.
Lange waren sie zweck- und ziellos miteinander umhergestreift; jetzt, da schon die Dämmerung in den Wald herabsank, lagerten Herr und Hund unweit des Fußsteiges unter einem großen Eichenbaum, in dem um diese Zeit die Nebelkrähen sich zu versammeln pflegten, bevor sie zu ihren noch abgelegeneren Schlafplätzen flogen.
Der Doktor hatte den Kopf gegen einen moosbewachsenen Granitblock gelehnt, auf dem Franziska sich einige Male ausgeruht, wenn sie mit ihm von einem Ausfluge hier vorbeigekommen war. Seine Augen blickten in das Geäst des Baumes über ihm, wo Vogel um Vogel niederrauschte, wo sie durcheinanderhüpften und krächzten, als hätten sie die Chronik des Tages miteinander festzustellen; aber die schwarzgrauen Gesellen kümmerten ihn im Grunde wenig; durch seine Phantasie ging der leichte Tritt eines Mädchens, desselben, deren müde Füßchen noch vor kurzem an diesem Stein herabgehangen hatten, gegen den er jetzt seinen grübelnden Kopf drückte.
Was hatte eine Betörung über ihn gebracht, wie er sie nie im Leben noch empfunden hatte? – Alles andere, was er ein halbes

Leben lang wie ein unerträgliches Leid mit sich umhergeschleppt, es war wie ausgelöscht, er begriff es fast nicht mehr. War es nur der Taumel, nach einem letzten Jugendglück zu greifen? Oder war es das Geheimnis jener jungen Augen, die mitunter plötzlich in jähe Abgründe hinabzublicken schienen? – So manches hatte er an ihr bemerkt, das seinem Wesen widersprach; es blitzten Härten auf, die ihn empörten, es war eine Selbständigkeit in ihr, die fast verachtend jede Stütze abwies. Aber auch das ließ ihm keine Ruhe; es war ein Feindseliges, das ihn zum Kampf zu fordern schien, ja von dem er zu ahnen glaubte, es werde, wenn er es bezwungen hätte, mit desto heißeren Liebeskräften ihn umfangen.
Er war aufgesprungen; er streckte die Arme mit geballten Fäusten in die leere Luft, als müsse er seine Sehnen prüfen, um sogleich auf Leben und Tod den Kampf mit der geliebten Feindin zu bestehen.
Über ihm in der Eiche rauschten noch immer die Vögel durcheinander; da schlug der Hund an, und die ganze Schar erhob sich mit lautem Krächzen in die Luft. Aber aus dem Walde hörte er ein anderes Geräusch; kleine leichte Schritte waren es, die eilig näher kamen, und bald gewahrte er zwischen den Baumstämmen das Flattern eines Frauenkleides. Er drückte die Faust gegen seine Brust, als könnte er das rasende Klopfen seines Blutes damit zurückdrängen.
Atemlos stand sie vor ihm.
»Franziska!« rief er. »Wie blaß Sie aussehen!«
»Ich bin gelaufen«, sagte sie, »ich habe Sie gesucht.«
»Mich, Franziska? Es wird schon dunkel hier im Walde.«
Sie mochte die Antwort, nach der ihn dürstete, in seinem Antlitz lesen; aber sie sagte einfach – und es war der Ton der Dienerin, welche ihrem Herrn eine Bestellung ausrichtet: »Es ist jemand da, der Sie zu sprechen wünscht.«
»Der mich zu sprechen wünscht, Franziska?«
Sie nickte. »Es ist der Vormund, der Schuster«, sagte sie beklommen, als fühle sie das Pech an ihren Fingern.
»Ihr Vormund! Was kann der von mir wollen?«
»Ich weiß es nicht; aber ich habe Angst vor ihm.«
»So kommen Sie, Franziska!«
Und rasch schritten sie den Weg zurück.

– – Es war ein untersetztes Männlein mit wenig intelligentem, stumpfnasigem Antlitz, das in dem Stübchen der Frau Lewerenz auf sie gewartet hatte. Richard führte ihn nach dem Wohnzimmer hinauf, wohin Franziska schon vorangegangen war.
»Nun, Meister, was wünschen Sie von mir?« sagte er, indem er sich auf den Sessel vor seinem Schreibtisch niederließ.
Der Handwerker, der trotz des angebotenen Stuhles wie verlegen an der Tür stehen blieb, brachte zuerst in ziemlicher Verworrenheit einige Redensarten vor, mit denen er die Veranlassung seines heutigen Besuches zum voraus zu entschuldigen suchte. Endlich aber kam er doch zur Hauptsache. Ein alter Bäckermeister, reich – sehr reich und ohne Kinder, wollte Franziska zu sich nehmen; er hatte fallen lassen, daß er sie sogar in seinem Testament bedenken werde, wenn sie treulich bei ihm aushalte; für ihn, den Vormund, sei es Gewissenssache, ein solches Glück für seine Mündel nicht von der Hand zu weisen.
Richard hatte, wenigstens scheinbar, geduldig zugehört. »Ich muß Ihre Fürsorglichkeit anerkennen, Meister«, sagte er jetzt, indem er gewaltsam seine Erregung unterdrückte; »aber Franziska wird nicht schlechter gestellt sein in meinem Hause; ich bin bereit, Ihnen die nötigen Garantien dafür zu geben.«
Der Mann drehte eine Weile den Hut in seinen Händen. »Ja«, sagte er endlich, »es wird denn doch nicht anders gehen.«
»Und weshalb denn nicht?«
Er erhielt keine Antwort; der Angeredete blickte mürrisch auf den Boden.
Das Mädchen hatte während dieser Verhandlung laut- und regungslos am Fenster gestanden. Als Richard jetzt den Kopf zurückwandte, sah er ihre großen grauen Augen weit geöffnet; angstvoll, in flehender Hingebung, alles Sträuben von sich werfend, blickte sie ihn an.
»Franziska!« murmelte er. Einen Augenblick war es totenstill im Zimmer.
Dann wandte er sich wieder an den Vormund; sein Herz schlug ihm, daß er nur in Absätzen die Worte hervorbrachte. »Sie verschweigen mir den wahren Grund, Meister«, sagte er, »erklären Sie sich offen, wir werden schon zusammen fertig werden.«

Der andere erwiderte nur: »Ich habe nichts weiter zu erklären.«
Franziska, die mit vorgebeugtem Kopf und offenem Munde den beiden zugehört hatte, war hinter des Doktors Stuhl getreten.
»Soll ich den Grund sagen, Vormund?« fragte sie jetzt; und aus ihrer Stimme klang wieder jener schneidende Ton, der wie ein verborgenes Messer daraus hervorschoß.
»Sagen Sie, was Sie wollen!« erwiderte der Handwerker, seine Augen trotzig auf die Seite wendend.
»Nun denn, wenn Sie es selbst nicht sagen wollen – der Bäckermeister hat eine Hypothek auf Ihrem Hause; ich weiß, Sie werden jetzt von ihm gedrängt!«
Richard atmete auf. »Ist dem so?« fragte er.
Der Mann mußte es bejahen.
»Und wie hoch beläuft sich Ihre Schuld?«
Es wurde eine Summe angegeben, die für die Verhältnisse eines kleinen Handwerkers immerhin beträchtlich war.
»Nun, Meister«, erwiderte Richard rasch; aber bevor er seinen Satz vollenden konnte, fühlte er wie einen Hauch Franziskas Stimme in seinem Ohr: »Nicht schenken! Bitte nicht schenken!«
Und ebenso leise, aber wie in Angst, fühlte er seinen Arm von ihr umklammert.
Er besann sich; er hatte sie sofort verstanden.
»Meister«, begann er wieder; »ich werde Ihnen das Geld leihen; Sie können es sofort erhalten und brauchen mir nur einen Schuldschein auszustellen. Verstehen Sie mich wohl – solange Ihre Mündel sich in meinem Hause befindet, verlange ich keine Zinsen! Sind Sie das zufrieden?«
Der Mann hatte noch allerlei Bedenken, aber es war nur des schicklichen Rückzugs halber; nach einigem Hin- und Widerreden erklärte er sich damit einverstanden.
»So gedulden Sie sich einen Augenblick! Ich werde Ihnen den erforderlichen Auftrag an meinen Anwalt mitgeben.«
Franziska hatte sich aufgerichtet; Richard rückte seinen Sessel an den Schreibtisch. Man hörte die Feder kritzeln; denn die Hand flog, die jene Worte schrieb.
Rasch war der Brief versiegelt und wurde von begierigen Händen in Empfang genommen.

Gleich darauf hatte Richard den Mann zur Tür geleitet; Franziska stand noch an derselben Stelle. Wie gebannt, ohne sich zu rühren, blickten beide auf die Tür, die sich eben wieder geschlossen hatte; als käme es darauf an, sich der schwerfälligen Schritte zu versichern, die jetzt langsam die Treppe hinab verhallten. Einen Augenblick noch, und auch das Auf- und Zuschlagen der Haustür und nach einer Weile das des Hoftores klang zu ihnen herauf.

Da wandte er sich gegen sie. »Komm!« sagte er leise und öffnete die Arme.

Es mußte laut genug gewesen sein; denn sie flog an seine Brust, und er preßte sie an sich, als müsse er sie zerstören, um sie sicher zu besitzen. »Franzi! Ich bin krank nach dir; wo soll ich Heilung finden?«

»Hier!« sagte sie und gab ihm ihre jungen roten Lippen. – –

Ungehört von ihnen war die Zimmertür zurückgesprungen; ein schöner schwarzgelber Hundekopf drängte sich durch die Spalte, und bald schritt das mächtige Tier selbst fast unhörbar in das Zimmer. Sie bemerkten es erst, als es den Kopf an die Hüfte seines Herrn legte und mit den schönen braunen Augen wie anklagend zu ihm aufblickte.

»Bist du eifersüchtig, Leo?« sagte Richard, den Kopf des Tieres streichelnd; »armer Kamerad, gegen die sind wir beide wehrlos.«

– – Auch auf diesen Abend war die Nacht gefolgt. Auf der Schwarzwälder Uhr hatte eben der kleine Kunstvogel zehnmal unter Flügelschlagen sein »Kuckuck« gerufen, und Richard holte den großen Schlüssel aus seiner Schlafkammer, um, wie jeden Abend, das Hoftor in der Mauer abzuschließen.

Als unten auf dem Flur Franziska aus der Küche trat, haschte er im Dunkeln ihre Hand und zog sie mit sich auf den Hof hinab. Schweigend hängte sie sich an seinen Arm. So blickten sie aus dem geöffneten Tor noch eine Weile in die Nacht hinaus.

Es stürmte; die Tannen sausten, hinter dem Wald herauf jagte schwarzes Gewölk über den bleichen Himmel; aus dem Dickicht scholl das Geheul des großen Waldkauzes. Das Mädchen schauderte. »Hu, wie das wüst ist!«

»Du, hast du Furcht?« sagte er. »Ich dachte, du könntest dich nicht grauen.«
»Doch! Jetzt!« Und sie drängte ihren Kopf an seine Brust.
Er trat mit ihr zurück und warf den schweren Riegel vor die Pforte; von oben aus den Fenstern fiel der Lampenschimmer in den umschlossenen Hof hinab. »Der nächtliche Graus bleibt draußen!« sagte er.
Sie lachte auf. »Und auch der Vormund!« raunte sie ihm ins Ohr.
Er nahm sie wie berauscht auf beide Arme und trug sie in das Haus. – Und auch hier drehte sich nun der Schlüssel, und wer draußen gestanden hätte, würde es gehört haben, wie auf diesen Klang der große Hund sich innen vor der Haustür niederstreckte.
Bald war auch in den Fenstern oben das Licht erloschen, und das Haus lag wie ein kleiner dunkler Fleck zwischen unzähligen andern in der großen Einsamkeit der Waldnacht.

Franziska war mit dürftiger Kleidung in ihre neue Stellung eingetreten, und obgleich Richard bei seiner ersten Verhandlung mit dem Vormunde in dieser Beziehung alle Fürsorge auf sich genommen hatte, so war bei dem abwehrenden Wesen des Mädchens doch noch kein Augenblick gekommen, in dem er Näheres hierüber hätte mit ihr reden mögen. Freilich war auch dies Gepräge der Armut und nicht weniger die Scham, womit er sie bemüht sah, es ihm zu verdecken, nur zu einem neuen Reiz für ihn geworden; ein süßes, schmerzliches Licht schien ihm bei solchen Anlässen von ihrem jungen, sonst ein wenig herben Antlitz auszustrahlen. – Jetzt aber durfte es so nicht länger bleiben.
Drei Meilen südlich von ihrem Waldhäuschen lag eine große Handelsstadt, und eines Morgens in der Frühe hielt draußen vor dem Tore ein leichter, wohlbespannter Wagen, um sie dorthin zu bringen. Leo war im Hinterhause eingesperrt worden. Frau Wieb, nachdem sie von beiden noch einige freundliche Worte durch ihr Hörrohr in Empfang genommen hatte, nickte munter nach dem Wagensitz hinauf, und fort rollten sie über die holperigen Geleise der Heide in die Welt hinaus.

Auf halbem Wege waren sie in einem Dorfkruge abgestiegen. Als die Wirtin die bestellte Milch brachte, fragte sie, auf Richard zeigend: »Der Herr Vater nimmt doch auch ein Glas?«
»Freilich«, wiederholte Franziska, »der Herr Vater nimmt das andre Glas.«
Mit übermütiger Schelmerei blickte sie zu ihm hinauf.
Es war noch früh am Vormittage, als sie die große Stadt erreichten. Zuerst wurde für die Oberkleider eingekauft; klare, feingeblümte Stoffe für die heißen, weiche, einfarbige Wollenstoffe für die kalten Tage. Die Anfertigung der Kleider wurde in demselben Geschäft besorgt, und Franziska mußte mit einer Schneiderin in ein anliegendes Kabinett gehen, um sich die Maße nehmen zu lassen. Zuvor aber waren von Richard, unter lebhafter Mißbilligung der Verkäufer, die einfachsten Schnitte zur Bedingung gemacht: »Fürs Haus und für den Wald!« Und Franzi hatte die mitleidigen Blicke, womit die jungen Herren des Ladens sie über den Eigensinn des »Herrn Vaters« zu trösten suchten, ohne eine Miene zu verziehen, über sich ergehen lassen.
Sie gaben ihre Adresse ab und gingen weiter.
Nachdem unterwegs Franziskas Malgerät vervollständigt und bei einer Modistin zwei einfache, aber zierliche Strohhüte eingehandelt waren, traten sie in ein Weißwarengeschäft. Bevor noch Franziska ein Wort dareinreden konnte, hatte er ein Dutzend fertiger Hemden eingekauft.
»Sie sind ein Verschwender!« sagte sie; »das hätte ich alles selber nähen können.«
»Du hast recht!« erwiderte er und kaufte das Zeug zu einem zweiten Dutzend.
»Wenn Sie so fortfahren, Richard, so gehe ich in keinen Laden mehr.«
»Nur noch zum Schuhmacher! – Aber was soll das Sie? Bist du mir böse, Franzi?«
»Nein, du; aber du siehst mir heut so vornehm aus.«
»Weiter!« sagte er.
Bald darauf standen sie in dem elegantesten Schuhwarenmagazin; und die Ladendame, nachdem sie etwas herabsehend die unscheinbare Gestalt des Mädchens gemustert hatte, breitete gleichgültig einen Haufen Schuhwerk vor ihnen aus.

Ein Zug der Verachtung spielte um Franzis Lippen, als sie auf diese Mittelware blickte; denn sie besaß eine Schönheit, welche an diesem Orte als die höchste gelten mußte und deren sie sich vollständig bewußt war. Aber sie setzte sich gleichwohl auf den bereitstehenden Sessel und zog ihr Kleid bis an die Knöchel in die Höhe.

Das Frauenzimmer, das mit dem Schuhwerk vor ihr hingekniet war, stieß einen Ruf des Entzückens aus. »Ah! Welch ein Aschenbrödelfüßchen! Da muß ich Kinderschuhe bringen.«

Wie eine Fürstin saß Franzi auf ihrem Sessel; Richard, der diesen Sieg vorausgesehen hatte, verschlang den triumphierenden Blick, den sie zu ihm hinaufsandte.

Die Ladendame aber erschien ganz wie verwandelt; ihre Käufer waren offenbar plötzlich in die Aristokratie der Kundschaft hinaufgerückt; sie holte eifrig eine Menge zierlicher Stiefelchen von allen Farben und Arten aus den Glasschränken hervor, die aber sämtlich nach dem Gebot der Mode mit hohen Absätzen versehen waren.

»Nein, nein«, sagte Richard lächelnd, »das mag für gewöhnliche Damenfüße gut genug sein; Füße aus dem Märchen dürfen nicht auf solchen Klötzen gehen!«

»Sie haben recht, mein Herr«, sagte die Ladendame, »aber für die gewöhnliche Kundschaft müssen wir uns nach der Mode richten.« Dann kramte sie wieder in ihren Schränken; und nun brachte sie Stiefelchen, so leicht, so weich – die Elfen hätten darauf tanzen können; gleich das erste Paar glitt wie angegossen über Franzis schlanke Füßchen.

Noch einige Paare wurden ausgesucht, auch für die gemeinschaftlichen Wanderungen zu hoch hinaufreichenden ledernen Waldstiefelchen das Maß genommen; dann trieben die beiden weiter durch die wimmelnde Menschenflut der großen Stadt. Sie hing an seinem Arm; er fühlte mit Entzücken jeden ihrer leichten Schritte, und unwillkürlich ging er immer rascher, als wolle er den Vorübergehenden jeden Blick auf das bezaubernde Geheimnis dieser Füßchen unmöglich machen, die nur ihm und keinem andern je gehören sollten.

Mit sinkendem Abend hielt der Wagen wieder vor dem Hause des Waldwinkels.

– – Einige Tage später brachte die Botenfrau große Packen aus der Stadt; alle Bestellungen waren auf einmal eingetroffen. Franziska trug die Herrlichkeiten auf ihr Zimmer und schloß sich darin ein. Als sie nach geraumer Zeit in die Wohnstube trat, ging sie auf Richard zu, nahm ihn schweigend um den Hals und küßte ihn; dann lief sie in die Küche, um Frau Wieb heraufzuholen.
Es war aber nur noch ein Teil der Sachen und nur das Einfachste, das jetzt, auf Bett und Kommode ausgebreitet, der gutmütigen Alten zur Bewunderung vorgezeigt wurde. Dagegen hatte Franziska derzeit nicht vergessen, Richard an den Einkauf eines guten Kleiderstoffs und einer bunten Sonntagshaube für die Alte zu erinnern. Und jetzt, trotz deren Bitten, sie möge ihr eigen Weißzeug darum nicht versäumen, gab sie keine Ruhe, bis sie zu dem neuen Staat ihr Maß genommen hatte und andern Tages schon zwischen zerschnittenen Stoffen und Papiermustern in Frau Wiebs Kämmerchen am Schneidertische saß. So geschickt wußte sie es der alten Frau vorzustellen, daß sie noch keineswegs zu alt sei, um hier eine Rosette, dort eine Puffe oder Schleife aufgesetzt zu bekommen, daß diese immer öfter aus ihrer Küche in die Zauberwerkstatt hinüberlief und ihrem Herrn beteuerte, die Franziska mache sie noch einmal wieder jung.
Richard schien kaum dies Treiben zu beachten; nur einmal, als er dem Mädchen auf dem Flur begegnete, da sie eben mit allerlei Nähgerät die Treppe herabgekommen war, hielt er sie an und sagte: »Aber Franzi, was stellst du denn mit unserer guten Alten auf? Sie wird ja eitel wie Bathseba auf ihre alten Tage.«
Franziska ließ eine Weile ihre Augen in den seinen ruhen. »Laß nur«, sagte sie dann, »die Alte muß auch ihre Freude haben!« Und schon war sie durch die Kammertür verschwunden.

Sie wohnten zwischen der Heide und dem Walde, in welche seit hundert Jahren keine Menschenhand hineingegriffen hatte; rings um sie her waltete frei und üppig die Natur.
Die Menschen waren fern, nur die Bienen kamen und summten einsam über die Heide. Einmal zwar war der alte Inspektor eingekehrt und hatte wegen der nötigen Feuerung mit der alten Frau Wieb einen Zwiesprach in deren Stübchen abgehalten;

dann ein paar Tage später war ein mächtiges Fuder schwarzen Torfes durch den Wald dahergekommen und vor dem Hause abgeladen worden; einmal auch hatte der Krämer aus der Stadt mit seinen neugierigen Augen sich herangedrängt, hatte glücklich ein Geschäft gemacht, war dann aber mit der Weisung entlassen worden, daß in Zukunft alles brieflich solle bestellt werden. Sonst war niemand dagewesen als die Botenfrau, die zweimal wöchentlich Briefe und Blätter, und was ihr sonst zu bringen aufgetragen war, unten in der Küche niederlegte. Einen Besuch auf dem jenseit des Waldes liegenden Schlosses hatte Richard den Junkern zwar versprochen, aber er wurde immer wieder hinausgeschoben. So kam auch von dort niemand herüber. Selbst die Zeitungen, welche von draußen aus der Welt Kunde bringen sollten, wurden seit Wochen ungelesen in einem unteren Fache des Schreibtisches aufgehäuft.

– – Aber an jedem Morgen fast schritten jetzt die beiden miteinander in die würzige Sommerluft hinaus; Franzi in ihren hohen ledernen Waldstiefelchen, die Kleider aufgeschürzt, über der Schulter eine kleine Botanisiertrommel, die er für sie hatte anfertigen lassen. Meistens sprang auch der große Hund an ihrer Seite; mitunter aber, wenn der Himmel mit Duft bedeckt war, wenn still, wie heimlich träumend, die Luft über der Heide ruhte und der Wald wie dämmerndes Geheimnis lockte, dann wurde wohl der Löwengelbe, wenn er neben ihnen aus der Haustür stürmte, in schweigendem Einverständnis von ihnen zurückgetrieben; hastig warfen sie dann das schwere Hoftor zurück und achteten nicht des Winselns und Bellens, das von dem verschlossenen Hofe aus hinter ihnen herscholl. Eilig gingen sie fort, und endlich zwischen Busch und Heide erreichte es sie nicht mehr. Nichts unterbrach die ungeheure Stille um sie her als mitunter das Gleiten einer Schlange oder von fern das Brechen eines dürren Astes; im Laube versteckt saßen die Vögel, mit gefalteten Flügeln hingen die Schmetterlinge an den Sträuchern.

Am Waldesrande waren jetzt in seltener Fülle die tiefroten Hagerosen aufgebrochen. Wenn gar so schwül der Duft auf ihrem Wege stand, ergriffen sie sich wohl an den Händen und erhoben schweigend die glänzenden Augen gegeneinander. Sie atmeten die Luft der Wildnis, sie waren die einzigen Menschen, Mann und Weib, in dieser träumerischen Welt.

– – Einmal, nach langer Wanderung, da die Sonne funkelte und schon senkrecht ihre Mittagsstrahlen herabsandte, waren sie unerwartet an den Rand des Waldes gekommen. Sanft ansteigend breitete ein unabsehbares Kornfeld sich vor ihnen aus; es war in der Blütezeit des Roggens; mitunter wehten leichte Duftwolken darüber hin; bis gegen den Horizont erblickte man nichts als das leise Wogen dieser bläulich silbernen Fluten.

Da klang von fern das Gebimmel einer Glocke; weit hinten, drüben aus dem Grunde, wo wohl das Schloß gelegen sein mochte; gleich einem Rufen klang es durch die stille Mittagsluft, und wie hingezogen von den Lauten schritt Franziska in das wogenden Ährenfeld hinein, während Richard, an einen Buchenstamm gelehnt, ihr nachblickte. – Immer weiter schritt sie; es wallte und flutete um sie her; und immer ferner sah er ihr Köpfchen über dem unbekannten Meere schwimmen. Da überfiel's ihn plötzlich, als könne sie ihm durch irgendwelche heimliche Gewalt darin verlorengehen. Was mochte auf dem unsichtbaren Grunde liegen, den ihre kleinen Füße jetzt berührten? – Vielleicht war es keine bloße Fabel, das Erntekind, von dem die alten Leute reden, das dem, der es im Korne liegen sah, die Augen brechen macht! Es lauert ja so manches, um unsere Hand, um unsern Fuß zu fangen und uns dann hinabzureißen. – – »Franzi!« rief er; »Franzi!«

Sie wandte den Kopf. »Die Glocke!« kam es zurück. »Ich will nur wissen, wo die Glocke läutet!«

»Das gilt nicht uns, Franzi; das ist die Mittagsglocke auf dem Schloß!«

Sie wandte sich um und kam zurück. Er schloß sie leidenschaftlich in die Arme. »Weißt du nicht, daß das gefährlich ist, so tief in ein Ährenfeld hineinzugehen?«

»Gefährlich?« Sie sah ihn seltsam lächelnd an. Dann tauchten sie in ihren Wald zurück.

– – Ein andermal, nach einem schwülen Tage, waren sie erst spät am Nachmittag hinausgegangen. – Als der Abend schon tief herabsank, ruhten sie am Ufer eines großen Waldwassers, das rings von hohen Buchen eingefaßt war. Zu ihren Füßen, trotz der regungslosen Stille, schwankte das Schilf mit leisem Rauschen aneinander; drüben hinter dem jenseitigen Walde, der seine Schatten auf den Wasserspeigel warf, zuckte dann und wann ein Wetterschein empor; Irisduft wehte über den See, und ein lautloser Blitz erleuchtete ihn.

Er hatte sich über sie gebeugt und ließ es wie ein Spiel an sich vorübergehen, wenn ihr blasses Antlitz aus dem Dunkel auftauchte und wieder darin verschwand. »Weißt du«, sagte er – »es heißt, man solle in den Augen eines Weibes noch mitunter das Schillern der Paradiesesschlange sehen. Eben, da der Blitz flammte, sah ich es in deinen Augen.«

»Schillerte es denn schön?« fragte sie und hielt ihre Augen offen ihm entgegen.

»Betörend schön.«

Und wieder flammte ein Blitz.

»Du bist ein Tor, Richard!«

»Ich glaub es selber, Franzi.«

Und er legte den Kopf in ihren Schoß, und zu ihr emporblickend, sah er wieder und wieder die Wetterscheine in ihren dunklen Augen zucken.

– – So floß die Zeit dahin. Eines Vormittags aber, als von den Fenstern des Wohnzimmers aus vor dem niederrauschenden Regen der Tannenwald nur noch wie eine graue Nebelwand erschien und die Drachenköpfe unaufhörlich Wasser von sich spien, stand Richard sinnend und allein an seinem Schreibtische, nur mitunter wie abwesend in den trüben Tag hinausblickend.

Franzi trat herein; er hatte sie heute noch nicht gesehen; am Frühstückstische hatte er vergebens auf sie gewartet. Jetzt ging sie schweigend auf ihn zu, drückte ihre Augen gegen seine Brust und hing an seinem Halse, als sei sie nur ein Teil von ihm. Er legte seinen Arm um sie, aber er küßte sie nicht; seine Gedanken waren bei anderen Dingen. Er merkte es kaum, als sie plötzlich wieder aus seinem Arm und aus dem Zimmer sich hinweggestohlen hatte.

Als bald darauf wegen einer wirtschaftlichen Bestellung Frau Wieb ins Zimmer trat, fand sie ihren Herrn vor einer aufgezogenen Schieblade stehen, aus der er allerlei Papiere auf die Tischplatte hervorgekramt hatte. Es waren zum Teil Scheine, deren Vorlegung bei gewissen Lebensakten die bürgerliche Ordnung von ihren Mitgliedern zu verlangen pflegt.

»Sag mir, Wieb«, rief er der Eintretenden zu, »in welcher Kirche bin ich denn getauft? Du bist ja damals doch dabeigewesen.«

»Wie?« fragte die Alte und hielt ihr Hörrohr hin. »In welcher Kirche?«

»Nun ja; mir fehlt der Taufschein; man muß seine Papiere doch in Ordnung haben.«

Nachdem er noch einmal in das Hörrohr gerufen hatte, nannte sie ihm die Kirche.

Aber er hörte schon kaum mehr darauf.

»Nein, nein!« sagte er mit leisen, aber scharfen Lauten vor sich hin, indem er wie abwehrend seine Hand ausstreckte. »Wen geht's was an! Es soll mir niemand daran rühren!«

Als er sich umwandte, stand seine alte Wirtschafterin noch im Zimmer; das Muster der Tapete, das sie mit Aufmerksamkeit betrachtete, schien sie festgehalten zu haben. Er fragte sie: »Was siehst du denn an den verblichenen Blumen, Wieb?«

Die Alte nickte. »Die sitzen da nicht von ungefähr«, erwiderte sie. »Der Herr Inspektor, da er neulich wegen der Feuerung da war, hat es mir erzählt. Vergessen und Vergessenwerden, Herr Richard!

Wer lange lebt auf Erden,
Der hat wohl diese beiden
Zu lernen und zu leiden!

Der alte Herr vom Schlosse drüben – der Großvater ist's gewesen von dem jetzigen – hat nur einen Sohn gehabt, den aber hat er fast übermäßig geliebt und ihn nimmer, auch da er schon in die reiferen Jahre gekommen war, aus seiner Nähe lassen wollen; der junge Herr wäre darüber fast zum Hagestolz geworden. Endlich gab's denn doch noch eine Hochzeit, und wie der Vater in ihn, so ist der Sohn in seine junge Frau vernarrt gewesen. Der alte Herr aber hat es nicht verwinden können, daß seines Kindes Augen jetzt immer nur nach einer Fremden gingen; er hat den beiden das Schloß gelassen und hat sich in die Einsamkeit hinausgebaut. Die Tapete hier in diesem Zimmer, wo er noch jahrelang gelebt, ist derzeit von ihm selber ausgewählt; es seien die Blumen des Schlafes und der Vergessenheit, so soll er oft gesagt haben. – Haben Sie noch etwas zu befehlen, Herr Richard?«

Er hatte nichts.

Als die Alte hinausgegangen war, blickte auch er noch eine Weile auf die roten und violetten Mohnblumen; dann fielen seine Augen auf ein Wandgemälde, das oberhalb der vom Flur hereinführenden Tür die Tapetenbekleidung des Zimmers unterbrach.

Es war eine weite Heidelandschaft, vielleicht die an dem Waldwinkel selbst belegene, hinter welcher eben der erste rote Sonnenduft heraufstieg; in der Ferne sah man, gleich Schattenbildern, zwei jugendliche Gestalten, eine weibliche und eine männliche, die Arm in Arm, wie schwebend, gegen den Morgenschein hinausgingen; ihnen nachblickend, auf einen Stab gelehnt, stand im Vordergrunde die gebrochene Gestalt eines alten Mannes.

Als Richard jetzt von dem Bilde auf die Umrahmung desselben hinüberblickte, trat ihm dort, hab versteckt zwischen allerlei Arabesken, eine Schrift entgegen, die bei näherem Anschauen in phantastischen Buchstaben um das ganze Bild herumlief.

Dein jung Genoß in Pflichten
Nach dir den Schritt tät richten;
Da kam ein andrer junger Schritt,
Nahm deinen jung Genossen mit;
Sie wandern nach dem Glücke,
Sie schaun nicht mehr zurücke.

So lauteten die Worte. Lange stand Richard vor dem Bilde, das er früher kaum beachtet hatte.

Würde das Antlitz jenes einsamen Alten, wenn es sich plötzlich zu ihm wendete, die Züge des Erbauers dieser Räume zeigen, oder war diese Gestalt das Alter selbst, und würde sie – nur eines vermessenen Worts bedurfte es vielleicht – sein eigenes Angesicht ihm zukehren? – Wehte nicht schon ein gespenstisch kalter

Hauch von dem Bilde zu ihm herab? – Unwillkürlich griff er sich in Bart und Haar und richtete sich rasch und straff empor. – Nein, nein; es hatte ihn noch nicht berührt. Aber wie lange noch, so mußte es dennoch kommen. Und dann? – –
Er wandte sich langsam ab und trat an seinen Schreibtisch. Die Papiere, die dort noch umherlagen, legte er in die Schublade zurück, aus der er sie vorhin genommen hatte. – Draußen strömte unablässig noch der Regen.

In den nächsten Tagen schien wieder die Sonne; nur der Wald war noch nicht zu begehen. Aber durch die Heide hatten Richard und Franziska am Nachmittage einen weiten Ausflug gemacht; auf dem Riesenhügel, in welchem Meister Reineke wohnte, hatten sie ihr mitgenommenes Vesperbrot verzehrt, während Leo, der diesmal nicht zurückgetrieben war, an den Eingängen des geheimnisvollen Baues seine vergeblichen Untersuchungen fortgesetzt hatte.
Mit der Dämmerung waren sie heimgekehrt. –
Als Franzi in das Wohnzimmer trat, ging sie schon wieder in den leichten Stiefeln, die sie stets im Hause zu tragen pflegte.
»Du bist blaß«, sagte Richard; »es ist zu weit für dich gewesen.«
»Oh, nicht zu weit.«
»Aber du bist ermüdet, komm!« Und er drückte sie in den großen Polsterstuhl, der dicht am Fenster stand.
Sie ließ sich das gefallen und legte den Kopf zurück an die eine Seitenlehne; die schmächtige Gestalt verschwand fast in dem breiten Sessel.
»Wie jung du bist!« sagte er.
»Ich? – Ja, ziemlich jung.«
Sie hatte ihr Füßchen vorgestreckt, und er sah wie verzaubert darauf hinab. »Und was für eine Wilde du bist«, sagte er, »da geht schon wieder quer über den Spann ein Riß!« Er hatte sich gebückt und ließ seine Finger über die wunde Stelle gleiten. »Wieviel Paar solcher Dinger verbrauchst du denn im Jahr, Prinzeßchen?«
Aber sie legte nur ihren kleinen Fuß in seine Hand, löste ihre schwere Haarflechte, die sie drückte, so daß sie lang in ihren

Schoß hinabfiel, und streckte sich dann mit geschlossenen Augen in die weichen Polster.

Im Zimmer dunkelte es allgemach; draußen in der Wiesenmulde stiegen weiße Dünste auf, und drüben im Tannenwalde war schon die Schwärze der Nacht. – Da schlug draußen im Hofe der Hund an, und Franzi fuhr empor und riß ihre großen grauen Augen auf.

Nein, es war wieder still; aber von jenseits des Waldes kam jetzt mit dem Abendwind Musik herübergeweht.

»Laß doch«, sagte Richard, »das kommt nicht zu uns.«

Aber sie hatte sich vollends aufgerichtet und sah neugierig in die Abenddämmerung hinaus.

»Es ist nur eine Hochzeit, Franzi, sie werden mit der Aussteuer drüben am Waldesrand herumfahren.«

»Eine Hochzeit! Wer heiratet denn?«

»Wer? Ich glaube: des Bauervogts Tochter; ich weiß es nicht. Was kümmert es uns; wir kennen ja die Leute nicht.«

»Freilich.«

Sie standen jetzt beide am Fenster; er hatte den Arm um sie gelegt, sie lehnte den Kopf an seine Brust. Ein paarmal, aber immer schwächer, wehten noch die Töne zu ihnen her; dann wurde alles still, so still, daß er es hörte, wie ihr der Atem immer schwerer ging.

»Fehlt dir etwas, Franzi?« fragte er.

»Nein; was sollte mir fehlen?«

Er schwieg; aber sie drängte ihr Köpfchen fester an seine Brust.

»Du!« sagte sie, als brächte sie es mühsam nur hervor.

»Ja, Franzi?«

»Du – warum heiraten wir uns nicht?«

Es durchfuhr ihn wie ein elektrischer Schlag; eine Kette qualvoller Erinnerungen tauchte in ihm auf; die Welt streckte ihre grobe Hand nach seinem Glücke aus.

»Wir Franzi?« wiederholte er scheinbar ruhig. »Wozu? Was würde dadurch anders werden?«

»Freilich!« Sie sann einen Augenblick nach. »Aber wir lieben uns ja doch!«

»Ja, Franzi! Aber« – er blickte ihr tief in die Augen, und seine

Stimme sank zu einem Flüstern, als wage er die Worte nicht laut werden zu lassen – »es könnte einmal ein Ende haben – plötzlich!«
Sie starrte ihn an. »Ein Ende? – Dann müßte ich wohl fort von hier!«
»Müssen Franzi? Weh mir, wenn du es müßtest!«
Sie schwiegen beide.
»Wie alt bist du, Franzi?« begann er wieder.
»Du weißt es ja, ich werde achtzehn.«
»Ja, ja, ich weiß es, achtzehn; ich bin ein Menschenalter dir voraus. Über diesen Abgrund bist du zu mir hinübergeflogen, mußt du immer zu mir hinüber. – Es könnte ein Augenblick kommen, wo dir davor schauderte.«
»Was sprichst du da?« sagte sie. »Ich versteh das nicht.«
»Versteh es nimmer, Franzi!«
Aber während sie atemlos zu ihm emporblickte, zuckte es plötzlich um ihren jungen Mund; es war, als flöhe etwas in ihr Innerstes zurück.
Hatten seine Worte die Schärfe ihres Blickes geweckt, und sah sie, was ihr bisher entgangen war, einen Zug beginnenden Verfalls in seinem Antlitz? – Doch schon hatte sie sein Haupt zu sich herabgezogen und erstickte ihn fast mit ihren Küssen. Dann riß sie sich los und ging rasch hinaus.
Als sie fort war, machte er sich an seinem Schreibtische zu tun. Mit einem besonders künstlichen Schlüssel öffnete er ein Fach desselben, in welchem er seine Wertpapiere verwahrt hielt. Er nahm aus den verschiedenen Päckchen einzelne hervor, schlug einen weißen Bogen darum und setzte eine Schrift darauf. Als das geschehen war, nahm er einen zweiten, dem, womit er das Fach geöffnet hatte, völlig gleichen Schlüssel, paßte ihn in das Schlüsselloch und legte ihn dann neben die Papiere auf die Tischplatte.
Der Abend war schon so weit hereingebrochen, daß er alles fast im Dunkeln tat; über den Tannen drüben war schon der letzte Hauch des braunen Abenddufts verglommen.
Als Franziska nach einer Weile mit der brennenden Lampe hereingetreten war und schweigend das Zimmer wieder verlassen wollte, ergriff er ihre Hand und zog sie vor den Schreibtisch.

»Kennst du das, Franziska?« fragte er, indem er einige der Papiere vor ihr entfaltete.

Sie blickte scharf darauf hin. »Ich kenne es wohl«, erwiderte sie; »es ist so gut wie Geld.«

»Es sind Staatspapiere.«

»Ja, ich weiß; ich habe bei dem Magister einmal zu solchen ein Verzeichnis machen müssen.«

Er zeigte ihr ein Konvolut, worauf in frischer Schrift ihr Name stand, und nannte ihr den Betrag, der darin enthalten war. »Es ist dein Eigentum«, sagte er.

»Mein, das viele Geld?« Sie blickte mit scharfen Augen auf das verschlossene Päckchen.

»Versteh mich, Franzi«, begann er wieder; »schon jetzt ist es dein; am allermeisten aber« – und er verschlang die junge Gestalt mit seinen Blicken – »in dem Augenblicke, wo du selber nicht mehr mein bist. Du wirst dann völlig frei sein; du sollst es jetzt schon sein.«

Er sah sie an, als erwartete er von ihr eine Frage, eine Bitte um Erklärung; da sie aber schwieg, sagte er in einem Tone, der wie scherzend klingen sollte: »Da du jetzt eine Kapitalistin bist, so muß ich dir auch den nötigen Eigentumssinn einzupflanzen suchen.« Und er nahm eine von den Zeitungen, die umherlagen, zog die Geliebte auf seinen Schoß und begann die Rubrik der Kurse mit ihr durchzugehen. Dann aber, als sie ihm aufmerksam zuzuhören schien, lachte er selbst über sein schulmeisterliches Bemühen. »Es ist spaßhaft! Du und Staatspapiere, Franzi! Du hast natürlich kein Wort von alledem verstanden!«

Aber sie lachte nicht mit ihm; sie war von seinem Schoße herabgeglitten und begann eingehende Fragen über das eben Gehörte an ihn zu richten.

Er sah sie verwundert an. »Du bist gefährlich klug, Franzi!« sagte er.

»Magst du lieber, daß ich's nicht verstehe, wenn du mich belehrst?«

»Nein, nein; wie sollte ich!« –

Sie wollte gehen, aber er rief sie zurück. »Vergiß den Schlüssel nicht!« Und indem er sie an den Schreibtisch führte, setzte er

hinzu: »Dieses Fach enthält jetzt mein und auch dein Eigentum. Möge es nie getrennt werden!«
Sie hatte indessen eine Schnur von ihrem Halse genommen, woran sie eine kleine golde Kapsel mit den Haaren einer frühverstorbenen Schwester auf der Brust trug, und war eben im Begriff, daneben auch den Schlüssel zu befestigen; aber ihre geschäftigen Hände wurden zurückgehalten.
»Nein, nein, Franzi!« sagte er. »Was beginnst du!« – Er hatte das Mädchen zu sich herangezogen und küßte sie mit Leidenschaft. – »Leg ihn fort, weit fort! zu deinen anderen Dingen. Was denkst du denn! Soll ich den Kassenschlüssel an deinem Herzen finden?«
Sie wurde rot. »Was du auch gleich für Gedanken hast!« sagte sie und steckte den Schlüssel in die Tasche.

Es war in der ersten Hälfte des August. Schwül waren die Tage; trübselig in der Mauser saßen die Vögel im Walde; nur einzelne prüften schon das neue Federkleid zum weiten Abschiedsfluge; aber desto schöner waren die Nächte mit ihrer erquickenden Kühle. Draußen im Waldwasser, wo vordem die Iris blühten, wie auf dem Hofe in der Tiefe des offenen Brunnens spiegelten sich jetzt die schönsten Sterne; im Nordosten des nächtlichen Himmels ergoß die Milchstraße ihre breiten, leuchtenden Ströme.
Richard hatte während einiger Tage den nächsten Umkreis des Waldwinkels nicht verlassen; ein Körperleiden aus den Jahren seiner Kerkerhaft, die nicht nur im Kopfe des Winkeladvokaten spukte, war wieder aufgetaucht und hatte wie eine lähmende Hand sich auf ihn gelegt.
Jetzt saß er, die linde Nacht erwartend, auf einer Holzbank, welche draußen vor der Umfassungsmauer angebracht war; an seiner Seite lag sein löwengelber Hund. Stern um Stern brach über ihm aus der blauen Himmelsferne; er mußte plötzlich seines Jugendglücks gedenken. – Wo – was war Franziska zu jener Zeit gewesen? – Ein Nichts, ein schlafender Keim! – Wie lange hatte er schon gelebt! – – Die Talmulde entlang begann ein kühler Hauch zu wehen; er hätte wohl lieber nicht in der Abendluft dort sitzen sollen.

Da schlug der Hund an und richtete sich auf. Gegenüber aus den Tannen ließen sich Schritte vernehmen, und bald erschien die schlanke Gestalt eines Mannes, rasch auf dem Fußsteige hinabschreitend. »Ruhig, Leo!« sagte Richard, und der Hund legte sich gehorsam wieder an seine Seite.

Der Fremde war indessen näher gekommen, und Richard erkannte einen jungen Mann in herkömmlicher Jägertracht, mit dunklem krausem Haar und kecken Gesichtszügen; sehr weiße Zähne blinkten unter seinem spitzen Zwickelbärtchen, als er jetzt, leichthin die Mütze rückend, »guten Abend« bot.

»Sie wünschen etwas von mir?« sagte Richard, indem er sich erhob.

»Von Ihnen nicht, mein Herr; ich wünsche das junge Mädchen in Ihrem Hause zu sprechen.«

Es war eine Zuversichtlichkeit des Tons in diesen Worten, die Richard das Blut in Wallung brachte. »Und was wünschen Sie von ihr?« fragte er.

»Wir jungen Leute haben auf Sonntag einen Tanz im Städtchen drüben; ich bin gekommen, um sie dazu einzuladen.«

»Darf ich erfahren, wem sie diese Ehre danken sollte? Ihrer Sprache nach sind Sie nicht aus dieser Gegend.«

»Ganz recht«, erwiderte in seiner unbekümmerten Weise der andere; »ich verwalte nur während der Vakanz die erledigte Försterei der Herrschaft.«

»Aber Sie irren sich, Herr Förster; die junge Dame, die in meinem Hause lebt, besucht nicht solche Tänze.«

»Oh, mein Herr, es ist die anständigste Gesellschaft!«

»Ich zweifle nicht daran.«

Der andere schwieg einen Augenblick. »Ich möchte doch die junge Dame selber fragen!«

»Es wird nicht nötig sein.«

Richard wandte sich nach der Pforte. Da der Förster auf ihn zutrat, als wollte er ihn zurückhalten, streckte der Hund seinen mächtigen Nacken und knurrte ihn drohend an.

»Bemühen Sie sich nicht weiter, Herr Förster!« sagte Richard.

Ein scharfer Blitz fuhr aus den Augen des jungen Gesellen; er biß in seinen Zwickelbart; dann rückte er, wie zuvor, leichthin die Mütze und ging, ohne ein Wort zu sagen, den Fußsteig, den er gekommen war, zurück. Auf halbem Wege wandte er sich noch einmal und warf einen Blick nach den Fenstern des Waldwinkels; bald darauf verschwand er drüben in dem schwarzen Schatten der Tannen.

– Während der Hund, wie zur Wache, noch unbeweglich an dem Rand der Wiesenmulde stand, war Richard ins Haus zurückgegangen. Als er oben in das Wohnzimmer trat, sah er Franziska am Fenster stehen, die Stirn gegen eine der Glasscheiben gedrückt; ein Staubtuch, das sie vorher gebraucht haben mochte, hing von ihrer Hand herab.

»Franzi!« rief er.

Sie kehrte sich, wie erschrocken, zu ihm.

»Sahst du den jungen Menschen, Franzi?« fragte er wieder. »Es war derselbe, der uns in letzter Zeit ein paarmal im Oberwald begegnet ist.«

»Ja, ich bemerkte es wohl.«

»Hast du ihn sonst gesehen?« In Richards Stimme klang etwas, das sie früher nie darin gehört hatte.

Sie blickte ihn forschend an. »Ich?« sagte sie. »Wo sollte ich ihn sonst gesehen haben?«

»Nun – er war so gütig, dich zum Tanze zu laden.«

»Ach, tanzen!« Und ein Blitz von heller Jugendlust schoß durch ihre grauen Augen.

Er sah sie fast erschrocken an. »Was meinst du, Franzi?« sagte er. »Ich habe ihn natürlich abgewiesen.«

»Abgewiesen!« wiederholte sie tonlos, und der Glanz in ihren Augen war plötzlich ganz erloschen.

»War das nicht recht, Franzi? Soll ich ihn zurückrufen?«

Aber sie winkte nur abwehrend mit der Hand. – Ohne ihn anzusehen, doch mit jenem scharfen Klang der Stimme, der sich zum erstenmal jetzt gegen ihn wandte, fragte sie nach einer Weile: »Hast du je getanzt, Richard?«

»Ich, Franzi? Warum fragst du so? – Ja, ich habe einst getanzt.«

»Nicht wahr, und es ist dir eine Lust gewesen?«

»Ja, Franzi«, sagte er zögernd, »ich glaube wohl, daß ich es gern getan.«

»Und jetzt«, fuhr sie in demselben Tone fort, »jetzt tanzest du nicht mehr?«
»Nein, Franzi; wie sollte ich? Das ist vorbei. – Aber du nimmst mich ja förmlich ins Verhör!« Er versuchte zu lächeln; aber als er sie anblickte, standen die grauen Augen so kalt ihm gegenüber. »Vorbei!« sagte er leise zu sich selber. »Der Schauder hat sie ergriffen; sie kommt nicht mehr herüber.«
Er ließ es still geschehen, als sie nach einer Weile an seinem Halse hing und ihm eifrig ins Ohr flüsterte: »Vergib! Ich habe dumm gesprochen! Ich will ja gar nicht tanzen.«

Richards Unwohlsein hatte in einigen Wochen so zugenommen, daß er das Zimmer nicht verlassen konnte. Ein Arzt wurde nicht zugezogen, da ihm aus früheren Zufällen die Behandlung selbst geläufig war; sogar Frau Wiebs aus Wachs und Baumöl gekochte Salben wurden unerbittlich zurückgewiesen. Besser wußte Franziska es zu treffen. Sie saß neben seinem Lehnstuhl, wo er, an einem künstlich von ihr aufgebauten Pulte, einen Aufsatz über hier aufgefundene seltene Doldenpflanzen begonnen hatte; sie holte ihm die betreffenden Exemplare aus dem mit ihrer Hülfe angelegten Herbarium oder aus der Bibliothek die Bücher, deren er bedurfte; sie suchte darin die einschlagenden Stellen für ihn auf und las sie vor. »Wenn ich noch einmal Professor werde«, sagte er heiter, »welch einen Famulus besitz ich schon!« Aber sie war nicht nur sein Famulus, sie war auch das Weib, deren stille Nähe ihm wohltat, die schweigend seine Hand, wenn sie von der Arbeit ruhte, in die ihre nahm, die ihm die Polster und den Schemel rückte und ihm mit sanfter Stimme den Trost auf baldige Genesung zusprach.
Heute – es war am Nachmittag – hatte er sie fortgeschickt, um ein buntes Lippenblümchen aufzusuchen, das nach seiner Rechnung sich jetzt erschlossen haben mußte; am Waldwasser, das sie beide zu allen Tageszeiten oft besucht hatten, standen hie und da die Pflänzchen. – Er selbst war in seinem Lehnsessel bei der begonnenen Arbeit zurückgeblieben; auf allen Stühlen um ihn her lagen Bücher und Blätter, von Franziskas Hand vor ihrem Weggange sorgsam nahe gerückt und geordnet. Eben hatte er

eine ihrer Zeichnungen hervorgesucht, die nach seiner Absicht dem Aufsatze beigedruckt werden sollte; aber seine Gedanken gingen über das Blatt nach der Malerin selbst, die jetzt dort drüben der Wald vor ihm verbarg. Ihre hingebende Sorge an seinem Krankenstuhle wollte ihm auf einmal fast unheimlich scheinen; denn – er konnte es sich nicht verhehlen – Franzi hatte sich in der letzten Zeit ihm zu entziehen gesucht; sie war fast wieder scheu geworden wie ein Mädchen. Sollte dies demütige Dienen ein Ersatz sein? Es war etwas Müdes in ihrem ganzen Tun und Wesen.

Richard hatte den Kopf zurückgelehnt und blickte aus dem Fenster, in dessen Nähe seine Krankenstatt aufgeschlagen war. Durch die klare Luft flog eben ein Zug von Wandervögeln; als der verschwunden war, fielen seine Augen auf einen Vogelbeerbaum, der drüben vor den Tannen an der Wiesenmulde stand; eine Schar von Drosseln tummelte sich flatternd und kreischend zwischen den schon roten Traubenbüscheln, die in dem scharfen Strahl der Nachmittagssonne aus dem Grün hervorleuchteten.

Fern aus dem Walde hallte ein Schuß.

›Bartholomäustag!‹ sagte Richard bei sich selbst. – ›Die Junker haben ihre Jagd eröffnet. – Wenn nur Franzi schon zurück wäre!‹

Eine ungeduldige Sehnsucht nach ihr ergriff ihn. Er hatte ihr etwas versagt, woran sie nur einmal und nie wieder erinnert hatte; aber es schien ihm plötzlich klargeworden, dies Versagen drückte sie. Wenn er nur erst gesund wäre! Sie konnten hier nicht ewig bleiben; auch er fühlte jetzt mitunter eine Beklommenheit in dieser Stille, einen Drang, an den Dingen da draußen wieder frischen Anteil zu nehmen. Dann, wenn sie unter Menschen lebten, mußte schon alles nachgeholt sein; was er ihr und sich selber einst entgegengesetzt hatte, er schalt es kranke Träume, die den Dünsten des öden Moors entstiegen seien. Nein, nein! Sein junges Weib zur Seite, wollte er wieder ins volle Leben hinaus; ein ganzer froher Mann, befreit von allem grauen Spinngewebe der Vergangenheit. »Franzi, süße Franzi!« rief er und streckte beide Arme nach ihr aus.

Aber sie kam noch nicht.

Er versuchte es, seine Arbeit wieder aufzunehmen, er blätterte in den umherliegenden Büchern, er schrieb eine Zeile, dann legte er die Feder wieder hin. – Von den Eichbäumen, die zu Westen der Umfassungsmauer standen, fielen die Schatten schon über den ganzen Hof; nur seitwärts durch die oberen Scheiben drang noch ein Sonnenstrahl ins Zimmer. Da sah er es drüben aus den Tannen schimmern; Franziska trat aus dem Dunkel und schritt langsam auf dem Fußsteige hin; ein paarmal blieb sie wie aufatmend stehen, während sie durch die Wiesenmulde heraufkam.

Als sie dann zu ihm ins Zimmer getreten war, legte sie einen Strauß von blauem Enzian und Heideblüten vor ihm hin; auch ein Stengel jenes Lippenblümchens war dabei, aber die Knospen waren noch nicht erschlossen; vergebens – so sagte sie – habe sie sich überall nach einer aufgeblühten Pflanze umgesehen; aber morgen oder übermorgen werde sie gewiß schon eine bringen können.

Ihre Augen glänzten, ihre Wangen waren heiß. Er ergriff ihre Hand und wollte sie an sich ziehen.

»Du hast wohl sehr weit umher gesucht?« sagte er.

Aber er fühlte ein leises Widerstreben. »Oh, ziemlich weit! Es war ein wenig feucht, ich muß die Schuhe wechseln.«

»So tu das erst, komm aber bald zurück! Ich habe fast um dich gesorgt.«

»Um mich? Das war nicht nötig.«

»Ja, Franzi, wenn man krank im Lehnstuhl sitzt! – Ich hörte schießen, drüben vom Waldwasser her. Hast du es nicht gehört?«

»Ich? Nein, ich hörte nichts.« Sie hatte im selben Augenblick den Kopf gewandt. »Ich komme gleich zurück«, sagte sie, ohne umzusehen, und ging rasch zur Tür hinaus.

Als sie gegangen war, kam der Hund herein, der es bald gelernt hatte, mit seiner breiten Pfote die Zimmertür zu öffnen. Er legte den Kopf auf seines Herrn Schoß und blickte ihn wie fragend mit den braunen Augen an. Richard ließ seine Hand liebkosend über den Rücken des schönen Tieres gleiten.

»Sei ruhig, Leo!« sagte er, »wir beide bleiben doch beisammen!« – Er teilte mit den Fingern das seidenweiche Haar unter dem Behang des Kopfes. »Laß sehen! Hast du denn die Narbe noch?

– Das war ein wilder Strauß mit dem lombardischen Strauchdieb damals! So tolle Wege gehen wir nun nicht mehr! – Aber schön wird doch auch die neue Fahrt mit deiner jungen Herrin, wenn sie mit ihren lichten Falkenaugen in die vorüberfliegende Landschaft blickt, und du, mein Hund, voran in weiten Sprüngen, wie einstens, da wir noch allein die Welt durchstreiften! Denn hinaus wollen wir wieder, weit hinaus, und du, mein Tier – gewiß, wir bleiben beieinander!«

Er hatte sich hinabgebeugt, aber Leo schloß wie beruhigt seine Augen, und nur die Fahne des mächtigen Schweifes bekundete in sanften Bewegungen die Zufriedenheit seines Innern. So saßen sie still beisammen, wie sie es sonst so oft getan, tags an der offenen Landstraße wie abends im behaglichen Quartier. Der reichbegabte Mann und die scheinbar so weit von ihm getrennte Kreatur – in diesem Augenblick legte sich das Gefühl der gegenseitigen Treue wie erquickender Tau auf beider Haupt.

– – Richard war nicht dazu gekommen, Franzi seinen so freudig gefaßten Entschluß mitzuteilen; auch als sie bald darauf wieder eintrat, und selbst in den folgenden Tagen, gelangte er nicht dazu. – Franzi ging wiederholt in den Wald hinaus. Sie brachte ihm die erschlossene Blume, um deren willen sie zuerst hinausgegangen war; sie brachte auch andere, die zu seiner Arbeit in Beziehung standen; jedesmal hatte sie etwas Neues vorzulegen. In der Vase, welche auf dem Schreibtische stand, ordnete sie fast täglich einen neuen Strauß von Gräsern und wilden Blumen, zwischen denen jetzt auch schon Zweige mit roten und schwarzen Beeren glänzten.

Wenn sie ihn verlassen hatte, fühlte er eine Unruhe, die er sich selber zu gestehen schämte. Denn was konnte ihr geschehen hier im Walde! – Einen Schuß hatte er nicht wieder gehört; die Jagd mußte, wenn sie überhaupt betrieben wurde, nach einem entfernteren Teile des Reviers verlegt sein.

Aber allmählich und immer rascher fühlte er sich genesen; bald ging er im Hause, bald mit Leo und Franzi auch schon draußen in der nächsten Umgebung desselben umher; mit vollen Zügen atmete er die klare, würzige Herbstluft. Und jetzt erfaßte ihn aufs neue eine Ungeduld, bevor noch hier die Blätter fielen, seine

Pläne zu verwirklichen. Mit raschem Entschluß setzte er sich an den Schreibtisch und teilte seinem Freunde, dem Bürgermeister, seine Absicht nebst einer dessen Persönlichkeit entsprechenden Begründung mit, zugleich kündigte er seinen Besuch auf die nächsten Tage an. Neben ihm unter dem Briefbeschwerer lag die jüngst verfaßte Arbeit, in sauberer Reinschrift von Franziskas Hand und fertig zur Versendung an die Redaktion einer botanischen Zeitschrift. Alles sollte noch heute die Botenfrau zur Post bringen.

Als er die Abhandlung hervorzog, um sie einzusiegeln, kreuzte beim flüchtigen Einblick ein Gedanke seinen Kopf, der ihn antrieb, noch einmal ein in seiner Bibliothek befindliches Fachwerk nachzuschlagen.

Gleich nachdem er das Zimmer verlassen hatte, kam Franziska durch die Außentür herein. Als sie den offenen, frisch geschriebenen Brief auf dem Tische liegen sah, trat sie auf leisen Sohlen näher; vorsichtig reckte sie den Kopf, und ihre Augen flogen darüber hin, als wollten sie die Schrift einsaugen. Ein paar Sekunden stand sie noch, ihre Finger fuhren an die Zähne, ein heftiges Erschrecken lag auf ihrem Antlitz. Dann, als nebenan in der Bibliothek sich Schritte rührten, entfloh sie aus dem Zimmer, aus dem Hause und draußen über den Hof; an die Mauer gedrückt, lief sie in die Heide hinaus, die an der Rückseite des Gebäudes lag. Eine Weile saß sie hier zwischen dem Eichengebüsch auf dem Boden, die Hände um die Knie gefaltet; ihre Blicke flogen von den Wetterfahnen des Hauses, welche goldschimmernd in der Morgensonne aus dem Laub hervorragten, nach dem Wald hinüber und vom Walde zurück zu dem alten Gemäuer, das dort so friedlich in dem Grün der Bäume stand. Plötzlich sprang sie auf; die ganze schmächtige Gestalt bebte, aber ihre Augen blickten entschlossen nach dem Wald hinüber. Durch das Gebüsch der Heide lief sie seitwärts an der Wiesenmulde entlang. Als sie beim Zurückblicken das Haus nicht mehr gewahren konnte, ging sie durch die wuchernden Kräuter in dieselbe hinab und verschwand dann jenseits zwischen den Stämmen der Waldbäume.

– Als sie nach reichlich einer Stunde wieder ins Haus trat, schien jede Spur einer Aufregung aus ihrem Angesicht verschwunden.

»Bist du endlich da, Franzi?« sagte Richard, der ihr auf dem Flur entgegenkam, »ich suche dich seit einer Stunde.«

Franziska drückte ihm leicht die Hand. »Verzeih, daß ich dir's nicht sagte. Mir war der Kopf benommen, ich mußte einen Gang ins Freie machen.«

Er legte ihren Arm in seinen. »Komm!« sagte er und zog sie mit sich die Treppe hinauf nach dem Wohnzimmer. Hier faßte er sie an beiden Händen und blickte sie lang und liebevoll mit seinen ernsten Augen an.

Sie senkte den Kopf ein wenig und fragte: »Was hast du, Richard? Du bist so feierlich.«

»Franzi«, sagte er, »gedenkst du wohl noch der Hochzeitsmusik, die abends vom Waldesrand zu uns herüberwehte?«

Sie nickte, ohne aufzusehen.

»Und jener Worte, die ich damals zu dir sprach? – Ich war ein Tor, Franzi; die ungewohnte Einsamkeit hatte mir den Mut gelähmt. Doch jetzt bin ich ein eigensüchtiger Mensch; ich kann nicht anders, ich muß dich halten, unauflöslich fest, auch wenn du gehen wolltest! Ich ertrag's nicht länger, daß du frei bist. – Das ist Selbsterhaltung, Franzi, ich kann nicht leben ohne dich.«

Immer inniger ruhten seine Augen auf ihr, immer mehr hatte er sie an sich gezogen.

Bebend hing sie in seinen Armen. »Wann«, sagte sie, »wann denkst du, daß es sein sollte?«

»Macht's dich beklommen, Franzi?« – Er legte seine Hand auf ihre dicke seidene Flechte und drückte ihren Kopf zurück, daß er ihr Antlitz sehen konnte. »Ich hab dich überrascht, besinne dich! – Wir brauchen keine Hochzeitsmusik; in dieser Stille, wo du mein geworden bist, mag auch die Außenwelt ihr Recht bekommen. Die alte gute Wieb, ihr Freund, der Inspektor; wir brauchen keine andern Zeugen! Und übermorgen reise ich zu deinem Vormund, zu unserem Freund, dem Bürgermeister; die paar Tage noch bist du Strohwitwe; dann, Franzi, dann verlassen wir uns nicht mehr.« Er schwieg.

Sie öffnete die Lippen; aber es war, als wenn die Worte nicht hinüber wollten. »Und wann«, sagte sie endlich, »wirst du wiederkommen?«
»Am Sonnabend reise ich; am Dienstag bin ich wieder da. Dann hoff ich alles mitzubringen: die nötigen Scheine, die Lizenz, das Hochzeitskleid. – – Ja, Franzi, die Tage deiner Freiheit sind gezählt! Du wirst mir doch indes nicht etwa fortgeflogen sein?« –
Mit dem glücklichsten Lächeln blickte er sie an. »Und nun geh, mein geliebtes Weib! Ich hab noch mancherlei für uns zu ordnen.«

Die letzte Nacht vor der Abreise war gekommen. – Die drei Bewohner des Waldwinkels befanden sich in ihren Schlafgemächern; Leo, der treue Wächter, lag, wie stets um diese Zeit, unten im Flur quer vor der Haustür hingestreckt. Im Hause war alles still, wenn nicht mitunter ein Husten der alten Frau Wieb aus deren Gardinenbett hervorbebte oder droben im Wohnzimmer der Uhrenkuckuck von Stunde zu Stunde die Stationen der Nacht in die schweigenden Räume hinausrief. – Draußen aber wühlte der Wind in den Bäumen; die Wetterfahnen kreischten auf dem Dache, und allerlei Stimmen schwebten, wenn der Sturm zu neuem Zuge den Atem anhielt, aus dem Walde herüber.
– – Horch! Klang da nicht ein Fenster? Das einzige an der Westseite des Hauses, wo die Eichenzweige die Mauer fast berühren?
Nein, nur in den Lüften brauste es stärker; es schien sich weiter nichts zu rühren; die alte Frau Wieb hustete; oben rief der Kuckuck: eins! – Die Nacht rückte weiter; nichts, was nicht sonst auch da war, ließ sich hören. Die wenigen Sterne, die durch die vorüberjagenden Wolken blinkten, erblichen nach und nach.
– – In der ersten Dämmerung stand Franziska vor Richards Bette. Er schlief noch; sie kniete nieder und küßte seine Hand, die über den Rand des Bettes herabhing; und als er die Augen aufschlug, sagte sie: »Du mußt aufstehen, Richard; der Wagen wird bald da sein!«
»Franzi!« rief er, die Augen zu ihr aufschlagend, und nach einer

Weile, da der Nebel des Schlafs von seiner Stirn gewichen war, setzte er hinzu: »Hast du den Eulenschrei gehört, heut nacht? Auf der Uhr drinnen rief es just zu eins.«
Sie zuckte leise in den Schultern. »Das hören wir ja jede Nacht«, sagte sie leise.
»Nein, nein, Franzi; es war nicht der Waldkauz, den wir hierherum haben; es klang ganz anders, seltsam! Ich zweifelte zuerst, ob's auch nur einer seiner Vettern sei; drunten vom Flur herauf hörte ich, wie Leo sich aufrichtete und einige Male hin und wider ging.«
»Ich hab es nicht bemerkt«, sagte sie leise.
»Dann hast du fest geschlafen, Franzi; denn das Tier muß in einem der nächsten Bäume hier gesessen haben.«
Sie saßen noch beim Frühstück miteinander, aber Franzi brachte kaum ein Krümchen über ihre Lippen. Dann stieg er in den Wagen. »Vergiß es nicht; drei Tage!« rief er ihr noch zurück, und fort rollte das Gefährt über die Heide; mit lautem Bellen sprang der Hund voraus.
Lange stand sie und blickte mit unbeweglichen Augen hinterher, bis nur noch die dunkle Linie des Steppenzuges sich am Horizonte abhob.

Am Nachmittag trat Richard zu seinem Freunde, dem Bürgermeister, in das Zimmer.
»Nun, Waldmensch!« rief dieser, ihm drohend die kleine runde Hand entgegenschüttelnd, »was treibst du denn für Streiche?«
»Du hast also meinen Brief erhalten?«
»Freilich! Wie du einen alterieren kannst! Es sind natürlich lauter Scherze!«
»Ich bin in vollem Ernst zu dir gekommen.«
»Höchst merkwürdig!« sagte der Bürgermeister, »romantisch, ganz romantisch! – Ich wette, du weißt noch nicht einmal, wer Vater und Mutter zu dem Mädchen gewesen sind.«
»Was geht das mich an!«
»Nun, nun; du brauchst aber doch einen Taufschein –«
»Ich brauche noch mehr, Fritz! Vielleicht gar deine obervormundschaftliche Hülfe, wenn der wackere Schuster seine Mündel

etwa wieder bei einem reichen Bäcker sollte in Versorgung geben wollen.«

»Meine Hülfe, Richard? Nein, nein; wo denkst du hin? Das ginge denn doch gegen mein Gewissen.«

Richard lächelte. »Aber du bist ja nicht mein Obervormund; ist dir der Mann nicht gut genug für deine Mündel?«

»Bei Gott, du hast recht, Richard! Mir war in diesem Augenblick, als seist du noch mein Leibfuchs. Da werd ich freilich nichts dagegen machen können.« Der Bürgermeister hatte seine goldene Brille von der Nase genommen, putzte die Gläser mit seinem gelbseidenen Schnupftuche und sah dabei den Freund kopfschüttelnd aus seinen kleinen Augen an. »Hm, solch ein Schwärmer!« sagte er, »es ist doch seltsam, daß euere Sorte immer – –«

Aber Richard ergriff den kleinen guten Mann bei beiden Händen. »Du disputierst sie mir nicht ab«, sagte er innig. »Laß gut sein, Fritz; sprich lieber, wie steht es mit dem Herrn Magister?«

»Er sitzt!« erwiderte der Bürgermeister mit einem höchst fröhlichen Erwachen seiner Stimme.

»Aber sein Prozeß?«

»Still; weck ihn nicht! Der schläft.«

»Und Franziska?«

»Wird nicht mehr beunruhigt werden. Die Akten sind eingesandt; das Urteil kommt schon zu seiner Zeit.«

»Nun, Fritz, so hilf mir, und laß uns alles rasch besorgen!« – –

Und alles wurde besorgt; schon am nächsten Vormittage hatte Richard die Lizenz und alle nötigen Scheine in seinen Händen. Es war sein Plan gewesen, die Reise noch auf jene Großstadt auszudehnen; aber wieder befiel ihn eine fast angstvolle Sehnsucht und trieb ihn nach dem Wald zurück; die beabsichtigten Einkäufe ließen sich ja auch am besten in Gemeinschaft mit Franziska machen.

So befahl er denn die Heimkehr.

»Frisch zu, Kutscher«, sagte er, »es gibt ein doppeltes Trinkgeld.« Der Kutscher brauchte seine Peitsche; noch am Nachmittag erreichten sie das Dorf; aber auf dem holperigen Steinpflaster lief ein Rad von der Achse, und zur Ausbesserung bedurfte es einer halbstündigen Arbeit in der Dorfschmiede. Richard, von

Leo begleitet, war nach dem Krug hinübergegangen. Bei seinem Eintritt in die Außendiele stieß der Hund ein dumpfes Knurren aus, und in demselben Augenblick ging der junge Förster, der eben aus der Gaststube trat, ohne Gruß an ihm vorüber aus der Haustür; nur ein flüchtiger Blick der blanken Augen hatte ihn gestreift.

Richard blieb unwillkürlich stehen. Als er durch die offene Haustür wahrnahm, daß der andere den Hof verlassen hatte, ging auch er wieder hinaus und sah ihn eilig auf dem nach Norden führenden Landwege dahinschreiten. Der Mensch war ihm verhaßt; er wußte selber kaum, weshalb er hier am Wege stand, ihm nachzublicken.

Er wandte sich rasch wieder nach dem Hause. Dort hörte er von der Gaststube aus lebhaftes und vielstimmiges Gespräch, wovon er bei seiner ersten Einkehr nichts bemerkt hatte. Als er mit seinem Hunde eintrat, fand er viele Gäste an den Tischen sitzen, denn es war Sonntagnachmittag. Aber das Gespräch verstummte plötzlich; statt dessen kam der Wirt ihm entgegen und erkundigte sich geflissentlich nach seiner Reiseungelegenheit. Von einem der Tische her hörte er noch den Namen des Försters, den er zufällig erfahren hatte; doch der Sprecher erhielt von seinem Nachbar einen Stoß mit dem Ellenbogen, und allmählich kam wieder ein lautes Gespräch in Gang, wie es die Bauern über Ernte und Fruchtpreise um solche Jahreszeit zu führen pflegen.

Endlich war die Achse hergestellt, und der Wagen rollte fort. Richard saß in sich versunken; eine unklare, unbehagliche Stimmung hatte ihn ergriffen; er konnte sich nicht freuen auf die Heimkehr, formlose gespenstische Gebilde aus irgendeinem fernen grauen Nebel drangen auf ihn ein. Wenn er nur erst da wäre, nur erst Franziskas Antlitz wiedersähe!

Und weiter ging es, und immer näher kam er zu den Wäldern. Schon rumpelte der Wagen zwischen dem Eichenbusch über den harten Heideboden, und endlich stieg das Dach des Hauses vor ihm auf, und er sah die Wetterfahnen in der Abendsonne schimmern.

Aber dort, was seitwärts aus dem Schatten des Waldes trat, das war sie ja selbst; ihr helles Kleid, ihr Strohhütchen, ganz deutlich hatte er es erkannt. Sie schien den Wagen nicht bemerkt zu haben, denn sie schlug die Richtung nach dem Hause ein; aber er beugte sich vor und rief über die Heide: »Franzi! Franzi!« – Da blieb sie stehen, und als er noch einmal gerufen hatte, wandte sie sich und kam langsam näher. Endlich konnte er ihr Antlitz sehen; die Augen standen so groß und dunkel über den blassen Wangen; er meinte sie noch niemals so gesehen zu haben. Bevor der Wagen hielt, war er schon hinabgesprungen und schloß sie in die Arme. »Gott sei gedankt!« rief er und atmete auf, als fiele eine Bergeslast von seiner Brust, »mir war, als könnt ich dich verloren haben!«

Sie sagte nur: »Was du für Träume hast!«

Aber während ihr Kopf an seinem Herzen lag, waren ihre Augen auf den an ihrer Seite stehenden Hund gefallen. Der hatte die Nase nach dem Walde ausgestreckt, der Richtung nach, in welcher Franzi ihn soeben verlassen hatte, und schnoberte immer heftiger in der Luft umher. Fast mechanisch griff ihre kleine Hand in das metallene Halsband des Tieres. »Laß uns heim, Richard«, sagte sie hastig, »und halte den Hund, damit er nicht wie neulich nach den Rehen jagt.«

Er sah nicht hin, er hatte nur Augen für die junge Gestalt, die er in seinen Armen hielt, die er wie ein Kind jetzt in den Wagen hob. Dann pfiff er seinem Hunde, und bald hatten sie die kurze Strecke bis zum Hause zurückgelegt.

Er fand dort alles in gewohnter Ordnung; die alte Wieb trat im saubersten Sonntagsanzug ihm entgegen, voll Freude über seine unerwartete schnelle Heimkehr. Aber er sagte ihr, daß der Wagen schon auf morgen wieder bestellt sei, daß er in der großen Stadt zu tun habe und daß Franziska mit ihm reisen werde. Und dieser flüsterte er zu: »Du bist es doch zufrieden, Franzi? Wir gehen wieder zu der entzückten Ladendame; kleine seidene Stiefelchen soll sie dir anmessen! Du sollst dir alles selber aussuchen – doch nein! Du bist zu anspruchslos, du würdest doch nur Kleider für dich kaufen. – Ich aber – in weißen Duft will ich dich hüllen, so leicht wie ein Nichts, so zart, daß auch eine Wolke davon das Leuchten einer Rose nicht verbergen könnte.«

Er sah es nicht, wie sie die weißen Zähnchen aufeinanderbiß und wie ihre Lippen zitterten.

»Nun Franzi?« fuhr er fort, »was meinst du, bist du es zufrieden?«
Sie zog schweigend seine Hand an ihre Lippen; dann sagte sie mit jenem scharfen Klang der Stimme: »Ich meine, daß du wieder einmal verschwenden willst und daß du dich täuschest über mich arme Dirne, die ich bin.«
»Und ich meine, daß jetzt du die Törin bist.«

Der Abend kam. Richard hatte wie gewöhnlich das äußere Bohlentor und die Haustür abgeschlossen; vor der letzteren auf dem Hausflur lag der Hund, der große Schlüssel zu dem ersteren hing an dem Türpfosten in seinem Schlafgemache. Dann legte er sanft den Arm um Franzis Leib, die müßig am Fenster des Wohnzimmers stand und nach dem dunkeln Wald hinüberschaute, und führte sie durch die Bibliothek bis an die Schwelle ihrer Kammer. Sie war ihm wieder wie eine unberührte Braut, er überschritt die Schwelle nicht. »Schlafe süß, meine Franzi!« sagte er. »Mir ist auf einmal wieder, als stünde das Glück mir noch in ungewisser Ferne.«
Sie hatte schon die Tür geöffnet; da riß er sie noch einmal an sich. »Gute Nacht, gute Nacht, Franzi!«
Dann war sie fort; nur ihre kleinen, leichten Schritte hörte er noch hinter der geschlossenen Tür.
Langsam ging er durch das Wohnzimmer. Im Vorübergehen hob er die brennende Kerze, welche er dort vom Tisch genommen hatte, gegen das alte Türbild und warf einen flüchtigen Blick darauf; dann trat er in sein Schlafgemach.
Und bald, nach den Ermüdungen dieser letzten Tage, lag er in festen Schlaf gesunken. Weder das Rauschen der Wälder draußen in der dunkeln Herbstnacht noch der Zeitruf des kleinen Kunstvogels aus der nebenan liegenden Stube drang in die Tiefe seines Schlummers. Schon war die höchste Stufe der Nacht erklommen; zwölfmal hatte es drüben von der Uhr gerufen; er schlief traumlos weiter, und weiter rückte die Nacht. Eins rief es von der Uhr; – dann zwei; – dann drei! Da kamen die Träume, und was am Tage nur wie beängstigender Nebel vor seinem Blick geschwommen, jetzt wurde es zu farbigen Gestalten, von

grellem oder fahlem Licht beleuchtet, das keiner Zeit des Tages angehörte. – Wie bleich ihm Franzi in den Armen hing! Und seltsam, immer wollten ihre Augen ihn nicht ansehen! Aber dort hinter den Bäumen stand der Jäger. – – Stöhnend warf er sich umher auf seinem Lager; aus seinem Munde brachen heftige, zusammenhanglose Laute. Plötzlich fuhr er empor und saß aufgerichtet in den Kissen, der Nachhall irgendeines Schalles lag in seinen Ohren; und jetzt schon wußte er es, vom Hofe drunten mußte es gekommen sein. Im selben Augenblicke stand er auch am Fenster, kaum die erste graue Dämmerung war angebrochen; aber dennoch sah er es, wie eben das schwere Hoftor zuschlug. Wie noch im Traume hatte er eine seiner beiden Pistolen von der Wand gerissen; eine Fensterscheibe klirrte, und klatschend fuhr die Kugel drunten in das Bohlentor.

Dann blieb alles still. Er riß die andere Pistole von der Wand, und ohne Kleidung, im nackten Hemde, stürzte er aus dem Zimmer; im Hinausgehen griff er nach dem Haken an der Tür, aber der Schlüssel fehlte.

»Leo, Leo!« rief er auf der Treppe draußen. »Mein Hund, wo bist du?« – Nichts regte sich. Noch einmal rief er und stieg dann in den noch dunkeln Hausflur hinab.

Da wurden seine Füße durch etwas aufgehalten, was nicht weichen wollte; als er sich bückte, fuhr seine Hand über langes seidenweiches Haar. – Er stieß einen lauten Schrei aus. Noch einmal bückte er sich; dann rannte er – er wußte selbst nicht weshalb – in die Kammer seiner alten Dienerin; aber die taube alte Frau lag ruhig atmend in ihrem Bette; er nahm das auf dem Tische stehende Licht, zündete es an und trat wieder auf den Flur hinaus. Da lag sein Hund, die Beine steif gestreckt, die braunen Augensterne groß und offen. Er warf sich nieder und leuchtete mit der Kerze dicht hinan; ein bläulicher Flor schien den Glanz der Augen zu bedecken; kalt und wie in stummer Klage starrten sie ihn an. – – Auf einmal war ihm, als würden die Mauern durchsichtig, als sähe er zwei jugendliche Gestalten über die Heide fliehen und im brennenden Morgenschein verschwinden.

Er sprang auf und stand im nächsten Augenblicke in Franziskas

Kammer. – Sie war leer, das Bett nur leicht berührt; man sah, sie hatte nur zu flüchtiger Rast sich auf die Decke hingestreckt; das Kissen zeigte noch den Eindruck, wo sie ihren Arm gestützt hatte. Er hätte es nicht lassen können, er legte seine Hand hinein, als liebkoste er noch diese letzte Spur ihres Lebens. Da klirrte durch eine zufällige Berührung die Waffe in seiner andern Hand, und jäh schoß ein neuer Gedankenstrom durch seinen Kopf. Schon war er draußen auf der Treppe; aber er kam nicht weiter. – Was wollte er denn noch? – Schon einmal waren seine Hände rot geworden. Langsam stieg er die Treppe hinauf nach seiner Schlafkammer; er hängte die Schußwaffe an ihren Platz; dann kleidete er sich völlig an. Als er fertig war, trat er in das Wohnzimmer, zog die Vorhänge der Fenster auf und öffnete dann mit seinem Schlüssel das Fach des Schreibtisches, worin die Wertpapiere ihren Platz hatten.

Er wußte vorher schon, was er finden würde. Was ihm gehörte, lag unberührt; das Päckchen mit Franziskas Namen war verschwunden. – Eine Weile suchte er noch nach einem Zettelchen von ihrer Hand, einem Wort des Abschieds oder was es immer sei; er räumte das ganze Fach aus, aber es fand sich nichts. –

Durch die Fenster brach der erste Morgenschein und ließ das alte Türbild aus der Dämmerung hervortreten. Als er zufällig den Blick dahin warf, überkam ihn ein wunderlicher Sinnentrug; der einsame Alte dort am Wege hatte ja den Kopf gewandt und sah ihn an.

Die Sonne stieg höher, an den Tapeten leuchteten die Blumen der Vergessenheit. Richard hatte die Augen noch immer nach dem Bilde. Es war sein eigenes Angesicht, in das er blickte.

Der Oktober war ins Land gekommen. Im Kruge zu Föhrenschwarzeck saßen eines Nachmittags der Wirt und der kleine Krämer aus der Stadt sich gegenüber. Der ganze Tisch war voll von Kreidezahlen; sie hatten wieder einmal Quartalstag gehalten, das Fazit war gezogen und genehmigt worden; die noch übrige Zeit gehörte vergnüglicheren Gesprächen, und sie waren auch schon in vollem Gange.

Kasper-Ohm begann soeben von dem Boden der gemeinen Wirklichkeit emporzusteigen. »Ihr mögt mir's glauben«, sagte er geheimnisvoll, »es ist sein eigen Blut gewesen; freilich hat er's nicht Wort haben wollen, denn sie ist auf den Namen Fedders getauft und bei einem Magister aufgezogen worden; sogar einen eigenen Vormund hat er ihr von Gerichts wegen setzen lassen!«

»Kasper-Ohm!« sagte der kleine Krämer, »Ihr seid wieder einmal bei Eurem Advokaten in der Stadt gewesen!«

»Nun, nun, Pfeffers, glaubt's oder glaubt's nicht! Der Vormund ist selbst bei mir eingekehrt gewesen; da, wo Ihr jetzt sitzt, hat er gesessen und seinen Schnaps getrunken; sie haben's drüben im Narrenkasten eben mitsammen fertig gehabt, daß das arme Kind einen reichen Bäckermeister freien sollte, so einen alten wurmstichigen Mehlkneter; denn sie ist was wild gewesen, und die alte Waisenwieb hat nicht recht mehr mit ihr hausen können. – Nun, Pfeffers, was soll man dazu sagen, daß sie lieber mit dem schwarzen Krauskopf – –« Er nickte dem Krämer zu und blies bedeutsam durch seine ausgespreizten Finger.

»Das ist eine gewaltige Geschichte, die Ihr da erzählt, Kasper-Ohm«, meinte der andre, »und stimmt nicht ganz mit dem Kalender; denn der Doktor ist bei der Geburt des Mädels ja schon drei Jahr außer Landes gewesen! Aber laßt uns einmal anstoßen, und freut Euch, daß der Krauskopf Eure Ann-Margret nicht auch noch mitgenommen hat; denn er sah mir just nicht aus, als wenn er lange mit einer einzigen zufrieden wäre.«

Kasper-Ohm lachte und blickte durch die Fensterscheiben. »Da kommt auch der Inspektor!« sagte er.

Der Genannte war eben in Begleitung seines Pudels unter der alten Eiche durchgegangen, in deren Wipfel jetzt das leere Nest zwischen den schon gelichteten Zweigen sichtbar war.

Der Wirt empfing ihn an der Stubentür. »Nun, Herr Inspektor«, rief er munter, »alles wieder auf dem alten Stand?«

»Ausgekehrt und abgeschlossen!« erwiderte der Alte, indem er den großen Schlüssel zum Außentor des Waldwinkels auf den Tisch und sich selbst auf einen Stuhl warf. »Gestern ging das letzte Fuder nach der Stadt, um dort unterm Hammer weggeschlagen zu werden; all das schöne Ingut! Die alte Lewerenz bekommt das ganze Geld dafür.«

»Und der Herr Doktor?« fragte der Wirt. »Wo ist denn der geblieben?«
»Weiß nicht«, sagte der Alte, »kümmert mich auch nicht; – fort – in die weite Welt.«
Der kleine Pfeffers nahm den Schlüssel von der Tischplatte und hielt ihn über den Köpfen der beiden andern: »Wer bietet auf den ›Narrenkasten‹? – Nummer eins: der alte Herr; Nummer zwei: der Herr Botanikus; – wer bietet zum dritten auf den ›Narrenkasten‹?«
»Laßt die Possen, Pfeffers!« sagte der Alte und nahm ihm den Schlüssel aus der Hand. »Mir tut's nur leid um den Löwengelben; ich sag Euch, es war ein Kapitalvieh; er ging noch über meinen Phylax.«

DIE NOVELLEN
nach den Entstehungsdaten

1837 Hans Bär
1847 Marthe und ihre Uhr
1848 Im Saal
1848 Immensee
1849 Der kleine Häwelmann
1850 Ein grünes Blatt
1850 Hinzelmeyer
1854 Im Sonnenschein
1855 Angelika
1856 Wenn die Äpfel reif sind
1858 Am Kamin
1858 Auf dem Staatshof
1859 Späte Rosen
1860 Drüben am Markt
1861 Veronika
1861 Im Schloß
1862 Auf der Universität
1862 Unter dem Tannenbaum
1863 Abseits
1864 Von jenseits des Meeres
1864 Die Regentrude
1864 Bulemanns Haus
1864 Der Spiegel des Cyprianus
1867 In St. Jürgen
1867 Eine Malerarbeit
1870 Lena Wies
1870 Der Amtschirurgus – Heimkehr
1871 Eine Halligfahrt
1871 Draußen im Heidedorf
1871 Zwei Kuchenesser der alten Zeit
1873 Beim Vetter Christian
1873 Viola tricolor
1873 Von heut und ehedem

1874 Pole Poppenspäler
1874 Waldwinkel
1875 Ein stiller Musikant
1875 Psyche
1875 Im Nachbarhause links
1876 Aquis submersus
1876 Von Kindern und Katzen
1877 Carsten Curator
1878 Renate
1878 Eekenhof
1878 Zur Wald- und Wasserfreude
1879 Im Brauerhause
1879 Die Söhne des Senators
1881 Der Herr Etatsrat
1882 Hans und Heinz Kirch
1883 Schweigen
1884 Zur Chronik von Grieshuus
1884 Es waren zwei Königskinder
1885 John Riew'
1885 Ein Fest auf Haderslevhuus
1886 Bötjer Basch
1886 Ein Doppelgänger
1887 Ein Bekenntnis
1888 Der Schimmelreiter

ZEITTAFEL

1817 Am 14. September wird Hans Theodor Woldsen Storm in Husum, Am Markt 9, als erstes Kind des Advokaten Johann Kasimir Storm und seiner Frau Lucie, geb. Woldsen, geboren. Der Vater stammt aus Westermühlen bei Rendsburg, wo die Familie Storm seit Generationen als Erbpachtmüller lebte. 1815 hatte sich der Vater Theodor Storms nach Studien in Heidelberg und Kiel als Advokat in Husum niedergelassen und 1816 die jüngste Tochter des Senators Simon Woldsen geheiratet.

1821 Nach dem Tod Simon Woldsens zieht die Familie Storm in das Haus der Großeltern Woldsen, Hohle Gasse 3. Im Herbst des Jahres Beginn der Grundschule.

1826 Besuch der Gelehrtenschule in Husum (bis 1835).

1835 Eintritt in das Katharineum in Lübeck.

1837 Immatrikulation an der Juristischen Fakultät der Universität Kiel. Freundschaft mit Theodor und Tycho Mommsen und mit Ferdinand Röse (*Liederbuch dreier Freunde*). Erste Liebe zu Bertha von Buchan (»Vielleicht wäre ich daran zugrunde gegangen, wenn dies Gefühl mir nicht zum Objekt geworden, das ich künstlerisch zu gestalten suchte«; Gedichte auf Bertha von Buchan und das Märchen *Hans Bär*.

1840 Erste Gedichtveröffentlichung im ›Album der Boudoirs‹ der Zeitschrift ›Europa‹. Beginn der Sammlung schleswig-holsteinischer Sagen, Märchen und Lieder.

1842 Juristisches Examen. Bertha von Buchan weist Storms Heiratsantrag zurück. Rückkehr nach Husum.

1843 Eröffnung der Anwaltspraxis in Husum.

1844 Verlobung mit Constanze Esmarch (geboren 1825). Gedichte an Constanze.

1846 Heirat mit Constanze am 15. September in Segeberg.

1847 Liebe zu Dorothea Jensen (geboren 1828), (die ›erschütterndste Leidenschaft‹ seines Lebens; Dorothea verläßt 1848 Husum).

1847 Erste Prosaveröffentlichung *Marthe und ihre Uhr.*

1848 Geburt des ersten Sohnes Hans. Niederschrift des *Oktoberliedes.* Mitarbeit an der Schleswig-holsteinischen Zeitung.

1849 Unterzeichnung einer Protestresolution von 150 Bürgern Husums an den dänischen Landeskommissar Tillich gegen die Maßnahmen der Landesverwaltung. *Immensee.*

1850 Beginn des Briefwechsels mit Eduard Mörike.

1851 Geburt des Sohnes Ernst. Storm verweigert eine Loyalitätserklärung, die die dänische Justizbehörde verlangt, und bekennt sich damit öffentlich zur schleswig-holsteinischen Volksbewegung.

1852 Storm kann auf Druck der dänischen Regierung seine Advokatur nicht weiter ausüben. Bewerbungen um eine Bürgermeisterstelle in Buxtehude und um eine Anstellung als Richter in Gotha bleiben ergebnislos. Erste Ausgabe der *Gedichte.*

1853 Ernennung zum preußischen Assessor in Berlin. Geburt des Sohnes Karl. Umzug nach Potsdam, Brandenburger Straße 70. Franz Kugler führt Storm in Berlin in den ›Tunnel über der Spree‹ ein, erstes Zusammentreffen mit Theodor Fontane.

1854 Bekanntschaft mit Joseph von Eichendorff. Beginn des Briefwechsels mit Paul Heyse. Mitglied des literarischen Clubs ›Rütli‹.

1855 Geburt der Tochter Lisbeth.

1856 Kreisrichter in Heiligenstadt. Umzug im September. Beginn des Briefwechsels mit Ludwig Pietsch.

1858 *Am Kamin.*

1860 Geburt der Tochter Lucie.

1862 *Auf der Universität.*

1863 Geburt der Tochter Elsabe.

1864 Storm wird von der Ständeversammlung in Husum zum Landvogt gewählt. Er reicht seine Entlassung aus preußischen Diensten ein und kehrt am 15. März nach Husum zurück. Wohnung in der Süderstraße 12. Im April ›Sturm auf die Düppeler Schanzen‹; ›Wiener Friedensvertrag‹ am

30. Oktober; Besetzung Schleswig-Holsteins durch Österreich und Preußen. *Bulemanns Haus*; *Die Regentrude.*

1865 Geburt der Tochter Gertrud; Constanze stirbt am 20. Mai an den Folgen der Geburt. Reise nach Baden-Baden; Zusammentreffen mit Ivan Turgenjew.

1866 Heirat mit Dorothea Jensen am 13. Juni. Umzug in das Haus Wasserreihe 31.

1867 Amtsrichter in Husum. *In St. Jürgen.*

1868 Geburt der Tochter Friederike. Im Westermann Verlag, Braunschweig, erscheinen die ›Sämtlichen Schriften‹.

1873 *Viola Tricolor.*

1874 *Pole Poppenspäler*; *Waldwinkel.* Ernennung zum Oberamtsrichter. Tod des Vaters Johann Kasimir Storm.

1876 *Aquis submersus.*

1877 Beginn des Briefwechsels mit Gottfried Keller. Freundschaft mit Erich Schmidt. *Carsten Curator.*

1879 *Die Söhne des Senators.*

1880 Pensionierung, Umzug nach Hademarschen.

1882 *Hans und Heinz Kirch.*

1884 Reise nach Berlin, Zusammentreffen mit Theodor Fontane und Theodor Mommsen.

1885 *Ein Fest auf Haderslevhuus.*

1886 Reise nach Weimar, in Braunschweig Zusammentreffen mit Wilhelm Raabe. Im Oktober schwere Erkrankung. Der Sohn Hans stirbt im Dezember. *Ein Doppelgänger.*

1888 Am 9. Februar ist *Der Schimmelreiter* beendet. Theodor Storm stirbt am 4. Juli in Hademarschen.

INHALT

INHALT

der Gesammelten Werke
in sechs Bänden

Band 1: *Gedichte* (insel taschenbuch 731)

Band 2: *Immensee* (insel taschenbuch 732)

Band 3: *Pole Poppenspäler* (insel taschenbuch 733)

Band 4: *Carsten Curator* (insel taschenbuch 734)

Band 5: *Hans und Heinz Kirch* (insel taschenbuch 735)

Band 6: *Der Schimmelreiter* (insel taschenbuch 736)

Klassische deutsche Literatur im insel taschenbuch

Bettine von Arnim: Goethes Briefwechsel mit einem Kinde. Herausgegeben und eingeleitet von Waldemar Oehlke. Mit zeitgenössischen Abbildungen. it 767

– Die Günderode. Mit einem Essay von Christa Wolf. it 702

Ludwig Börne: Spiegelbild des Lebens. Aufsätze zur Literatur. Erweiterte Neuausgabe. Ausgewählt und eingeleitet von Marcel Reich-Ranicki. it 1578

Hermann Bote: Till Eulenspiegel. Ein kurzweiliges Buch aus dem Lande Braunschweig. Wie er sein Leben vollbracht hat. Sechsundneunzig seiner Geschichten. Herausgegeben, in die Sprache unserer Zeit übertragen und mit Anmerkungen versehen von Siegfried H. Sichtermann. Mit zeitgenössischen Illustrationen. it 336

Clemens Brentano: Gedichte. Erzählungen. Briefe. Herausgegeben von Hans Magnus Enzensberger. it 557

Georg Büchner: Lenz. Erzählung. Mit Oberlins Aufzeichnungen ›Der Dichter Lenz, im Steinthale‹, ausgewählten Briefen von J. M. R. Lenz und einem Nachwort von Jürgen Schröder. it 429

– Leonce und Lena. Ein Lustspiel. Mit farbigen Illustrationen von Karl Walser und einem Nachwort von Jürgen Schröder. it 594

– Woyzeck. Nach den Handschriften neu herausgegeben und kommentiert von Henri Poschmann. it 846

Gottfried August Bürger: Wunderbare Reisen zu Wasser und zu Lande. Feldzüge und lustige Abenteuer des Freiherrn von Münchhausen, wie er dieselben bei der Flasche im Zirkel seiner Freunde selbst zu erzählen pflegt. Mit den Holzschnitten von Gustave Doré. it 207

Wilhelm Busch: Kritisch-Allzukritisches. Gedichte. Ausgewählt und mit einem Nachwort von Theo Schlee. Mit Illustrationen von Wilhelm Busch. it 52

Adelbert von Chamisso: Peter Schlemihls wundersame Geschichte. Nachwort von Thomas Mann. Illustriert von Emil Preetorius. it 27

Matthias Claudius: Der Wandsbecker Bote. Mit einem Vorwort von Peter Suhrkamp und einem Nachwort von Hermann Hesse. it 130

Annette von Droste-Hülshoff: Die Judenbuche. Ein Sittengemälde aus dem gebirgichten Westfalen. Mit Illustrationen von Max Unold. it 399

– Sämtliche Erzählungen. Herausgegeben von Manfred Häckel. it 1521

– Sämtliche Gedichte. Mit einem Nachwort von Ricarda Huch. it 1092

Marie von Ebner-Eschenbach: Dorf- und Schloßgeschichten. Mit einem Nachwort von Joseph Peter Strelka. it 1272

Johann Peter Eckermann: Gespräche mit Goethe in den letzten Jahren seines Lebens. 2 Bde. Herausgegeben von Fritz Bergemann. it 500

161/1/3.95

Klassische deutsche Literatur im insel taschenbuch

Joseph von Eichendorff: Aus dem Leben eines Taugenichts. Mit Illustrationen von Adolf Schrödter und einem Nachwort von Ansgar Hillach. it 202
– Gedichte. Mit Zeichnungen von Otto Ubbelohde. Herausgegeben von Traude Dienel. it 255
– Gedichte. In chronologischer Folge herausgegeben von Hartwig Schultz. it 1060
– Novellen und Gedichte. Ausgewählt und eingeleitet von Hermann Hesse. it 360
Theodor Fontane: Briefe an Georg Friedlaender. Herausgegeben und mit einem Nachwort versehen von Walter Hettche. it 1565
– Cécile. Mit einem Nachwort von Walter Müller- Seidel. it 689
– Effi Briest. Mit 21 Lithographien von Max Liebermann. it 138, it 1637 und Großdruck. it 2340
– Frau Jenny Treibel oder ›Wo sich Herz zum Herzen findt‹. Roman. Mit einem Nachwort von Richard Brinkmann. it 746
– Grete Minde. Mit einem Nachwort von Peter Demetz. it 1157
– Herr von Ribbeck auf Ribbeck. Gedichte und Balladen. Herausgegeben von Gottfried Honnefelder. it 1446
– Irrungen, Wirrungen. Mit einem Nachwort von Walther Killy. it 771
– Jenseit des Tweed. Bilder und Briefe aus Schottland. Mit zahlreichen Abbildungen und einem Nachwort herausgegeben von Otto Drude. it 1066
– Kriegsgefangen. Erlebnisse 1870. Herausgegeben von Otto Drude. Mit zahlreichen Abbildungen. it 1437
– Mathilde Möhring. Mit einem Nachwort von Peter Demetz. it 1107
– Meine Kinderjahre. Autobiographischer Roman. Mit einem Nachwort von Otto Drude. it 705
– Die Poggenpuhls. Roman. it 1271
– Schach von Wuthenow. Erzählung aus der Zeit des Regiments Gendarmes. Mit einem Nachwort von Benno von Wiese. it 816
– Der Stechlin. Mit einem Nachwort von Walter Müller-Seidel. it 152
– Stine. Roman. Mit einem Nachwort von Peter Demetz. it 899
– Unwiederbringlich. Roman. it 1593
– Vor dem Sturm. Roman, aus dem Winter 1812 auf 13. Mit einem Nachwort von Hugo Aust. it 583
Georg Forster: Reise um die Welt. Herausgegeben und mit einem Nachwort von Gerhard Steiner. it 757
Das Gespensterbuch. Herausgegeben von Johann August Apel und Friedrich Laun. Ausgewählt von Robert Stockhammer. it 1388

161/2/3.95

Klassische deutsche Literatur
im insel taschenbuch

Johann Wolfgang Goethe: Dichtung und Wahrheit. 3 Bde. in Kassette. Mit Bildmaterial. it 149-151

– Erotische Gedichte. Gedichte, Skizzen und Fragmente. Herausgegeben von Andreas Ammer. it 1225

– Faust. Erster Teil. Nachwort von Jörn Göres. Illustrationen von Eugène Delacroix. it 50

– Faust. Zweiter Teil. Mit Federzeichnungen von Max Beckmann. Mit einem Nachwort zum Text von Jörn Göres und zu den Zeichnungen von Friedhelm Fischer. it 100

– Gedichte. Sämtliche Gedichte in zeitlicher Folge. Herausgegeben von Heinz Nicolai. it 1400

Goethes Briefe an Charlotte von Stein. 3 Bde. in Kassette. Herausgegeben von Julius Petersen. it 1125

Goethes Gedanken über Musik. Eine Sammlung aus seinen Werken, Briefen, Gesprächen und Tagebüchern. Herausgegeben von Hedwig Walwei-Wiegelmann. Mit achtundvierzig Abbildungen, erläutert von Hartmut Schmidt. it 800

Goethes Liebesgedichte. Herausgegeben von Hans Gerhard Gräf mit einem Nachwort von Emil Staiger. it 275

– Hermann und Dorothea. Mit Aufsätzen von August Wilhelm Schlegel, Wilhelm von Humboldt, Georg Wilhelm Friedrich Hegel und Hermann Hettner. Mit zehn Kupfern von Catel. it 225

– Italienische Reise. Mit vierzig Zeichnungen des Autors. Herausgegeben und mit einem Nachwort versehen von Christoph Michel. it 175

– Tagebuch der Italienischen Reise 1786. Notizen und Briefe aus Italien. Mit Skizzen und Zeichnungen des Autors. Herausgegeben und erläutert von Christoph Michel. it 176

– Kampagne in Frankreich 1792. Belagerung von Mainz. Herausgegeben und mit einem Nachwort von Jörg Drews. Mit zeitgenössischen Abbildungen. it 1525

– Die Leiden des jungen Werther. Mit einem Essay von Georg Lukács und einem Nachwort von Jörn Göres. Mit zeitgenössischen Illustrationen von Daniel Nikolaus Chodowiecki und anderen. it 25

– Märchen. Der neue Paris. Die neue Melusine. Das Märchen. Herausgegeben und erläutert von Katharina Mommsen. it 825

– Der Mann von funfzig Jahren. Mit einem Nachwort von Adolf Muschg. it 850

– Maximen und Reflexionen. Text der Ausgabe von 1907 mit den Erläuterungen und der Einleitung Max Heckers. Nachwort von Isabella Kuhn. it 200

161/3/3.95

Klassische deutsche Literatur
im insel taschenbuch

Johann Wolfgang Goethe: Novellen. Herausgegeben und mit einem Nachwort versehen von Katharina Mommsen. Mit Federzeichnungen von Max Liebermann. it 425

– Reineke Fuchs. Mit Stahlstichen nach Zeichnungen von Wilhelm Kaulbach. it 125

– Römische Elegien und Venezianische Epigramme. Herausgegeben von Regine Otto. it 1150

– Unterhaltungen deutscher Ausgewanderten. Mit einem Nachwort herausgegeben von Gert Ueding. it 1050

– Die Wahlverwandtschaften. Ein Roman. Erläuterungen von Hans-J. Weitz. Mit einem Essay von Walter Benjamin. it 1

– Die Wahlverwandtschaften. Ein Roman. Erläuterungen von Hans-J. Weitz. Mit einem Essay von Walter Benjamin. it 1639

– West-östlicher Divan. Mit Essays zum ›Divan‹ von Hugo von Hofmannsthal, Oskar Loerke und Karl Krolow. Herausgegeben und mit Erläuterungen versehen von Hans-J. Weitz. it 75

– Wilhelm Meisters Lehrjahre. Herausgegeben von Erich Schmitt. Mit sechs Kupferstichen von Catel, sieben Musikbeispielen und Anmerkungen. it 475

– Wilhelm Meisters Wanderjahre oder die Entsagenden. Mit einem Nachwort von Adolf Muschg. it 575

Der Briefwechsel zwischen Schiller und Goethe. 2 Bde. Herausgegeben von Emil Staiger. Mit Illustrationen. Bildkommentar von Hans-Georg Dewitz. it 250

Johann Wolfgang Goethe / Friedrich von Schiller: Sämtliche Balladen und Romanzen in zeitlicher Folge. Herausgegeben von Karl Eibl. it 1275

Goethes Reden. Herausgegeben und mit einem Nachwort versehen von Gert Ueding. it 1650

Manfred Wenzel: Goethe und die Medizin. Selbstzeugnisse und Dokumente. Mit zahlreichen Abbildungen. it 1350

Jeremias Gotthelf: Die schwarze Spinne. Mit Illustrationen von Renate Sendler-Peters. it 991

Hans Jakob Christoffel von Grimmelshausen: Der abenteuerliche Simplicissimus. Mit Zeichnungen von Fritz Kredel. it 739

Grimms Märchen, wie sie nicht im Buche stehen. Herausgegeben und erläutert von Heinz Rölleke. it 1551

Karoline von Günderode: Gedichte. Herausgegeben von Franz Josef Görtz. it 809

Johann Christian Günther: Die Gedichte. Herausgegeben von Franz-Heinrich Hackel. it 1702

161/4/3.95

Klassische deutsche Literatur im insel taschenbuch

Wilhelm Hauff: Märchen. Herausgegeben von Bernhard Zeller. Mit Illustrationen von Theodor Weber, Theodor Hosemann und Ludwig Burger. it 216

Johann Peter Hebel: Kalendergeschichten. Ausgewählt und mit einem Nachwort von Ernst Bloch. Mit neunzehn Holzschnitten von Ludwig Richter. it 17

– Schatzkästlein des rheinischen Hausfreundes. Nachdruck der Ausgabe von 1811 sowie sämtliche Kalendergeschichten aus dem »Rheinländischen Hausfreund« der Jahre 1808-1819. Herausgegeben und mit einem Nachwort versehen von Jan Knopf. it 719

Heinrich Heine: Buch der Lieder. Mit zeitgenössischen Illustrationen und einem Nachwort von E. Galley. it 33

– Deutschland. Ein Wintermärchen. Mit einem Nachwort von Joseph Peter Strelka. Anhang mit Bibliographie und einer Zeittafel. it 723

– Gedichte aus Liebe. In einer Auswahl von Thomas Brasch. it 1444

– Italien. Mit farbigen Illustrationen von Paul Scheurich. it 1072

– Neue Gedichte. it 1055

– Der Rabbi von Bacherach. Ein Fragment. Mit Illustrationen von Max Liebermann und einem Nachwort von Joseph A. Kruse. it 811

– Reisebilder. Mit einem Nachwort von Joseph A. Kruse und zeitgenössischen Illustrationen. it 444

– Romanzero. Mit einem Nachwort von Joseph A. Kruse und zeitgenössischen Illustrationen. it 538

Johann Gottfried Herder: Lesebuch. Zum 250. Geburtstag. Herausgegeben von Siegfried Hartmut Sunnus. Mit zahlreichen Abbildungen. it 1609

Friedrich Hölderlin: Gedichte. Herausgegeben und mit Erläuterungen versehen von Jochen Schmidt. it 781

– Hyperion oder Der Eremit in Griechenland. Herausgegeben und mit einem Nachwort versehen von Jochen Schmidt. it 365

– Die schönsten Gedichte. Ausgewählt und mit einem Nachwort versehen von Jochen Schmidt. it 1508

Hölderlin. Chronik seines Lebens mit ausgewählten Bildnissen. Herausgegeben von Adolf Beck. it 83

E. T. A. Hoffmann: Die Abenteuer der Silvester-Nacht. Mit farbigen Illustrationen von Monika Wurmdobler. it 798

– Die Elixiere des Teufels. Mit Illustrationen von Hugo Steiner-Prag. it 304

– Das Fräulein von Scuderi. Erzählung aus dem Zeitalter Ludwig des Vierzehnten. Mit Illustrationen von Lutz Siebert. it 410

161/5/3.95

Klassische deutsche Literatur
im insel taschenbuch

E. T. A. Hoffmann: Der goldne Topf. Ein Märchen aus der neuen Zeit. Mit 13 Illustrationen von Karl Thylmann. Herausgegeben und mit einem Nachwort von Jochen Schmidt. it 570
– Lebensansichten des Katers Murr nebst fragmentarischer Biographie des Kapellmeisters Johannes Kreisler in zufälligen Makulaturblättern. Mit Illustrationen von Maximilian Liebenwein. Mit Anmerkungen. it 168
– Nachtstücke. Mit einem Nachwort von Lothar Pikulik und Illustrationen von Renate Sendler-Peters. it 589
– Nußknacker und Mausekönig. Mit farbigen Illustrationen von Monika Wurmdobler. it 879
– Der Sandmann. Mit Illustrationen von Hugo Steiner-Prag und einem Nachwort von Jochen Schmidt. it 934
Alexander von Humboldt: Über das Universum. Die Kosmos-Vorträge 1827/28 in der Berliner Singakademie. Herausgegeben von Jürgen Hamel und Klaus-Harro Tiemann. it 1540
Jean Paul: Flegeljahre. Eine Biographie. Mit einem Nachwort von Hermann Meyer. it 873
– Leben des vergnügten Schulmeisterlein Maria Wutz in Auenthal. Eine Art Idylle. Mit einem Nachwort von Peter Bichsel. it 1685
– Siebenkäs. Blumen-, Frucht- und Dornenstücke oder Ehestand, Tod und Hochzeit des Armenadvokaten F. St. Siebenkäs im Reichsmarktflecken Kuhschnappel. Mit einem Nachwort von Hermann Hesse. it 980
– Titan. Mit einem Nachwort von Ralph-Rainer Wuthenow. it 671
Gottfried Keller: Der grüne Heinrich. Erste Fassung. 2 Bde. Mit Zeichnungen Gottfried Kellers und seiner Freunde. it 335
– Die Leute von Seldwyla. Vollständige Ausgabe der Novellensammlung. Mit einem Nachwort von Gerhard Kaiser. it 958
– Romeo und Julia auf dem Dorfe. Mit einem Kommentar und einem Nachwort von Klaus Jeziorkowski. it 756
Heinrich von Kleist: Die Marquise von O... Mit Materialien und Bildern zu dem Film von Eric Rohmer und einem Aufsatz von Heinz Politzer. Herausgegeben von Werner Berthel. Übersetzungen aus dem Französischen von Werner Berthel. it 299
– Michael Kohlhaas. Aus einer alten Chronik. Mit einem Nachwort von Jochen Schmidt. it 1352
– Der zerbrochne Krug. Ein Lustspiel. it 171
August Klingemann: Nachtwachen von Bonaventura. Mit Illustrationen von Lovis Corinth. Herausgegeben und mit einem Nachwort versehen von Jost Schillemeit. it 89

161/6/3.95

Klassische deutsche Literatur
im insel taschenbuch

Johann C. Lavater: Von der Physiognomik und Hundert physiognomische Regeln. Herausgegeben und mit einem Nachwort von Karl Riha und Carsten Zelle. Mit zahlreichen Abbildungen. it 1366

Jakob Michael Reinhold Lenz: Werke und Briefe in drei Bänden. Herausgegeben von Sigrid Damm. it 1441-1443 (nur als Kassette lieferbar)

- Band 1: Dramen. Übersetzungen. Herausgegeben von Sigrid Damm. it 1441 (vergriffen)
- Band 2: Prosadichtungen, Übertragungen, Theoretische Schriften. Herausgegeben von Sigrid Damm. it 1442
- Band 3: Gedichte und Briefe. Herausgegeben von Sigrid Damm. it 1443

Gotthold Ephraim Lessing: Dramen. Mit einem Nachwort herausgegeben von Kurt Wölfel. it 714

Georg Christoph Lichtenberg: Aphorismen. In einer Auswahl. Herausgegeben und mit einem Nachwort versehen von Kurt Batt. it 165

– Sudelbücher. Herausgegeben von Franz H. Mautner. Mit einem Nachwort, Anmerkungen zum Text, einer Konkordanz der Aphorismen-Nummern und einer Zeittafel. it 792

Liselotte von der Pfalz: Briefe. Herausgegeben und eingeleitet von Helmuth Kiesel. Mit zeitgenössischen Portraits. it 428

Märchen der Romantik. Mit zeitgenössischen Illustrationen. Herausgegeben von Maria Dessauer. it 285

Meister Eckhart: Das Buch der göttlichen Tröstung. Ins Neuhochdeutsche übertragen von Josef Quint. it 1005

Conrad Ferdinand Meyer: Jürg Jenatsch. Eine Bündnergeschichte. Mit einem Nachwort von Reto Hänny. it 862

Eduard Mörike: Die Historie von der schönen Lau. Mit Illustrationen von Moritz von Schwind und einem Nachwort von Traude Dienel. it 72

– Maler Nolten. Novelle in zwei Teilen. Erste Fassung. Mit zeitgenössischen Illustrationen und einem Nachwort von Wolfgang Vogelmann. it 404

– Mozart auf der Reise nach Prag. Eine Novelle. Mit Illustrationen von Hugo Steiner-Prag und einem Nachwort von Traude Dienel. it 376 und Großdruck. it 2320

– Eduard Mörikes schönste Erzählungen. Ausgewählt und mit einem Nachwort versehen von Hermann Hesse. Redaktion: Volker Michels. it 1290

Karl Philipp Moritz: Anton Reiser. Ein psychologischer Roman. Mit einem Nachwort von Max von Brück. it 433

161/7/3.95

Klassische deutsche Literatur im insel taschenbuch

Karl Philipp Moritz: Moritz-Lesebuch. Herausgegeben von Horst Günther. Mit zahlreichen Abbildungen. it 1504

Friedrich de la Motte-Fouqué: Undine. Ein Märchen von Friedrich de la Motte-Fouqué. Musik von E.T.A. Hoffmann. Mit Bildern von Karl Friedrich Schinkel. Mit einem Essay von Ute Schmidt-Berger. it 1353

Wilhelm Müller: Die Winterreise und andere Gedichte. Herausgegeben von Hans-Rüdiger Schwab. Mit einem Vorwort von Christian Elsner. it 901

Johann Karl August Musäus: Rübezahl. Für die Jugend von Christian Morgenstern. Mit Illustrationen von Max Slevogt. it 73

Johann Nepomuk Nestroy: Komödien. Herausgegeben von Franz H. Mautner. it 1742

Friedrich Nietzsche: Gedichte. Herausgegeben von Karl Riha. it 1622

Novalis: Aphorismen. Herausgegeben von Michael Brucker. it 1434

– Gedichte. Die Lehrlinge zu Sais – Dialogen und Monolog. Mit einem Nachwort von Jochen Hörisch. it 1010

– Heinrich von Ofterdingen. Herausgegeben von Jochen Hörisch. Mit zeitgenössischen Abbildungen. it 596

Hermann von Pückler-Muskau: Andeutungen über Landschaftsgärtnerei. Herausgegeben von Günter J. Vaupel. Mit zahlreichen Abbildungen und einem farbigen Bildteil. it 1024

– Briefe eines Verstorbenen. Ein fragmentarisches Tagebuch. 2 Bände in Kassette. Herausgegeben von Günter J. Vaupel. Mit zahlreichen Abbildungen. it 1219

Wilhelm Raabe: Die Akten des Vogelsangs. it 888

– Die Chronik der Sperlingsgasse. Mit Handzeichnungen Wilhelm Raabes. it 370

Friedrich Rückert: Ausgewählte Werke. 2 Bände in Kassette. Herausgegeben von Annemarie Schimmel. it 1022

– Kindertodtenlieder. Mit einer Einleitung neu herausgegeben von Hans Wollschläger. it 1545

Ferdinand von Saar: Novellen aus Österreich. it 906

Friedrich von Schiller: Der Geisterseher. Und andere Erzählungen. Mit einer Einleitung von Emil Staiger und Erläuterungen von Manfred Hoppe. Mit zeitgenössischen Illustrationen. it 212

– Wallenstein. Ein dramatisches Gedicht. Wallensteins Lager – Die Piccolomini – Wallensteins Tod. Herausgegeben von Herbert Kraft. Mit einem Nachwort von Oskar Seidlin. it 752

Friedrich Schlegel: Lucinde. Ein Roman. Mit Radierungen von M. E. Philipp und einem Nachwort von Wolfgang Paulsen. it 817

161/8/3.95